冰心散文奖
获奖作家散文自选集

低飞

王韵 著

组　　稿：中国散文学会
总 主 编：周　明　红　孩
执行主编：凌　翔

中国经济出版社
CHINA ECONOMIC PUBLISHING HOUSE
·北京·

图书在版编目（CIP）数据

低飞 / 王韵著.

—北京：中国经济出版社，2019.12

（“冰心散文奖”获奖作家散文自选集 / 周明，红孩，凌翔主编）

ISBN 978-7-5136-5664-1

Ⅰ.①低… Ⅱ.①王… Ⅲ.①散文集—中国—当代

Ⅳ.① I267

中国版本图书馆 CIP 数据核字（2019）第 077250 号

策划编辑　崔姜薇
责任编辑　焦晓云
责任印制　马小宾
封面设计　陈　姝
封面插图　阿　秋

出版发行　中国经济出版社
印 刷 者　唐山楠萍印务有限公司
经 销 者　各地新华书店
开　　本　710mm × 1000mm　1/16
印　　张　13
字　　数　168 千字
版　　次　2019 年 12 月第 1 版
印　　次　2019 年 12 月第 1 次
定　　价　49.80 元
广告经营许可证　京西工商广字第 8179 号

中国经济出版社　**网址** www. economyph. com　**社址** 北京市东城区安定门外大街 58 号　**邮编** 100011

本版图书如存在印装质量问题，请与本社发行中心联系调换（联系电话：010-57512564）

目 录

第一辑 尘埃之下

第二辑 清欢洗尘

第一辑　尘埃之下

低飞

回家的路上，瓢泼大雨兜头而来，毫无防备的心在雨中激灵了一下子。雨又笼罩了我所生活的世界。雨，断断续续，时疏时密，因落地高低的不同，这雨便有性情、有气味一般，在我咫尺之远，竟有一些息息相顾。于是，想起了我所居住过的那些漏雨的房子，那些滴雨的日子。

结婚以后，我们搬了 14 次家，从结婚上班的第一个地方，到休产假时借居的娘家，之后搬出来，开始了漫长的流浪。第一个家在我当时工作的单位附近。我的单位是开发区一家新建单位，周围都是民居。我在距离单位最近的一个村子里，与人合租了两间平房，与他一起，欢天喜地地买床、买洗衣机、买桌椅。那时候，新婚的我，以为租房只是一个短暂的过渡，却不曾想到，那只是我此后漫长租房生活的开始。此后，下岗、失业、创业，所谓的家，便与我流浪的脚印一路相伴。因为没有固定收入，经济拮据，每次都是与人合租两间正屋，有时则住在南边或者西边的厢房，只是为了有个暂时栖息的场所。

印象最深的是第四次搬家，因为没有了生活来源，我们采纳亲朋的建议准备下海。那一年，我们借了生命中第一笔巨债，在市郊租了一个荒芜的院子，一个废弃的村委会。荒凉破败的院落，搬进去的第一件事是除草。草已没过膝盖，散发着一股潮湿霉烂甚至可怕的气息，可是我们管不了那么多了，创业的理想支撑着年轻的身体和灵魂。我们就在这样一个荒草萋萋的院落安了家，既是厂房，也是住室。院子里，从东到西有十几间高矮不等、断垣残瓦的平房，我们选了最东边看上去最整齐的三间住了进去，带着对新生活的向往，开始了忙碌。为了节约每一分钱，我们自己动手，踩着梯子粉刷斑驳的墙面，给张着口的窗子安装玻璃。

夏天，蚊虫叮咬，苍蝇嗡嗡飞舞；冬天，寒风从墙缝、门缝中裹挟着雪花造访我们的卧室。那是真正的寒舍，寒冷的寒，寒酸的寒。多年失修的房顶漏雨，每逢下雨，我们家的塑料品必定派上用场，雨滴滴答答落下来，床上、家具上、地上全是，满屋子响起清脆悦耳的叮叮当当。我们忙个不停，把所有的塑料布，各种盆子，洗衣盆、洗脸盆、锅碗瓢盆，全都拿了出来，挨个地方放上接水，女儿在雨声中酣然入睡。结婚时买的床太大，床垫子太厚，那时对新生活充满向往的我们，没有想到在此后漫漫十五年的租房生涯中，当时费心买来的最满意的床和床垫成了每次搬家最沉重的负担。在每个漏雨的夜晚，因为两个人无法挪动大床，又担心年幼的女儿被雨淋湿，我们几乎一直在不停地盖雨布、接盆子，不停挪动熟睡的女儿温暖柔软的身体，尽量不让她被雨淋到。有一次，实在无处可挪了，我在女儿身上撑了一把伞，小小的还没有上幼儿园的女儿，就蜷缩在雨伞下面，伴着雨滴滴答答落在伞上的声音，香甜地睡着。有时会看到她睡梦中，梦到什么欢喜的事情，小嘴微微上翘，眼睛轻轻张开，露出甜甜的笑容。

2001 年夏天的一个周末，我们创业的第二年，他去外地同学家借钱，当天没有赶回来，那晚又下雨了。我一个人手忙脚乱，铺塑料布，接盆子，抱着熟睡的女儿在床上四处躲避。整整一个晚上，我不敢入睡，望着漏雨的屋顶，听着外面肆虐的风声、雨声，感觉房屋随时有崩塌的危险，人要崩溃了。看着怀中酣睡的女儿，她是支撑我生存下来的全部力量，像有一只看不见的手，紧紧攫住我的心，又像有一个声音在耳边回响：既然把她带到这个世界，就要对她负责。坚持，坚持！那一夜，我没有合眼，没有丝毫倦意，一个人抱着怀中小小的女儿，在滴雨的夜里坐到天亮，直到雨停下来。多年后回顾，那个一夜无眠的漏雨的夜晚，如果没有女儿温暖柔软的小小身体相伴，我不知道自己会不会因为绝望而坚持不下来。

夏季，又偏偏多雨。就这样，一个夏天，雨弥漫于整个卧室，整个房间，弥漫在潮湿的心里。床头被雨水浸泡的斑斑驳驳，床头上的漆一片片掉了下来，像一幅蜿蜒的地图。屋里到处是发霉的味道，衣服要全部拿出来暴晒，人进去会忍不住打喷嚏，透不过气，窒息的感觉。我得了过敏性哮喘，因那潮湿的味道。在郊外，幼小的女儿被蚊虫叮咬，体无完肤，却从来没有抱怨，只是默默承受。也许因为生下来她就跟着母亲三餐不继，颠沛流离，早已习惯了这样的生活。那时候，从小衣食无忧的我真正体验到了吃不上饭的滋味。刚刚结婚生育就遭遇下岗，一穷二白的一对夫妻，靠四处筹借办起了预制件加工厂。当时渴望的是有一份稳定的收入，维持起码的生存。

当第一批自己研制加工的预制件产品销售出去以后，我们以为会马上有资金进账，再进入下一轮生产。可是，我们辛辛苦苦兴高采烈送出的第一笔货，就遭遇拖延付款。工人多是外地打工的，与我们一起吃住在工地，再没钱，也要想办法让他们吃上饭，安心住下来。原料的供应方，也要想办法给人家结清款项，不然随时会面临停产。谁都不能得罪，不能凑合，唯一可以忍受委屈的只有我们自己。我的母亲还没有看到外孙女出生就去世了，母亲走前，肯定不会想到她从小钟爱的最孱弱的女儿，会在她离开之后，过上这样的生活。公公婆婆又远在外地。一家三口，在那间漏雨的屋子里，那个空旷的大院里，像被人遗忘了一样，相依为命。因为是非农业户口，没有土地，没有责任田，没有粮食、蔬菜，也没有钱购买，哪怕馒头和咸菜。失去了工作，就意味着失去了全部经济来源。

大姑姐送来了一袋小米，那袋小米成了我们救命的口粮。一家三口，上顿下顿喝小米粥。不足四岁乖巧懂事的女儿终于忍不住了，抬起瘦弱身体支撑的硕大脑袋，仰起头怯生生地问我："妈妈，咱们家可不可以不喝小米粥啊！"一句话惹得我泪水唰唰流了下来。看到黯然神伤失态的母亲，女儿像做错了事一样，立刻扑到我怀里，伸出娇嫩的小手为我拭泪，用稚嫩的嗓音为我唱童谣，想哄我高兴。我低下头，看到女儿娇嫩皮肤上被蚊虫叮咬的点点红斑，脸上、脚上、胳膊上全是蚊虫叮咬的痕迹，有的起了红点，有的因为瘙痒难耐，被女儿挠破结了痂。夏天的郊外厂区，没有空调的房间，像一个被太阳暴晒的蒸笼，让人无法入睡。不下雨的晚上，女儿跟着爸爸，躺在外面院子里的水泥制品上，伴着院外水湾里的蛙声，和身边蚊蝇嗡嗡的声音入睡。

实在没有生活费了，孩子要吃饭，工人们要干活，外边的欠账要不回来，而我们又不能总是向亲朋张口借钱。家里常常连一块钱也没有，连一袋盐都买不起。他天天唉声叹气，垂头丧气，从来不抽烟的他开始吸烟，并且有了很大的烟瘾，即使只有五块钱，什么不买，也要先买上一盒烟。劣质烟的味道，开始充斥在整个房间。有一次，他从外面回来，破天荒地买了蔬菜和馒头，一进门放到桌子上，什么也没说，转身躺到了床上，边喘粗气边抽烟，然后从兜里掏出两张粉红票子。看到这些钱，我很奇怪，因为家里即使再拮据，他也不肯开口向人借钱。实在没有办法了，在家里断了炊、全家挨饿、没有周转资金导致停工之后，最终鼓足勇气向亲戚同学借钱的都是我。虽然我也是那么不情愿，张不开口。

看着我满怀狐疑的目光，他拿出了一个小本子，我拿起来一看，才知道他去献血了。我的眼泪瞬间流了下来，又心疼又生气，我们家再困难，也不能卖血啊！他说看到路旁有流动献血车，义务献血，虽然是义务献血，多少还给一点补贴，他就去了。并且说没什么，在单位时也献过血，他年轻，过几天就好了，没事。

我们上班时，单位的确经常组织献血，我贫血，检验不合格，没有献过血。他的确参加过献血，而且不止一次。可是那时的心境，跟现在哪有可比性啊！那时候我们意气风发，豪情满怀，积极响应国家号召，而今献血是为了补贴家用，解决基本生存问题。而且长时间的营养不良，现在献血，身体已经消耗不起了，何况这也不是解决问题的办法。

没有奶奶家和姥姥家可去，孩子跟着我们，冬天伴着肆虐的寒风，夏天在蚊虫的叮咬、雨水的滴答声和不见饭菜更不见鱼肉荤腥的清粥中成长着。我终于下了决心，大人尚可以坚持，不能让孩子跟着我们受罪了。我鼓足勇气，第 N 次出去借钱，给女儿凑齐了一个学期的生活费，送孩子去了幼儿园寄宿班。一个 3 岁的小小幼童，生活尚不能完全自理，说话还不能完整表达，就这样离开了母亲的怀抱。

那个初秋的早上，我第一次送孩子上寄宿班，小小的女儿紧紧拽着我的衣服，声嘶力竭地喊妈妈，生怕妈妈不要她了，生怕从此离开母亲——她出生后唯一始终陪伴她成长的人，生怕离开那个贫瘠困顿、于她却无比温暖依恋的家。看着秋风中伸出手绝望哭喊的孩子，我的眼泪哗哗流了下来，这样一个小小的人儿，就这样一下子被她唯一依赖信任的亲人推到完全陌生的环境中，作为母亲的我，肝肠寸断，心疼自己小小无辜的可怜孩子，痛恨自己没有能力为她创造一个如同龄孩子一样无忧无虑的童年。我想紧紧抱住那个秋风中无助地颤抖的身体，可是理智最终战胜了感情，以爱的名义把她带在身边，却不能给她最起码的衣食住行的保障，这样所谓的爱，是不是更是一种不负责任的自私？一个人的生命旅途中，很多事情会不经意间忘却，可是秋风中女儿撕心裂肺的哭喊，那绝望与恐惧交织在一起的眼神，那小小战栗的身体，却一直在我的眼前闪烁，在我的耳边回荡。眼泪蒙住了我的双眼，那些往事却清晰地浮在眼前，唤醒了我隐藏在内心深处潮水般的记忆。

安居方能乐业。没有家，就没有安全感。心和身体、灵魂，一直在流浪、游荡，像一个无家可归的流浪儿，从一个屋檐下流浪到另一个屋檐下，见到了很多人，也认清了很多事。那些善良房东温暖的语言、和善的笑容，和另外一些房东鄙夷轻蔑的神情、刺耳的声音。声音也是有表情、有温度的。还有那些漏风的屋子、墙上斑驳的苔藓。背阴潮湿的屋子住久了，我对阳光有种执着的渴望和热爱，那时最大的愿望是拥有一间属于自己的房子，拥有一个属于自己的温暖的阳台，能够让我娇弱可爱的女儿天天沐浴在温暖的阳光中，过一种安定的日子。一直在幻想一种生活：岁月静好，现世安稳。有一间不必太大却安静的房间让我写字，让我或喜悦或忧伤的情绪在夜里静静宣泄，在一张张纸上涂上斑驳的墨色。房子一定要有采光极好宽敞明亮的阳台，站在那里，抬头可以看见天际，低头可以看到人流，有阳光的温暖，有月色的冷寂。一张桌子，一台电脑，一对音箱，能够让我离我的梦想近些、再近些。能够给我的女儿一个温馨的家，一束温暖的光芒。我知道，只要有温暖的阳光将我包围，纵然在寒冷的冬天孤独一人，我的心也会春意盎然。直到2010年，生活才稍稍安顿下来，我们立刻贷款买了房，从此有了一个栖息的所在。买上了电脑，我开始重新写作，灵魂终于跟着疲惫的肉体，得以安定下来。

生活中有许多事情是消失在写作之外的。生活空间只是我们身体的延伸，无论是在大地上面，还是在大地里面——

黑暗是人的命名，只是适用于人的定义。也许是大自然对我的洗礼吧，很多人看我的文字，感到沉重和沧桑，及至见到人，才知原来不是想象中的老人。是多舛的命运，让我经历了比同龄人更多的苦难与折磨，心早早苍老了，文字也自然沉重了许多。有些词汇，在书本上学来之后，还需在生命里再学一次。在种种磨难的背后，我真正懂得和学会了隐忍、坚强。

匍匐在地的时候，渴望的是一种低飞。

三只猫

喵喵

女儿两岁半时，拍过一张照片。照片中的女儿梳着两只朝天辫，穿着她表姐淘汰的不合体的格子连衣裙，坐在一张破旧的沙发上，怀里抱着一只黑白花纹的猫咪。她的眼睛笑成了两道弯弯的月牙，露出两排洁白整齐的牙齿，那种让人看了心疼心动的明媚笑容。多年之后，读中学的女儿在照片背后写道：喵喵——我幼时的第一个伙伴，也是第一个玩具。

那时候，因为手头拮据，我们不舍得花钱送女儿上幼儿园，女儿就跟我们住在一个远离人群的荒凉院落，过着与世隔绝的生活。没有伙伴，没有电视，也没有玩具，她独自一人在漏雨的棚屋里孤单地玩耍，过着一个孩子本该美好却再也回不去的童年时光。连一日三餐都难以为继的我们，根本没有能力为孩子买玩具。

直到有一天，孩子父亲从外面回来，手里小心翼翼地抱着一只纸箱，一进大院，就高兴地喊着女儿的名字让她过去看。听到孩子父亲难得的明显兴奋的声音，我立刻抱着欢快应答的女儿跑到院子里。打开纸箱，只见一双绿幽幽的大眼睛有些惶恐地注视着我们，嘴里发出微弱的喵喵的声音。这是孩子父亲在路边野地里拾到的一只小猫，它黑白花纹，眼神明亮，体态娇小，是一只刚出生不久即遭遗弃的小猫咪。孩子父亲从路边走过，看见它瑟缩在野地不断发出微弱的叫声，突然想到自己幼小而孤单的女儿。就这样，它成了女儿艰辛童年的第一个伙伴，也是唯一的玩具。

女儿非常喜欢这个乖巧伶俐的小伙伴，给它起名叫“喵喵”。小小的女儿把更娇小的喵喵抱在怀里，和它一起吃饭、睡觉、玩耍，喵喵像一团活泼的绒球，每日追随着女儿，和她形影不离，陪伴着这个在贫穷和孤独中成长的孩子。

女儿一天天地长大，喵喵也已经长成一只半大的小猫，更加淘气了。女儿每日抱着它玩耍嬉闹，容易满足的心充满了单纯的快乐。我们住的地方在郊外，出门是一片小丘。不忙的时候，我会牵着女儿，女儿怀里紧紧地抱着她心爱的小伙伴，一起去野外玩。女儿奓开小手欢呼着，奔跑尖叫着，嫩绿的青草，打着小伞的蒲公英，繁星般的荠荠菜，都会带给她快乐和惊喜。湛蓝的天空中，麻雀在低翔，不时落下，蹦跳着叽叽喳喳地歌唱。这时，喵喵会挣脱女儿的怀抱，越过犁好的田地的界垅，去追逐欢唱的麻雀。它抵住前爪，弓起身子，一动不动，时刻准备着跟麻雀搏斗。女儿跟在它身后，和它一起追逐着那些天空的精灵，稚嫩的童音回荡在绿色的春天里。

我们居住的棚屋外的野地里常常有流浪狗出没。有一次，女儿跟喵喵在大院墙外玩耍，突然迎面跑来一条毛发凌乱的流浪狗，仰起头冲着女儿狂吠。女儿被吓得哇哇大哭起来，听到女儿凄厉的哭喊，我从院子里飞跑出去，突然女儿的哭声戛然而止。只见喵喵挡在女儿面前，对着流浪狗高高竖起尾巴，喉咙里发出低沉的吼声，瞪着滚圆的眼睛怒视着流浪狗，流浪狗看到喵喵发怒的样子，吓得跑远了。是喵喵挺身而出，保护了女儿。

有一天，喵喵不见了，女儿哭着找遍了院子里的角角落落，却没找到。女儿的嗓子都喊哑了，小小的脸蛋上满是泪水。我抚慰着她，说喵喵可能是跑了，以后让爸爸再给她拾一只小猫。可我心里却在想，都说狗是忠臣猫是奸臣，这样艰苦的条件，连人都忍受不了，何况一只来往自由的小动物呢，它肯定是选择离开了。我心里暗自嘀咕着，却不敢说出口，怕伤了女儿纯净如一口清泉的心。女儿似乎看穿了我的心思，哭喊着，坚决地摇着头："不要，不要！喵喵肯定有原因，它不会跑的，我只要喵喵！"在女儿心里，喵喵已经不仅仅是一只猫，而是与她朝夕相互取暖、不可替代的小伙伴了。可喵喵终究是找不到了，那以后的很长时间，我们都不敢提喵喵，不然女儿总会哭闹着坚持喵喵没有跑，一定要找到它。

大约过了半个多月，我们清理一间废弃的屋子，准备用来做仓库。打开房门，一眼看见喵喵的尸体，已经干瘪成了皱巴巴的一团，身上的皮毛凌乱干涩。原来它是误吃了什么东西，自己躲到这儿悄悄离去了。我不知道它在临终前经历了怎样的痛苦折磨，但我清楚，它怕我们，尤其是它的小主人兼小伙伴看到它痛苦挣扎的样子，就选择独自悄悄地躲起来离去。在最后闭上眼睛的一刻，它的眼中一定蓄满了泪水，痛苦伤感而又无限留恋地注视着它的小主人。女儿看到喵喵的尸体，哇的一声大哭了起来，坚持要把喵喵掩埋掉，说她知道喵喵不会自己跑了，它是怕我们难过，自己悄悄躲起来走了……

皮皮

女儿三岁半了，我们准备送她上幼儿园。为了方便接送她，我们一家三口从棚屋里搬出来，在城乡接合部租了两间南平房。说是两间，其实只有不到 10 平方米，隔成了两半，里头仅放得下一张床、一个简易塑料衣橱，外面放一个煤气罐、一张小桌子，一家三口挤在那张大床上。

腊月底，看仓库的工人要回老家过年，抱着一只小猫来到我们租住房，让我们代为照顾。女儿一看就兴奋了，央求我们收留它。我们留下了这只同样有着黑白花纹，同样是刚出生不久的小猫咪。这次女儿给它起名叫“皮皮”。

皮皮实在太瘦弱了，黑白花纹下是瘦瘦的肚皮、嶙峋的骨头，抱在怀里身子轻得像一团温软的棉絮。女儿每天把它抱在怀里，给它洗澡、喂食，像呵护一个刚出生的婴儿。出门的时候，女儿将只有巴掌大的皮皮放在姑妈送给她的一只铁皮饼干盒里，孩子父亲在盒子下安了四个小轮子，在盒子上穿了一根长绳。女儿无论走到哪儿，身后都拖着这只盒子，盒中的皮皮探出小小的头，瞪着好奇的大眼睛，怯懦而又忍不住东张西望，喵喵叫着跟小主人打招呼。有时它会站起来，弓起身子伸个懒腰，却从未乱跑出来，一直安安静静地待在小主人给它安排的小铁屋里。皮皮长得很快，铁皮小屋躺不下了，女儿又给它找了一个纸盒子的新家。皮皮像它的名字一样，越来越调皮。它经常跑到我们租住房狭小的院子里，在那株月季花上打秋千，老远听见女儿从幼儿园回来了，就像风一样迅捷又悄无声息地奔到她面前，蹭着小主人白皙娇嫩的脚踝。周末早上，女儿想睡懒觉，却常常被它蹭来蹭去地弄醒。有时候，女儿玩累了困极了，蒙上被子不理它，它索性在女儿头顶找一个舒适的位置把自己盘成一坨毛线，咕噜咕噜地跟小主人撒起娇来。

女儿从小跟着我们在艰难拮据中长大，居无定所，颠沛流离，比同龄孩子更懂事，知道克制。在看见别人家的孩子快乐地玩滑雪板、穿溜冰鞋、开碰碰车时，女儿只是远远地站在一边望着，眼里充满渴望和羡慕，却从不哭闹着要求。皮皮闯入女儿的生活后，成为她单调生活里相依为命的伙伴，给女儿贫乏的童年增添了很多快乐。它是一只乖巧安静的小母猫，每次女儿唱歌、跳舞、画画、讲故事时，皮皮都是最忠实的观众，它会瞪着碧绿澄澈的大眼睛专注地看着小主人，时而喵呜喵呜两声，为小主人叫好。

动物与人一样，也有着细腻丰富的情感，甚至比人类更率真、更专注。猫这种看似敏感娇弱，实则独立的灵性动物，是一种高冷而骄傲的小动物，它们趾高气扬地从你身边走过，甚至不会看你一眼，如果你真的不理它，它又会跑来蹭你，可是当你抱它时，它在你怀里不过三秒，就会挣脱逃走。它慢热而长情，只要你对它用心，它也一样会敞开心扉欢迎你走进去。

有一次女儿回家，皮皮照例老远就喵喵欢叫着跑到门口迎接小主人，女儿也进门就叫着皮皮，然后把它举起来抱到怀里。皮皮却一反常态，用一双幽怨的眼睛瞪着女儿，似乎有什么话要说，然后猛地挣脱女儿的怀抱，自顾离开。同样的情形发生两次后，女儿陡然想起来了，原来她在回来路上抱过其他小猫，皮皮可能闻到了女儿身上有别的小猫的味道，生气了。从此，女儿外出再也不碰其他小动物，两个小伙伴和好如初。

小动物与孩子之间似乎有着天然的信赖与亲近，皮皮给女儿的童年带来无限的快乐和慰藉。女儿眼里的皮皮，不仅仅是一只不会说话的宠物，更是最值得珍视的朋友。有一次，下起了小雨，女儿抱着皮皮打着伞出去玩。回家途中，雨下大了，女儿怕淋着皮皮，紧紧地将它搂在怀里，雨伞斜倾着，罩着皮皮，她自己的半个身子却露在伞外。待一路跑回家，她的头发和衣服都湿透了，浑身冰凉，皮皮两只前爪使劲地抓着女儿，像一个依恋母亲的婴儿，被女儿保护得好好的，身体温热柔软，一点儿没被淋到。

皮皮也依恋着女儿，每天早上送女儿上幼儿园，走到门口，皮皮就会跟在后面喵喵叫着，目送女儿离去。到晚上接女儿回来，皮皮老远就嗅到了我们的气息，急不可耐地喵喵叫着，跑到门口迎接它的小伙伴。就这样，皮皮由刚来时怯生生地躲在床底下，到遍地撒泼地抱着花盆里的橘树倒挂，陪伴女儿度过了一段快乐时光。

一年后一个春天的晚上，我从幼儿园接女儿回家，却没见到皮皮熟悉的活泼身影，也未听到它欢快的喵呜喵呜声。女儿又跟当时找不到喵喵一样，边哭边叫着皮皮的名字，寻遍了大街小巷。后来，据一个从我们租住房门前放学路过的小女孩说，她看见好几天前有个奶奶在我们家门前转悠，那天中午放学的时候，皮皮被那个奶奶抱走了。陪伴女儿一年的皮皮就这样脱离了女儿的视线，诀别了女儿的生活。我们发誓再也不养小动物了，因为不想再感受失去，更怕女儿承受不了这一次次的别离。

丢丢

直到有一天，我家迎来第三个小客人。

现在，我还能清晰地想起第一次遇见它的场景。

时值夏末，天气微凉，下着小雨。女儿已经 8 岁了，扎着马尾，读小学二年级。那天中午，她在放学路上路过一根横在路边的水泥管子时，突然听到一声微弱的“喵”。女儿蹲下身子去寻找，它在黑暗的管子中望向女儿，目光闪烁而明亮，却没有拒绝她向它伸出的双手。猫这种充满灵性又高傲乖张的动物注定与飘泊无定的我们，尤其与在孤独中长大的女儿结下善缘。当这只孤苦的流浪猫走向女儿的那一刻，女儿什么都不想了，她只想带它回家，那个同样四处流浪、萍踪不定的家。

女儿一路抱着它跑回了租住房。女儿渐渐长大，三个人挤一张床已经不方便了。这次我们是与一家由农村进城卖菜的夫妻合租了四间正屋的两间，我们住在西边两间，各自走自己的房门。房子不隔音，隔壁说话的声音都听得清清楚楚。我们睡在靠西墙的那间，房间刚刚能容纳一张大床和一张小床，东边这间当厨房、客厅兼餐厅，放着一个简易衣柜，一只煤气罐，一张折叠的小桌子。小桌子做饭时当菜板，吃饭时当饭桌，女儿写作业时又是课桌。房间太小了，打开桌子就转不开人，只好用时打开，不用时折叠起来。

这样逼仄的住房条件，三口人尚且住不开，哪里还有多余空间容纳一只猫呢？可是看着女儿亮晶晶的眼睛，被汗水打湿的头发，满怀期待的表情，我不忍心拒绝了。小猫被女儿抱在怀里，它黄白相间的花纹，弱小的身子蜷缩成一团，两只碧玉般的大眼睛怯生生地望着我，声音嘶哑地喵喵叫着，仿佛知道要与女儿结成联盟，共同争取我的同意。望着女儿和小猫无辜又迫切的眼神，摸一摸小猫瑟瑟发抖又温暖柔软的身体，一瞬间如蜻蜓掠过水面，那么微妙而又真切地触碰到我柔软的心。就这样，女儿收留了这个可怜又可爱的小生灵。鉴于此前喂养的失败，这次我们特意给小猫起了个名字叫“丢丢”，很有点以前人们为了孩子好养，故意起名诸如“狗剩”的意味。

丢丢是一只最普通不过的小猫，然而就在女儿带它回家的那一刻，它便变得与众不同了，他们彼此需要，相互珍惜。丢丢与我们有一种与生俱来的亲切感，很快便与我们混熟了，开始慢慢地对自己的名字有反应，也开始习惯我们的拥抱。

我们每日为生计奔波，生活完全没有规律，常常回到家已经很晚。女儿从上小学一年级开始，就每天自己走着上学、放学，我们从来没有去接送过。回到家，第一个迎接她的总是丢丢。有一次，我们到家已是深夜，女儿没有吃晚饭，写完作业与丢丢玩耍等着我们，实在熬不住睡着了。打开房门，我们看到满脸稚气的女儿躺在床上和衣而卧，小小的身子蜷曲着，怀里抱着丢丢。听到动静，丢丢警觉地从女儿怀里伸出头张望，好像在保护女儿。看到是我们，懒洋洋地伸了个腰，喵喵叫着跟我们打招呼，然后又惬意地钻进了女儿怀里。

一个星期天，女儿和她的表姐抱着丢丢去外公家玩，约好吃过晚饭就回来，可是晚饭时间过去很久了，依然不见女儿回来。在我们焦急的等待中，女儿和表姐回来了，泪眼婆娑，说下午带丢丢在外公家楼下的草坪玩，淘气的丢丢奔来跑去地跟她们玩捉迷藏，被困到茂密的冬青丛中出不来了，只听到丢丢惊恐的哀叫，却怎么也找不到它。她们围着冬青丛找了好久也找不到，只好垂头丧气地回来了。我听了很难过，只有柔声安慰着面前这个哭成泪人的小女孩。

挨过难熬的夜晚，早上送走上学的女儿，父亲突然来了，手里拎着一只网兜。听着“喵喵”的叫声，我不敢相信自己的耳朵，难道是丢丢回来了？打开网兜，丢丢边叫边蹭着我的裙角，像一个受了委屈的孩子，回来对妈妈撒娇呢。果真是丢丢！父亲说早上起来，听到门外有猫叫声，时不时还有房门被抓挠的动静。打开门，丢丢正在防盗门外边“喵喵”叫着，边用爪子和尾巴蹭着防盗门，头上身上全是草木碎屑。

父亲找了个网兜，把它放进去，想提着送回我们家。丢丢起初可能是怕被扔掉，在网兜里凄惨地叫着，使劲地挣扎，想突围出去。走到距我们家一百多米时，它安静了下来，它已经知道自己即将被送回家。见到我之后，它伸出两只前爪紧紧地抓住我胸前的衣服，眼睛似睁非睁地撒着娇儿。盯着这个怀中亲密依偎的小生灵，我不知道它是怎样从冬青丛中挣扎出来，又是怎样穿越楼道防盗门，找到楼上父亲家的。这弱小的精灵，为了寻找主人，历尽辛苦，心中怀有一种怎样的信赖和依恋啊！中午女儿无精打采地放学回家，眼睛还是红肿的，一进门听见熟悉的喵喵声，立刻喊着“丢丢”“丢丢”，边哭边飞跑进屋。它高高地竖着尾巴，像以前一样跑过来围着女儿打转，蹭着她的小腿。女儿紧紧地抱着这个失而复得的“宝贝”。

经历了这次事件，丢丢和我们相处得更加融洽。每天出门，它都会把我们送到门口，但是怎么也不肯迈出大门一步，就那样目送自己的亲人远去。有时，我们去离家不远的广场玩，女儿把放着钥匙的小包挂在丢丢耳朵上，丢丢就会乖乖地趴在地上，时而伸出它的小爪子跟主人嬉闹，但始终坚守岗位，守护着那个挂在它耳朵上的小包。

一次，有位朋友来我们家串门，看到丢丢特别喜欢，说他家底楼好像进去老鼠了，想把丢丢要去捉老鼠。女儿不同意，我也不舍得，最后商量先借去十天，再送回来，女儿勉强同意了。仅仅过了三天，朋友就打电话来让我们接丢丢回来。原来丢丢到他家后就钻到沙发底下，从早到晚一直凄厉地哀叫，任凭朋友每天将鱼虾端到沙发边沿，就是不肯出来吃一口。丢丢绝食了！它可能以为我们抛弃了它。朋友无奈，只得让我们接它回来。我和女儿刚走到朋友家大门外，就听到丢丢“喵喵”的叫声，箭一般从底楼大门蹿了出来，喵呜喵呜叫个不停，似乎在向我们倾诉分离的委屈。

时间过得真快，丢丢已经长成了一只成熟的大猫，比幼时安静了许多。

2011 年春，历经多年打拼，我们终于贷款买了属于自己的房子，从租住的平房搬上了楼。女儿放学回家，问：“妈妈，丢丢呢？”我忽然想起，对啊，忙碌了一上午，怎么没有听到丢丢的动静，不会是遗忘在租住房或者真的“丢”了吧？！女儿一听，眼泪唰地下来了，哭喊着说：“丢丢，丢丢！你们把丢丢弄丢了，我要回去找丢丢！”这时，隐隐地听到了一声猫叫，我们以为是幻觉，屏息静听，果然是丢丢的声音！只见它正从女儿盛书的一个纸箱里探出头，一边回应女儿，一边不紧不慢地从纸箱里走了出来，那风度，俨然一位胜利归来的大将军。

住在楼上，丢丢生活很不便，也不适应封闭的环境。我同女儿商量，与其这样每天把丢丢蜷在楼上，眼睁睁地看着它不快乐，不如把它送给一个喜欢动物又有条件豢养的人家。几经筛选，我们将它送给了一位离我们家不远住平房的亲戚。丢丢走后，失落和牵挂在我和女儿的心底萦绕了好长时间，我们总是不适应回家后的冷冷清清，担心丢丢在那里不适应。但一想到为丢丢找了一个更适合它生活的地方，它应该会获得新的慰藉和快乐，我们也就释然了许多。此时，女儿已经长大了，对这种分别的情绪不再像小时候那么无法控制。一直到把它送走，女儿都没有哭。只是偶尔会问我，如果再见面，丢丢与我们，是不是还能认出彼此，丢丢是不是还像以前一样记得回家的路？

生育记

我们的童年，没有现在的孩子这么丰富多彩的娱乐活动。那时候，孩子们玩得最多的，就是踢毽子、捉迷藏、丢手绢、老鹰抓小鸡、过家家等游戏。我们这些文静的女孩子都喜欢玩过家家，扮演小妻子、小母亲的角色，手里揽着金发碧眼的布娃娃，轻柔地哼着妈妈唱给我们的儿歌，温存地哄着怀里的布娃娃入睡。那是一种潜意识母性情怀的最初萌发。

我所在的城市是北方沿海的一个县级市，毕业后我顺利进入一家开发区市政建设公司上班，然后经人介绍结婚。记得结婚半年后，我有段时间对气味特别敏感，时不时恶心呕吐，一直以为是肠胃问题，没有太在意。直到一位同事大姐善意提醒，才意识到应去医院检查一下，结果真的是怀孕了。看到 B 超化验单上那个十字架似的“+”号，虽在期盼之中，又有点不敢相信，一个新生命的诞生竟然是如此神秘而又奇妙，如此猝不及防，甚至完全没有做好足够的心理准备，他（她）就一天一天地向我走来，我要当妈妈了！

母亲去世，婆母远在上海大姑姐家，没有一点儿育儿经验的我，满心欢喜又惶恐紧张地准备着迎接这个新生命的诞生。从检查出怀孕的第一天开始，我就郑重地买来一本崭新的笔记本，开始写《宝宝日记》，记载下这个新生命成长的点滴历程，想着长大后与他（她）一起分享和回味。此刻，我的身体是迷人的仙境，绿野河流，鸟语花香，簇拥着渐渐长大的生命。我儿时那种怀抱布娃娃玩过家家的小母亲情怀被唤醒了。对于失去了最疼我的母亲的我来说，孩子更有着不同寻常的意义，他（她）是我亲手创造的小生命，也许有着我母亲家族的隐性基因，神奇地传递着我与他生命的金丝带。想到要做妈妈了，我的生活习惯改变了许多，不再挑食，也不再娇气和任性。一向爱美的我，脱下高跟鞋，摘下隐形眼镜，不施脂粉，素面朝天，开始主动锻炼身体，眼角眉梢洋溢着即将为人母的柔情和恬淡。

那时的我沉浸在创造新生命的狂喜和兴奋中，从未想过对一个女人来说再平常不过的生育，会在我日后的漫长生活中投下怎样的阴影。由于单位效益不好，已经半年没发工资了，检查费和生产费都不报销。他在我们租住房60里地外的乡镇上班，每天骑摩托车早出晚归，到家已是八九点了。我天天提心吊胆地听着摩托车的声音，直到听见门响才彻底放心。怀孕后期，为了方便去市里医院检查，我们退掉了单位附近的租住房，搬回到市区娘家的楼房，跟娘家哥哥嫂子住在一起。我每天骑自行车跑十几里路去单位上班，单位没有食堂和宿舍，中午到外边的小吃摊上买个烧饼或者包子当午餐，就这样，一直坚持到孩子临产。

10月22日，距离预产期还有半个月。大夫在检查后说，因为母体营养不良，孩子胎盘钙化，可能要早产，让做好提前生产的准备。慌乱中的我赶紧办理了产假手续。当天来到他所在单位的宿舍住了下来，希望在生产时一家三口能够在一起，不用每晚坐卧不安地等待摩托车的声音了。那晚八点半，整个下午都在他宿舍忙着洗衣服打扫卫生的我感觉很疲惫，正要洗漱休息时，突然感觉身体有些异样。我曾问过姐姐临产前兆，知道可能是羊水破了，马上要到医院待产。去市里医院来不及了，赶紧赶到他单位附近的一家大型企业医院。大夫们都下班了，在医院工作的表姐和值班护士过来看了看，说不要紧，明早一上班大夫会过来接生。

整整一夜，我躺在空荡荡的病房无法入睡，一直恶心呕吐，腹泻绞痛。终于挨到第二天早晨，表姐陪着妇产科大夫过来了，看见一夜未眠、被疼痛和呕吐腹泻折磨得奄奄一息的我，表姐说这个样子没有力气生产，必须要喝点小米粥才行。为了顺利产下宝宝，我勉强喝下了表姐为我熬的小米粥。我的体内涌起一波又一波的阵痛，好像有一只坚硬的勺子在搅动五脏六腑，从腹部向下辐射撕扯。我全身被汗水浸透了，疼得说不出话来，眼泪流干了，嗓子发不出声音，已经没有哭的力气。我实在无法忍受这折磨了，费尽力气嚅动嘴唇，请求大夫做剖腹手术。大夫摸摸我的腹部，说孩子很小，我剧痛了一夜，宫口已经开了，再坚持一下，孩子就可以顺产。听说顺产对孩子以后发育有利，我豁出去了，决定自己生。嘴唇疼得咬出了血，连哭喊的力气都没有了。此时已是上午 7 点 50 分，距离头天晚上破羊水快 12 个钟头了。我配合大夫的要求，一点一点地攒足全身力气，只想让孩子顺利健康地生下来。

这时，四下突然一片沉寂，被疼痛折磨得意识模糊的我，恍惚中听到大夫跟身旁的助产士小声说话：“胎位不正，孩子脚先出来了，赶紧准备采取措施！”我一下清醒过来，意识到自己不幸遭遇了难产，孩子脚先出来，如果生产不顺，就会脐带缠住脖子，有生命危险，母亲也会面临大出血，甚至可能有生命危险。这样的情况，我在怀孕时听人说过，没想到噩运竟然降临到我的身上。

我的大脑瞬间空白如洗，旋即想到九个月怀孕的辛苦，对孩子的期盼，以及早逝的母亲。孩子尚未睁开眼睛看一看这个世界，不能让他（她）就这么一路穿过黑暗离去。宁可付出我的生命，我也要把孩子生下来。这时候，时间就是生命，每延迟一秒钟，就意味着孩子多一分危险。我突然生出了力气，起初像抽丝，越聚越强大。对大夫说，我要孩子，要把孩子生出来。那一刻，没有了疼痛和恐惧，让孩子顺利出生的念头支配着我，身体立刻像充了电一样，全身的力量陡然爆发了。母爱的力量就这样战胜了危险，我的孩子终于顺利出生了，是个女儿，包着毯子只有 2500 克。是女儿的瘦弱娇小拯救了她，也挽救了我。我全身瘫软，无力张口道谢。我与女儿携手终于渡过了难关，这是我们母女俩第一次联手打败和逼退面目狰狞的噩运！可能是孩子太小又早产的缘故，她出生并没有像小说中描写的那样呱呱坠地。大夫告诉我孩子出生的消息，我犹如卸去了千斤重担，这时才想起没有听到孩子的哭声。正要问，突然听到一声小猫一样微弱的嘤嘤哭泣，然后是大夫如释重负的声音："孩子生下来没哭，怕是嘴里被羊水堵住了，倒提着拍打了屁股一下，这会儿没事了。"

我紧张的心立刻放松下来。大夫把孩子抱到我面前，她像小猫咪一样大小，略微发黄的黑色卷曲的头发，大拇指肚般大的脚后跟。看着躺在身旁紧紧闭着眼睛的小小的身体，想到刚才孩子被大夫倒提着轻轻拍打的情形，我的心像被针扎了一样疼了起来，泪水冲决迷糊了双眼。从今往后，我不是我自己的了，我是一个孩子的母亲，我要好好活着，守望着她长大，不能让她像我一样，失去母亲，孤苦伶仃。

没有娘家母亲照顾，我在婆婆家坐的月子。孩子满月已经是寒冬了，他接我们从婆婆家回到娘家的楼房。

他依旧早出晚归骑摩托车去 60 里外的单位上班，冬天天冷，经常两三天回来一次。我一个人照看孩子，买菜、做饭、倒垃圾、洗衣服、换洗尿布、打扫卫生。常常把孩子哄睡后，我再手忙脚乱地洗尿布、拖地、做饭，饭菜刚刚好，还没来得及吃，就听到孩子微弱的哭声，赶紧放下饭菜过去照看孩子，换尿布、喂奶。等忙完回来，饭菜已经凉透了。有时我正在刷洗衣物，听到孩子的哭喊声，马上跑进房间看，床上已经找不到孩子了，循着凄厉的哭声，看到我小小的女儿翻身掉到了床下，跌进了床头旁的拖鞋里面。孩子太小了，似乎一只拖鞋就能把她藏起来，我是多么希望可以好好地陪陪我的孩子啊。我把女儿抱起来，眼泪不由自主地哗哗流了下来，心疼孩子，也更加思念母亲。

没妈的孩子是根草，为了我的女儿不再像她的妈妈一样仓皇无助，我要好好活着，照顾好我的女儿。他不能天天回来，我要自己出去买菜、倒垃圾。出去时，我不敢把孩子一个人放在家里，怕她醒来找不到妈妈哭喊，更担心她的安全，只好把女儿包裹得紧紧地，抱着孩子在寒风中去倒垃圾，然后到周围的市场买菜。出门时，得一手拎着垃圾袋，一手抱着孩子，拿着钱包，回来时两只手紧紧抱着孩子，胳膊上挎着菜篮子。就这样，孩子过百天时，哺乳和一个人照看孩子的劳累，又使我恢复了少女时的苗条和轻盈。

那时候还没有热力公司供暖，孩子太小，我不敢用电褥子。我住在背阴的北间，哥哥嫂子住在向阳的卧室。我只有白天抱着她，穿过哥哥嫂子的卧室，到阳台晒太阳。晚上紧紧抱着她，用自己的体温温暖她。房间太冷了，阳光照耀不到的房间弥漫着一股寒气和阴气。女儿常常半夜被冻醒，然后一夜夜啼哭。我只有一遍遍艰难地爬起来，给她喂奶，为她换干净的尿布，抱着她轻轻哼唱。直到她安安静静睡着了，我才能稍微躺下休息一会儿。我一夜夜反复起来又躺下，累得腰都直不起来，只好支着胳膊，托举孩子跪着爬起来。从那以后，我的腰就留下了痼疾，不敢弯腰，甚至每次洗头腰肢都像断了一样，许久直不起来。

以前对房子没什么要求，但是经历了这个没有阳光的漫漫长冬，我有了迫切买房的愿望。我准备休完产假回单位上班，努力赚钱买房子，只为了可以让我的孩子每天见到阳光。可是没想到，就在我休产假期间，单位改制了，原来的国企摇身一变成了私营企业。新老板是一位干工程发了财的“包工头”，趁着改制之机，以极低廉的价格买下了我们的企业。新老板没有任何口头或书面通知，单方面与尚在产假期间的我解除了劳动合同。为了生孩子后能多休几天产假，我一直坚持工作到孩子临产，以致营养不良，胎盘钙化，孩子早产。却没想到，产假成了我职业生涯的无限期长假，我永远地被抛离了自己的岗位，再也回不去惯性的轨道。一夜之间，我由一名国企员工沦落为下岗工人。先是没了母亲，然后失去工作，命运无情地抽掉了我所有的支撑。我成了一个没有身份的人。在我孱弱单薄的身上，生育和工作居然成了一对不可调和的矛盾体。如果我不生育，也许还不会下岗，可是作为一个女人，一个母亲，还有什么比孩子的诞生更重要的呢？生育让我失去了工作，失去了赖以生存的保障，可作为母亲的我有什么过错，为什么非要让我承受这灭顶似的惩罚？过去我心中充满梦想，是因为有个单位在，现在没了单位，被汹涌的浪头推向了社会，我万念俱灰，真的觉得什么都没有了。

天渐渐地暖和了，我开始每天骑自行车带着孩子出去，到处看租房广告和招工启事。我想为孩子租一间有阳光的房子，一间足够；我想找一份工作维持生活，不求体面，只要有解决温饱的收入就行。骑着骑着，我忍不住一个人发呆恍惚，没了工作，没有房子，没了母亲，没有温暖的娘家，我像一根野草在风中飘摇，不知道自己要往哪里去，能往哪儿走。女儿能感觉到我情绪的变化，坐在宝宝椅上，从后面伸出小手抱住我的腰，柔软的身体紧紧贴在我的身上，用稚嫩的嗓音唱起了儿歌：“大公鸡，喔喔喔，早早起来笑话我，笑我不劳动，笑我不干活。”听着她故意变调的儿歌，我忍不住笑了，女儿也开心地笑了，从后面更紧地抱住了我。有时候，我被生活的履带碾压得没了兴致，麻木迟钝的心全然忘记了领受女儿小小的心意，没有一丝反应，女儿就会在后面奶声奶气地说：“宝宝办法不好用了，妈妈不高兴了。”听到女儿这么说，我的内心百感交集，她小小年纪就这么有心，这么在意妈妈，让我感到既温暖又心疼。常常，我会忍不住发呆，偷偷流泪，女儿看到了，总是边伸出小手给我擦眼泪，边把嘴巴贴到了我脸上问：“是宝宝不乖，妈妈生气了吗？”我忍不住把她搂入怀中。

孩子是无辜的，她是我全部的希望和寄托，是我在最艰难无助时坚持活下来的无法割舍的牵挂。每个女人都希望自己能够生一个聪明健康的宝宝，只是命运跟我开了个天大的玩笑，让我体验了生育与下岗的水深火热。但是，我从未埋怨过孩子来的不合时宜，我只是心疼孩子，她生下来就跟着我吃苦受罪。我曾经眼睁睁地看着母亲的背影以倒计时的状态离我远去，决绝得就像输液袋中一滴一滴地跳下来的泪水。我无力挽留母亲，但我能紧紧地抓住孩子小小的温暖的手，我要亲手把她带大，给予她别人无法给予她的母爱，100% 纯棉似的母爱。如果说这世上永远有一个人真心地依恋着你，真正地需要着你，你也对她永远有割不断抛不开的牵挂，她就是——你的孩子。

我不后悔，因为没有生育过孩子的女人是不完整的。

跑保险

相当一段时间，在睡梦中，我被一个飘忽的影子追赶着，慌不择路，误入荆棘丛中，被扎得遍体鳞伤，继续没命地拔足狂奔，失足落入水中，猝然醒了，全身浸泡在了汗水中。我油然想起了那些跑保险的日子，它们就像奶奶给我讲过的“跑反”经历，是生存的压力和窘迫像饥饿的狼群在我身后拼命不舍地追赶我。

休产假，成为我告别体制内工作的开始，我从此进入了长时间没有尽头的“休息”。记得有一次回农村老家看望公婆，婆婆看着我怀里的孩子说：“早点给孩子断奶吧，出去找份工作，咱们这样的人家，养不起闲人。”瞅着只有七八个月大的孩子，我从内心里不舍得。孩子出生时，因为营养不良早产，面黄肌瘦，幸亏产后奶水充足，女儿已经出落得白白胖胖，皮肤水嫩，开始咿呀学语了，我怎么舍得断奶呢？即使断了奶，这么大的孩子也要喂奶粉，我们哪有钱给孩子买奶粉啊，况且什么都不如母乳营养价值高。我不舍得给孩子断奶，又不想做一个终日照看孩子的所谓“闲人”，只好每天骑自行车带着孩子，流浪在大街小巷，看张贴在电线杆上、墙壁间以及塞在门面房上的租房广告和招工启事。

经过反复对比房租，我们终于选定了一家。这是一家城中村的平房，房东一家三口住四间北屋，东边一间厢房租给了一对从乡下来市里做水果生意的农民。南边说是两间，其实只有不到 10 平方米，隔成了两段，里面仅容一张床、一个简易塑料衣橱，外面放一个煤气罐、一张小桌子。这间房每月房租 120 元，已经是最便宜的了，我们没有能力租比这个更好的了。这间房子最令人满意的，是公用卫生间有个太阳能，房东大嫂租房时答应我们可以共用淋浴。虽然一个小院住了八口人，不可能天天有机会洗澡，但是能隔三岔五洗一次已经非常幸福了。

接下来我又开始到处应聘找工作。可是每次应聘，对方看看后面宝宝椅上的孩子，问了一下能否脱身坐班，听到我说不能后，皱皱眉找个理由就把我拒绝了。是啊，谁会犯傻招聘一个每天带着孩子上班的员工呢？别人生了孩子，双方老人像抢宝贝一样抢着带孩子，而我却要带着孩子找工作，委屈与无助由心底冲上喉咙，欲语还休，哽咽不已。奔波到初秋，我的一位同学说，你可以去保险公司做保险代理人，这份工作不需要坐班，没有时间限制，不耽误照看孩子，而且转合同后可以缴纳社会保险。我别无选择，抱着可以签合同缴纳社保的希望，去了一家寿险公司，做了一名保险代理人。

当时，中国刚刚开始开拓保险市场，很多人包括我在内根本不清楚保险工作是做什么的。我先是参加培训，每天带着孩子，保险公司管理人员倒也没什么异议。随后进行推销工作，就是通常所谓跑保险。保险公司每天早上要按时开晨会，我早早起来，给睡眼惺忪的孩子穿上衣服，带孩子去开晨会。在孩子心里，妈妈是她唯一的依靠，只要能跟妈妈在一起，去哪儿都开心快乐。天渐渐冷了，孩子早上起床越来越困难。租住的小平房阴冷潮湿，墙皮斑驳脱落，还有一片片发霉的东西，像苔藓一样。

这个冬天我得了哮喘，晚上喘不过气，咳嗽不止。有一天晚上，强烈的窒息压迫得我坐了一夜，不敢躺下。实在坚持不住了，他送我去医院，怀里抱着刚刚睡着的孩子。本想打个消炎针就赶紧回来，可是一检查，患了急性肺炎，大夫要求马上办理住院手续。孩子还在哺乳期，每月仅靠他一个人的工资勉强维持，又没有医保，哪里有钱住院呢？我跟大夫商量，让大夫打几天消炎针，开点药回去自己治。大夫看了看我，摇了摇头，叮嘱一定要打点滴，孩子也要马上隔离。我连夜回老家，把孩子送到婆婆那里。

也许上苍也不忍心再这样无休止地折磨我，没有住院，坚持打针、吃药，咳嗽症状减轻了，晚上也能喘过气躺下睡着了。这于我已经是极大的满足，省了一笔住院的开销，症状也减轻了。当然也不可能去复查，生怕检查还有病灶，明知无钱医治，与其让人心里徒增压力，不如讳疾忌医，权当没事。从那以后，我便落下了过敏性哮喘的毛病，只要闻到异味，就会咳嗽窒息打喷嚏，憋得喘不过气来。

这时候，孩子已经一岁了，断了奶，能够自己歪歪扭扭地走路了。保险公司没有底薪，工资全靠佣金提成，没有业绩便意味着这个月没有工资。为了每个月都能有一点儿收入，我每天都要带着孩子出去推销险种。因为性格内向羞怯，我不习惯陌生拜访，只有找亲朋好友和同学同事帮忙。从夏天到冬天，我骑着一辆半新的自行车穿梭在小城的大街小巷，自行车后座宝宝椅上，绑着一个小小的婴儿。婴儿有时会在车子上睡着，头歪在宝宝椅上，如果不是被绑在上面，不知要掉下去多少次了。有时孩子调皮，想从椅子上站起来，或蹬掉了鞋子，总会有好心的路人提醒我：“你孩子的鞋子掉了！”通常听到声音停下时，车子已经骑出去几米了。我跳下车子，慢慢地推着车子往后退，不敢支住车子停下，怕万一车子跌倒摔坏了孩子，只好一手扶着自行车把手，一边弯腰用另一只手捡起掉在地上的鞋子，这时才敢支好自行车，一只手扶住女儿，另一只手给女儿穿鞋子。亲朋看见我带着孩子狼狈上门，大都不好意思拒绝，出于同情，会多少买一份保单，这样就可以勉强每个月都有业绩，相应地有点微薄的收入。在保险公司，如果连续三个月没有业绩，就意味着被淘汰。那几个月，是一向少言寡语的我说话最多、跑得最勤的日子。签一份单，从开始联系、宣传，到签单、收客户款，再到保险公司交款、给客户送保单，最顺利的也要五六个来回。有的人言语间不经意地流露出轻蔑或者不耐烦，原本自尊心极强的我，为了完成任务，能维持一个月的饭钱，只有假装看不见。有时签完单往回走的路上，想想自己的处境，忍不住一路走一路默默流泪。

一直记得，我签的第一份单，是自己的父亲。

下岗了，没了工作，没有住房，甚至没人帮助照看孩子，我成了父亲的一桩心事。当时六十多岁的父亲，先是遭遇老伴去世，紧接着眼睁睁地看着女儿下岗，却爱莫能助。原本一头乌发、走路大步流星的父亲几年间迅速衰老，头发全白，步履蹒跚。为了让我有份收入，曾经做过法官、刚强正直从不求人的父亲，开始挨个向亲友打电话，直至登门拜访，让他们帮忙签单。父亲开口了，亲友们都表示支持。父亲第一个签单，买了一份养老保险。

保险工作说是不坐班，时间自由，其实工作时间是最长的，根本没有规律，也没有节假日。那年圣诞节，大雪从傍晚开始纷纷扬扬，早上起来，窗外一片白茫茫，仍然要去开晨会。那时候没有手机，租住的房子也没有电话，不去参加晨会是要扣佣金的。我看看反射着炫目白光的雪地，担心骑自行车会摔跤跌伤孩子，再看看躺在被窝里熟睡中孩子红扑扑的脸蛋，实在不忍心叫醒她，想着自己去开会，争取早早回来，或许孩子还在酣睡没醒呢。保险公司离租住房远，走着来去怕时间长孩子醒了，又不舍得花钱坐公交车，于是轻轻锁好房门，推上自行车去保险公司了。雪还在下，自行车轧过雪地发出咯吱咯吱的声音。一路提心吊胆地赶到保险公司，眼睛头发眉毛上挂了厚厚一层积雪。照例是半个小时晨会，这一次我却感觉特别漫长，因为牵挂着女儿，唯恐她醒了找不到妈妈。终于等到晨会结束，顾不上拜访客户，我骑上自行车匆匆往家中赶。此时路上行人多了起来，雪地被踩泥泞了，结了冰。我下来推着走了几步，又怕孩子醒了，耳边总是萦绕着女儿凄厉的哭声，于是赶紧上了车子。前头人行道上有一辆出租车突然停了下来，从后面车座上下来两个女孩子，看也不看推开车门要下来。已经来不及躲避了，我猛一刹车，车子一下子滑倒了，我也摔在了雪地上。两个女孩子看到我突然滑倒赶紧跑了过来，带着哭腔问姐姐没事吧？我缓缓地爬起来，试了试还能走路，心里惦念着家里的女儿，又看看面前两个女孩子，想到仅仅隔着三两年的时光，曾经跟她们一样青涩青春的自己，心里多了几分怜爱，对她们说："不要紧，你们走吧。以后一定记住，不能在人行路上停车，更不能不看周围有没有人就贸然开车门下车，这样会出事故的。"出租车司机这才从车里下来，帮我扶起自行车，开车离开了。我勉强骑上车子，满心想着赶紧回家看女儿，这才发现车把歪了，骑上去歪歪扭扭掌握不了方向，赶紧下来正了正把手，然后往家里赶。

终于到家了，刚走到胡同口，就听到女儿撕心裂肺的哭喊声，我的心立刻急速跳动起来。我打开门冲进院子，看见房东大嫂隔着屋门在对女儿说话，一岁多一点儿的女儿穿着秋衣秋裤，赤着脚，在号啕大哭。她的个子够不到房门钥匙孔，正使劲地用手拍打着门，喊着妈妈要出去。房东大嫂没有房门钥匙，只好站在门外哄。我的眼泪哗哗下来了，边哆嗦着从包里掏钥匙开门，边喊着女儿的名字告诉她妈妈回来了。孩子看到妈妈回来，骤然停止了哭喊。这时房东大嫂看到我的嘴角凝结了一块血块，裤子也撕破了，惊讶地问怎么了，我才想起刚才差点被出租车门子挂住，刹不住车摔倒，被车把挂住嘴角出血了。大嫂问，没让出租车司机带你去医院检查吗？我说担心孩子醒来，爬起来感觉没什么事，也就顾不上了。大嫂说，那你也该留个司机的电话，或者让交警过来做个记录，万一有什么事怎么办呢？我说，当时实在顾不上了，只想赶紧回来看孩子。这时才后怕起来，都说上天是公平的，好人有好报。放司机走了，如果真的有什么后遗症，没有医保更没有钱治疗的我，又该怎样面对？

我将女儿紧紧地抱在怀里，不想再有片刻的分离，就这么抱着，永远，紧紧地。屋子像冰窖一样寒冷，女儿冻得嘴唇都紫了，光着脚直接踩在水泥地上，脚丫冰凉。我低头亲吻女儿冰冷的小脸，解开衣服把她寒冰一样的小脚裹在怀里，给她焐热。女儿仰头看着我，看见我嘴角的血迹，伸出小手给我擦拭，小嘴巴凑上来，一双纯净的眼睛紧盯着我，嘴里说："妈妈不哭，妈妈不哭。"

女儿还是感冒了，当晚发高烧，小脸通红，呼吸急促，全身发烫，嘴巴像染了颜料一样红得要滴出血来。我抱着她去妇幼保健院打针，看到针头扎进她娇嫩的皮肤，比扎在我身上都疼。如果可以，我多想替她生病、打针啊。连续一个星期，每次看到我要抱她走，她就开始声嘶力竭地大哭哀求道："妈妈，不要打针，不要打针！"我狠狠心，边哄着女儿说"宝宝好了，不打针了，不打针了"边把她绑到自行车后座上，推着车子往医院走。刚下完雪，路上结了厚厚一层冰，我不敢冒险骑上车，怕万一再有什么闪失。还没走到医院大门，女儿就认出来了，立刻挥舞着小手号啕大哭起来，边哭边喊："妈妈坏，妈妈坏，不打针！"

我不敢独自将孩子撇在家里了，从周一到周五，又开始早早把睡得正酣的女儿叫起来，给困得依然闭着眼睛的她穿衣服，带她去开会，然后奔波着挨家拜访客户。就这样跑了不到一年，亲友圈子都跑遍了，断了资源，没了业绩，保险公司终于干不下去了。

干工程

2000 年春天，我们准备自己创业，投资建一个预制件厂。从来没有开口向人借过钱的我，跑遍了散居在这座小城的所有亲戚，向他们描绘建预制件厂后的美好前景。大概是亲友们看我下岗，身边带着一个孩子，一家三口寄人篱下，都很同情，也希望我们能改变目前状况，尽快从困境中解脱出来。于是东拼西凑，最多的 3 万元，最少的 1000 元，终于凑够了 10 万元钱，这是我人生中的第一笔巨债。

我们在市南郊区租了一个废弃的村委会院落，随即退掉了市区的租住房，举家搬进了工地棚屋。制作水泥预制件，需要液压设备，我们经过四处考察，发现手头的 10 万元仅够购买一台液压设备，而我们已经无处借钱，便决定自己设计加工液压机。从那年盛夏到初冬，经过三个月的实验，我们自己按照图纸制作了一台液压设备，比购买刚好省了一半钱。

随后是自己研发模具。我们通过对石子、沙和水泥反复进行配比试验，尺寸、湿度、硬度和凝固时间等都达到了标准要求，第一块路基石终于研制成功了！实在太激动了！11 月，一家市政建设部门的订单来了，我们组织工人倒班加紧生产。

研制出第一台机器，生产出第一块产品，接到第一笔订单，送出第一批货物，那种喜悦与成功的心情无法言表。然而困难接踵而至，借来的 10 万元钱虽精打细算，仍然不够前期投入，我们手里没有了流动资金。原材料一天进不来，房租、工人工资等就要在等待中白白损失一天。焦急如焚的我们多次上门催要货款，却一分钱都收不回来，对方回复最快也要到春节后了。这意味着不但要停产，工人工资年前也发不出去了。这些工人大多是外地来打工的，一年到头在外打工，只盼着春节能够挣钱，回家与亲人团聚，怎么能拖欠他们的工资呢？辛苦一年下来，不但借的钱没还上，到年底又添新债。要不回来货款，唯一的办法只有继续借钱。如果说春天借钱还对未来充满信心，张口还没觉得有多么困难，那么冬天借钱已经真的没有了勇气和底气。吃苦不怕，怕的是满怀憧憬忙了一年，换来的是过一个安稳的年也成为泡影。

我一页一页地翻着手里的电话本，把有希望借到钱的人一个一个地圈起来，却一次次地拿起电话又放下。但想到年关将至，工人们等着拿钱回家过年，又鼓足勇气操起电话。我首先选择了我最好的闺蜜，也是我原来单位的同事冬梅。她下岗后开了一家美容店，每天忙忙碌碌。每次有困难，我第一个想到的都是她，可是一想到春天借她的钱还没有还，而她正攒钱准备结婚，张口实在太难了。我不错眼珠地盯着电话机，手指缓缓拨着号码，拨到最后一位时，马上撂了听筒，没有勇气打通。就这样，我手里抱着电话机，犹豫几次，终于拨通了，却不知怎么开口。幸运的是电话无人接听，熬过漫长等待的 60 秒，心里竟有种如释重负的感觉。

可逃避不是办法，终究还是要想办法渡过眼前的难关。年关一天天如追兵迫近，我们可以不准备年货，孩子可以不买新衣服，可是工人们的工资不能再拖了，总要想个办法借到钱发给他们才行啊。我跑回老家找到姑姑，向她借了 1 万元钱给工人发工资。姑姑跟姑父、表弟开了一家养猪场，一家三口生意刚有起色，两个月前姑父却因一场意外不幸去世。这样的情况，本不该再张口向他们借钱，但我实在没有办法了。小时候，父母上班，我寄养在奶奶家，是当时尚未出阁的姑姑把我带大。姑姑听我说了情况，让我在家等等，把刚存进银行的一笔钱取了出来，催我赶紧带回去给工人发工资。我揣着留有姑姑体温的 1 万元钱赶了回来，给工人们结算了工资，让他们高高兴兴地回家过年。付完工资，手里也没有钱了，明年的周转资金又成了问题。

人在穷困潦倒无助时，最能体会到人情冷暖、世态炎凉。苦苦挨到次年春天，资金状况仍无好转，本地亲友都借遍了，有的甚至借了不止一次，再也张不开口了。他想到了邻县的一位同学，他们学生时代是最好的朋友，准备去同学那里借钱，以解燃眉之急。第一天过去，第二天赶了回来。他的同学刚刚贷款买了房子，还没有装修，手里没有余钱。听说了我们的情况，他那位同学连夜借了 4000 元钱，让我们先解决急用，并一再嘱咐不着急还，什么时候有了什么时候给就行。这 4000 元钱数目不大，却成了我们再次启动生产的救命钱。这笔钱沉甸甸地压在我们心头，成为漫漫黑夜似的生活中的一盏明灯，让我们时时感到了温情和希望。此后，我们继续摸爬滚打，始终没有从困境中翻过身来，这笔钱也一直没有能力偿还。直到 2013 年，我们变卖了设备，我又开始打工的十一长假期间，我们带着这笔欠了 12 年的旧账及利息，买了一些当地特产，去邻县拜访他的同学。那位同学说看到我们终于还清了债务，已经非常高兴了，知道我们刚贷款买了房，经济困难，只收下本金，利息执意不要。在邻县两天，同学热情招待，带我们回老家看望了他的父母，又去了他市区的家做客。同学的家非常简陋，装修简单，看得出同学过得也并不富裕。他贷款买房时，正是我们去借钱时，但在这 12 年中，他却从未向我们开口提过一次。

患难见真情。类似这样在困难时默默给予我们帮助的人，无论多少钱，哪怕只是一袋粮食，一句鼓励的话，都让我们倍感温暖，永世不忘。

创业中最难的就是出去要钱。好在我们不给私人供货，相对风险小一些。每次要钱，都要先找甲方工地技术员验收，做工程量决算，再找单位负责人签字，最后去会计处结账。每座庙都要拜，稍微不小心怠慢了哪路大神，就会受到刁难。每年中秋、春节也都要表示一下。

2002 年冬的一天，一个朋友介绍一家铁路部门负责人来到我们工地，要一批铁路道口路基石。当时时令已进入小雪，水泥预制件加工到了一年的收尾阶段，因为霜冻后水泥制品加工要加防冻剂，成本增加，所以除非订货，一般是不进行生产的。负责人看了我们的预制件产品很满意，当即订了 6 万元的货。货要得很急，我们手里没有流动资金，去银行贷款，又因为场地不是自有，不给办理。为了接下这桩工程，我们想尽办法筹资，终于通过两位农村亲戚采用土地抵押的方式，贷了 5 万元，进入了紧张的生产。他跟工人组成一个夜班组，另一批工人组成白班组，两组轮流工作，人停机不停。我则负责供应原材料，验收检查产品质量。就这样忙了一个多月，又将全部生产的路基石送到 37 处铁路道口安装。这时已是新年前后，寒风凛冽，大雪纷飞，路滑难行。我和他分成两组运输施工，雇了两辆车，带了两组工人，一组沿市区往南，一组向北。待工程竣工，已是小年前后。铁路部门验收后就放假了，年前工程款又结算不了了。贷款全部用在了工程上，工人工资又陷入困境。我们三番五次去几家甲方单位结算款项，要回来几千元，赶紧给外地工人结算了工资把他们送走，然后跟当地工人商量，我们再出去要钱，有了钱就付工资。出去要钱一直到腊月二十九，单位都放假了。

那些年，我们每年都要外出奔波要钱到腊月二十九，匆匆赶在商家关门过年前给孩子淘身打折的衣服，其余什么都买不了。找我们要债的人也一拨又一拨地涌上门，一直到腊月三十。无计可施，从 2000 年到 2009 年，干工程 9 年，我们在亲戚家借过年躲债度过了 10 个春节。孩子在放学回家的路上，也时常会被要债的跟上，一路追撵到我们的租住房。那些日子，每当听见敲门声，我就会一阵紧张，知道又有要债的来了。也就是从那时起，我害怕敲门声和电话铃声，总是感觉没有自己的生活空间，直到现在，听到敲门声和电话铃声，我都会莫名的恐惧。

2002 年这笔 6 万元的工程款，我们整整要了 11 年。每次去要钱，对方都说上面没有拨款。其间，铁路部门更换了两届领导，起初还说等有了钱就给，后来干脆躲起来不见，找不到人了。到了 2013 年底，6 万元终于按 90%一次性结算，给了 5.4 万，2002 年的 6 万元可以买一套小户型的单元楼房，而此时却只够买一个卫生间了。

在工地

整天在工地，与工人们朝夕相处，最怕的就是安全事故。事故躲在看不见的角落，张开血盆大口，时刻窥伺着我们，吞噬着我们。

我永远忘不了2002年秋的那场事故。现在仍然不敢回忆，它就像一个噩梦，一直藏在心底，属于黑夜。

当时工程干了两年，一直没有什么起色，我们在希望和绝望交织中咬牙坚持。那是一个没有任何预兆的平静的下午，我正在厂子算那仿佛永远入不敷出的账，突然刺耳的电话铃声炸响，我猛地打了一个冷战，油然有种不祥的预感。接起电话，是他竭力克制的声音，他说："你别害怕，我慢慢说给你听。"

我顿觉心跳加速，禁不住声音颤抖地问："什么事？你说吧，我不怕。"

"老吴死了。"

"哪个老吴？是咱们家那个工人吗？怎么死的？"我一下子跳了起来。

"今天给东村送货，本来是最后一车了，送完货，我让工人们歇一歇，我去找工地技术员验收，没想到刚离开就接到工人老刘电话，老吴站在拖拉机后斗跟老刘他们说着话，突然摔了下来，后脑勺磕在了路边水泥地上。我边让老刘抓紧拨打 120 ，边赶了过来，人已经不行了，拉到医院就送进了太平间。”

电话滑落下来，我的大脑瞬间一片空白，整个人麻木了一般，好长时间缓不过来，欲哭无泪。不知道将要面对什么，又会有什么将迎接我。当晚，他说要去上海姐姐家借钱，连夜走了。我不敢告诉父亲，怕他上火，匆匆给姐姐打电话，借了一个季度生活费，将女儿送到幼儿园寄宿。我准备挺身面对即将发生的一切，撒泼、吵闹、叫骂、侮辱，甚至是殴打。什么都顾不上了，也没有什么可畏惧、可逃避的了，一切都由我，一个弱女子来承担吧。该来的，都是命中注定的，就来吧。

我连夜打听，摸到了老吴所在村子，看望他的父母亲。这是三间老屋，屋里连电灯也没有，依然点的是煤油灯，昏黄的灯光下，看不清两位老人的表情。我拿出买的礼品和刚刚借来的 2000 元钱，向老人说了傍晚发生的情况。噩耗传来，两位老人却出奇地平静。老吴的父亲抽着烟袋，半晌没有说话。他的母亲眼神空洞黯淡，嗫嚅着嘴巴，好久没吐出一个字，猛然像是自言自语地冒出一句：“俺就知道早晚会有这一天。”听了这句话，我很惊诧，不知道老人要说什么。老人憋了很久，又说了一句：“去年收麦子时，就从拖拉机后斗掉下来一次，好在那次是掉在麦子地里，捡了条命。”

然后，老人开始絮絮地讲述起来，老吴患有癫痫病，兼喜欢酗酒，老婆在孩子出生不久就跟他离了婚，他一个人带着个上学的儿子。农忙时侍弄庄稼，农闲了出来打打工。两位老人一直嘱咐老吴少喝酒，注意安全，可老吴总是听不进去。中午又喝了点酒，癫痫发作掉了下去，这次再没有醒来。

“早晚会有这一天的。”老吴的母亲重复了一句。我说不出话来，不知道该怎么安慰这对苦命的老人，也不知道接下来迎接我的会是什么。我跟老人商量，人死为大，入土为安，能不能尽早把人安葬了？老人没有说话，我告辞出来，直接去了医院。

在医院太平间里，老吴的儿子和侄子，还有我的几个本家亲戚都已到了。我在那里待了一个晚上。这样的送别，记忆中已经不是第一次了。最早是我的老奶奶，然后是爷爷。再然后，我刚刚毕业，母亲去世。医院，这个从小让我想起来就吓得肚子都不疼的地方，这个一听名字就叫我全身不舒服以至宁肯讳疾忌医也不愿来的地方，自己有病可以拖着不来，可是这样的事情，却没有逃避的理由。就在这个黑乎乎的太平间，我送过自己最亲的人，我的母亲，那一夜，也是这么坐着，到天明。

第二天早上，一夜未眠的我赶回厂子。老吴的父母亲、兄弟姐妹，还有邻居亲友纷纷来了，黑压压站满了一个院子。村支书和村主任也来了，还叫了一个他们村子退休的法官。他们吵吵嚷嚷，骂骂咧咧，向我要人。我把事情经过讲了一遍，又请在场的工人们复述了当时的情景。我说我会按照法律规定来赔偿，决不会撒手不管，但眼下的事情是先把人妥善安葬，让逝去的人入土为安。人太多了，一一招呼不过来，我搀扶着两位老人，把几位直系亲属、村支书和那位退休法官请进屋里，商量解决办法。外面的人仍然吵吵嚷嚷，为失去亲人难过的、看热闹的、煽风点火的……好说歹说，总算把大半人劝走了，仍有一些人迟迟不肯离去。

村支书代表老吴家属提出了赔偿要求，一个天文数字。我表明了自己的态度，老吴毕竟是在我这里出事的，虽然我处境非常艰难，但决不会推卸责任。但是，你们提出的天文数字，我无力满足，也没有依据，完全超出了法律标准。谈判不欢而散。就这样拖了半个月，遗体由医院太平间转到了殡仪馆，冷藏了起来。对方非要满足他们的巨额赔偿，否则就不肯殡葬。这半个月，老吴村子的人几乎天天来闹，一来就是一天，张口要钱，甚至去威胁两位老人，不让他们同意殡葬，否则就不管他们了。看着两位老人为难的样子，我替他们感到难过，亲人去世，最需要安慰的是老人和孩子，但这些人不是想办法安慰他们，也不尽快安葬老吴，而是将活着的他们和死去的老吴一起当作了索取利益的筹码。

我一次次地安抚、劝慰、承诺，发烧不退，嗓子嘶哑，却始终没有结果。他们说自己法院有人，要去法院起诉。我咨询了律师，打听了事故赔偿金规定，同意他们起诉，希望借助法律途径彻底解决问题。我聘请了律师，准备应诉。得知我要应诉，对方又委托村支书和那位退休法官捎话，表示愿意协商解决。

后来我才知道，是老吴的一个直系亲属想借这件事多要几个钱，并打算把钱要到手后，再以老人年龄大了、孩子还小的名义，明着替他们保管，其实是霸占到自己手里。

找到症结所在，经过拉锯似的反复做工作，事情终于有了结果。我到处求亲告友借钱，给付赔偿金。能借的都借了，仍然无法全部付清。我把借到的钱全部给了新的对方代理人——村委会，剩下的打了借条，以 4 分的高额利息，一年内付清余款。

出了这事，我们继续惨淡经营着，业务开始慢慢收缩，准备把手里的活干干，抓紧催要外面的欠款就收摊。干工程，小如工人因操作不当，碰了手或闪了腰，都是家常便饭，避之不及。有一天晚上外出加班送货，我们带工人到一个小饭馆吃饭，有个工人吃了块排骨卡了喉咙，吐不出来咽不下去，赶紧送到附近乡镇医院急救。大夫下班了，只有值班护士，处理不了，又连夜送到市区医院挂了急诊，折腾了整整一夜，起因仅仅是吃急了没咽下去。所以，我们都一直吃住在工地，不敢有半点疏忽，只要没有大的事故，就烧高香阿弥陀佛了，但事故还是找上了我们。

2009 年，预制工程基本收尾，设备停工。当时自己制作的液压设备不好转让，最后按废旧钢铁的价钱送到了回收站。心里虽依依不舍，但再这样耗下去，欠的债越来越多，挣到手的却越来越少，根本不是我们能够负担的。

想想干工程10年的风风雨雨，最后不但没有买上房子、赚到钱，反而负债累累，真的是不能再干了。

我们又开始了漂泊打工的日子……

生病记

我长这么大，从来没享受过一次单位组织的体检，从来没做过一次综合检查。刚上班的时候，未婚女孩不参加单位组织的体检。结婚后，单位组织体检时我恰好怀了孕，孕妇也不参加单位集体体检，又躲过了一劫，当时心里的确是这么想的。一是性格内向保守，不喜欢被陌生人以各种方式询问、检查；二是胆子太小，从小一听说去医院，就会无端地恐惧和排斥。

童年的我是多么幸福啊！偶有一点点不舒服，父母亲就会紧张起来，赶紧送我去医院检查，而一直对医院怀有深深恐惧的我，常常坐在爸爸的自行车后座上，一听说要去医院，就突然感觉肚子不疼了。我央求着爸爸："我肚子不疼了，咱们回家吧，不去医院了。"爸爸转过头看着我，微微笑着，一脸宠溺地问："怎么还没检查就好了，真的不疼了吗？"我拼命地点头："爸爸，我真的不疼了，咱们快回家吧，你和妈妈还没吃饭呢。"爸爸调转车头向家的方向骑去，妈妈紧跟在后面，她像看透了我的心事一样打趣道："韵儿怎么还没到医院就不疼了，是听说要去医院，吓得肚肚不疼了吧？”我坐在爸爸“大金鹿”自行车后座上，紧紧地搂着爸爸的腰，后座上是妈妈特意为我做的棉垫子，软软的、暖暖的，特别舒服。我对着妈妈扮了一个鬼脸，说：“妈妈，我真的不疼了，一说到医院，肚肚就不疼了。”就这样，一家三口伴着说笑，一会儿就到家了。

这些温暖的回忆，成了我今天坚强面对所有噩运的力量。我始终相信，心中有爱的人，就会希望长存。我小时候就不敢去医院，现在更不敢去了，只是顾忌的原因已然完全不同。那时是要赖、怕疼。现在是因为没有医保，更没有钱。一个连基本生存都无法保障的人，是没有资格生病的。然而，疾病还是像买彩票似的选中了我。

2001年，我陪同学永芳去找另一位在医院工作的同学旭春检查。自从下岗，原本内向的我更加沉默了，疏离了所有的同学朋友圈子，一个人悄无声息地活着，不想打扰任何人。这次被永芳叫来陪她，心里一想到医院，已经感觉五脏六腑被一只钳子般坚硬无情的手紧紧地攫住了。可是想到这么多年，永芳一直像亲姐妹一样关心照顾着我，我又怎能推辞呢？纵然怀着对医院的万般恐惧，我依旧硬着头皮陪她来了。陪永芳做完检查，趁她在里面休息的时候，旭春以大夫特有的犀利盯着我看了一会儿，没有问我生活好不好，毕竟是多年同学，她是懂我的。她尽量用平静的语气对我说：“我看你脸色不好，给你也做个检查吧。”我心里有些抗拒，可觉得不好拂了同学的心意，就接受了检查。

发现子宫壁有一个2.5厘米的肌瘤，问题不大。旭春说子宫肌瘤是女性常见病，多发于中年妇女，而我尚不足30岁，出现症状有点太早了。她知道我当时的处境，嘱咐我要保持心情愉快，半年检查一次，如果增长缓慢可以保守治疗，但若肌瘤生长迅速，或者超过5厘米，就要考虑手术。生活早已千疮百孔的我，哪里顾得上一个看起来并不起眼的肌瘤，又怎么可能保持心情愉快，更没有闲钱坚持半年检查一次。

由于长时间肝气郁结，情志不畅，我的肌瘤生长得很快。每次来例假，腹疼，不敢走得太久，可我却不能闲下来，要外出谋生。贫贱夫妻百事哀，连正常生活都难以为继，哪有钱和心情去医治，就这样一个人闷在心里，为一日三餐奔波着。

真正有疾的人是不愿意声张的。生活安逸的人可以为一个小小的喷嚏悲春伤秋，而衣食尚不能自足的我，没有资格生病医治，连感叹一声的闲情都没有。想起自己小时候偶有腹疼感冒父母亲紧张的情形，承欢父母膝下的那些日子，那是多么奢侈的享受啊！可是现在，生病都不敢去检查，更不敢奢谈医治，只有慢慢挨着，任其发展。

2005年底，在上海的大姑姐邀请我们去过春节。那时，我们借钱创业后因资金周转不灵，经济比以前更窘迫。一家三口去上海是一笔不小的开支，何况连身过年衣服都没有，我总感觉这不是去过年，而是寄人篱下，油然生出了躲债的况味。但他想去，公公婆婆一直在上海跟随大姑姐生活，他想去看看父母亲，更想出去散散心，换换心情，一年到头生活太难了。

我在一家刊物上看到过，上海有家医院可以做射频术治疗子宫肌瘤。不需手术，只要用仪器定位肌瘤部位，用射频技术切断肌瘤与子宫的连接，使其因阻断子宫供血而萎缩，萎缩后的残体会自行从体内排出。这样的手术见效快，创伤小，不留疤痕。我有些心动了，肌瘤寄生在体内像一个可恶的魔鬼，时时干扰着我的生活，我是多么渴望能把它彻底消灭啊！而这样的治疗手段，正是我所希望的，没有疤痕，恢复快。他又动员我去上海，我说了自己的想法，去一趟上海这么远，路费开支大，如果单纯为了去过年，对我们这样的家庭实在是太奢侈了。如果可能，我想借这个机会去上海看病。他同意了，说先去看看，如果可行，跟姐姐商量借钱去做射频术治疗。

路费又成了问题，总不能老是跟人借钱，何况生病的事从未对人透露过。恰巧有个以前的同事也是下岗职工，做起了水产品生意，通过亲戚的关系每年春节给单位供年货。我想起了她，打电话问她需不需要人手帮忙，她说需要，可是怕我吃不消，都是冷冻品，太凉了不适合女人干，而且每件都很大，要破冰，装袋，怕我干不了。为了能去上海治病，更为了解决路费，我咬咬牙说我能行。

我穿上厚厚的棉衣，戴上帽子、口罩和厚厚的里面有一层棉绒面料的乳胶手套，来到同事临时借来的仓库。里面已经有两个人了，都是身强力壮的青年男子，也是跟我一样的下岗工人。这样寒冷的冬季，年关将至，家家都在准备年货，添置新衣，迎接新年的到来。除了我们这些身无分文的下岗工人，没人会在这个时间出来打工。我低着头，一句话不说，跟着那两个人，将一箱箱冰冻的鲅鱼、乌鱼、带鱼等撕开包装箱，摊在已经用报纸铺好的地面上，然后破冰，要保证每一条鱼的完整。再按照每家单位要求，重新称重、装箱、包装。因为是冷冻品，不敢过夜，必须抓紧包装后运走。

从白天忙到晚上，饭也顾不得吃，那两个人干得很快，都是流水线方式，从车上卸货、开包装、破冰、称重、包装、装车。他做司机运货，我当杠力干活。我那几天恰好来了例假，肚子疼，本该连凉水都不碰，而我却面对着满屋子的冷冻品，不停地起来、坐下、弯腰。凉气在整个房间无声地蔓延。冷冻品的温度尖锐冰冷，一瞬间就穿透了厚厚的手套，手套已经成了一个冰坨，凉凉地贴在手上，我却顾不得也舍不得出去买新的。整个胳膊都是凉的，手像被无数虫子咬噬着，手套也被冻鱼的刺戳破了，我浑身直冒虚汗，一会儿冷，一会儿热，整个人像被水浸透了一样。

人已经完全麻木了，不知道什么是疼痛、劳累、寒冷，只是像一台不知疲倦的机器一样机械高速地运转。我一直跟着忙到晚上 12 点，才把当天的年货全部破冰装箱，没有什么需要处理的了，等着第二天再来。

同事拿了几张钞票塞到我手里，说这个活不是女人干的，帮了一天忙，回去好好歇歇，明天别来了。我看看手里的钞票，计算着去上海的路费，根本不够啊。我不敢说身体吃不消，怕人家不用我了。同事自然是需要人手帮忙的，特别是冷冻品，有时效性，而年关将至，除了像我这样的下岗职工等米下炊，谁会在这个时间出来干这样的活呢？

回到租住房，我才感到了疼痛、寒冷、疲倦。简单洗漱一下，一头瘫软在了床上。第二天早上，我已经爬不起来了，可是想到去上海的车票，想到要去治病，强大的精神动力支撑着我又挣扎了起来。又坚持了一天半，总共干了两天半，我们两个人加在一起，就相当于五天的工资。同事付了我们工资，又额外给了我两只鸡、两袋扇贝、一盘鲅鱼，让我们回去好好过个年。

此时已是腊月二十七下午，大人可以凑合，孩子一年到头盼着过年，总不能让她一点儿希望一点儿喜气都没有。我拿着钱，带着女儿去集市上，花 45 元钱给女儿买了一件棉衣，裤子和鞋依旧穿着她表姐穿剩下的。剩下的钱，正好够我们一家坐慢车去上海。临走前，我把同事送的年货分开，一半给父亲，一半准备带给上海的公婆和大姑姐一家。爸爸执意不要，让我们都带去上海送给公婆。爸爸看我穿着一件旧的黑色长棉衣，又拿出 300 元钱让我买件羽绒服穿。

想想作为最小女儿的我，不但不能为父亲尽孝，还要让他为我操心，我不禁悲从中来，推开父亲的手，把钱放到桌子上，说我有钱，回去就买羽绒服。父亲有些激动，身患心脏病和高血压的父亲一激动脸色就会发红，血压陡升。所以，平时不管生活如何艰难，包括身体有病的事情，工地事故的事情，我从不在父亲面前流露半句。不能照顾父亲已是不孝，让老人跟着操心就更不该了。我能做的，只有多顺着他的心，少让他为我操心。但是，无论我回来怎么跟父亲说过得很好，不用他担心，老人还是清楚女儿生活得多么不易。可怜天下父母心，世上最懂你、最疼你的那个人，莫过于父母。看到父亲脸色变了，我赶紧说，爸爸您别生气，我拿着，待会就去买！

我到底没有舍得买羽绒服，出门在外，花钱的地方多。揣着留有爸爸体温的 300 元钱，腊月二十九下午 3 点，我们一家三口坐上了开往上海的火车。这是一趟过路车，车速极慢，但价格是最便宜的，车上到处是回家过年的农民工。没有空调和暖气，挨到晚上，车上冷得像移动的冰窖，我们买的是坐票，把行李包里所有的衣服都拿出来裹在身上，还是赶不走寒冷。我们坐了 19 个小时，困了打个盹，一会儿就冻醒了。第二天上午 10 点，终于到了上海。

正月初五，我们循着地址找到了那家医院。检查后大夫说肌瘤长到 7 厘米了，并且是多发性的，已经引起严重贫血，错过了 5 厘米的最佳治疗期，不能再拖延了，射频治疗会麻烦一些，但还在适应证范围内。我们问了下手术费用，要 6000 元。我和他对视了一眼，说回去商量一下，默默地走出了医院，回去路上我们都不说话。除了向大姑姐借钱手术，没有别的办法。可是回到家，我们俩谁也说不出口，怕老人看出来，还要装作没事的样子。每一天，我们都在纠结，办预制厂时我们也向大姑姐借了钱，至今没还一分钱，又怎么好再张口借钱呢？一直到离开，我们也没说出生病的事，更没提借钱。满怀治病希望而来，又带着不甘和失望而归。

肌瘤越长越大，我感觉身体越来越差，经常眩晕，视力也迅速下降。每次来例假，都像是一场酷刑，疼得冒虚汗。可是此时，我正给一家民间社团打工，能够有一个暂时的栖身之所，对年近四旬贫病交加的我实在是太重要了，我格外珍惜这个机会，自然而然地淡忘了工作日和双休日的界限。我每周上 6 天班，不敢请假，即使腹痛难忍，也总是坚持着。然而渐渐地，我越来越没有力气，爬到三楼办公室都会喘息很久，无法步行上下班了。我用积攒的钱买了一辆电动车，却连停电动车的力气也没有。每次总要攒足力气蹬支架，常常停一次要折腾半天，脚趾也在停车时碰伤了。晚上睡觉，我像怀孕中后期那样，身子笨重，翻身困难，仰面躺着感到腹部硬硬的，顶得难受。

实在不能拖延了，我终于下决心走进医院做了检查。结果很快出来了：多发性子宫肌瘤，最大的已经11厘米，8厘米、9厘米的各有一个，还有一串5厘米、3厘米、2厘米的，整个子宫布满了大大小小的肌瘤。由此引发子宫硬化，呈6个月妊娠大小，肌瘤液化，怀疑变性，合并肌腺炎，迁延为顽固性痛经。大夫摇头感叹，这么严重的症状，这些年我是怎么熬过来的，建议立刻切除子宫，不能再拖延了。我问大夫，一定要剖腹手术吗？能不能不开刀、做微创，保留子宫？大夫斜睨了我一眼说："早干什么去了？把瘤子养到这么大还想微创、保留子宫？等手术切片出来看看再说吧，能保住命就已经万幸了。"

这些大大小小的肌瘤就像树木的年轮，一圈圈地盘旋在我体内，形成一个巨大的漩涡似的暗伤，搅起波澜吞噬着我的健康，同时记录了我这些年经历的所有磨难和苦痛。我不想留下疤痕，更不想切除子宫，从此成为一个残缺的女人。我的人生已经够残缺了，难道上苍还要让我再失去作为女人最重要的东西吗？

我不甘心！我是一个完美主义者，做什么事情都力求完美，上苍为什么待我如此不公，翻覆之间就把原本属于我的东西一件一件地拿走，让最初丰沛欢畅如一条河流的我干涸断流？我还不到40岁，身体和精神却已受到了严重摧残和冲击，遍体鳞伤，斑痕累累。

生病是肉体的反抗与哗变，可也牵扯到情感和心灵。肉体的疼痛是一时的，情感却在丝丝缕缕、绵绵不绝中接受着洗礼。当生与死成为一个选择，当一个方案决定着女人的自信和尊严，甚至今后活下去的质量和成色，人生中那些隐忍和坚持还有什么意义？纠结了很久，这一次，我不想再委屈自己，我不愿意被手术刀剪开皮肤留下永远的疤痕，更不甘心像摘一只桃子一样让人摘走我作为女人最重要的东西，从此残缺不全。

我拿着病例到处咨询，想寻找一个能够保留子宫的手术方案。我打定了主意，如果不能做剔除手术，就不治疗了。即使失去最后的机会，我也要保证身体的完整，这是我唯一的坚持。就在这时，一位文友帮我联系了当地一位妇产科权威大夫曲主任，她把我的情况和要求告诉了曲主任。曲主任联系我做了检查，说这样大的肌瘤非常罕见，一般情况下只有切除子宫。但考虑到我这么年轻，并且没有基本保障，表示理解我的心情，愿意尽全力为我做肌瘤剔除术。

最后关头，上苍向我露出了他仁慈的笑脸。2012 年 12 月 7 日，二十四节气中的大雪，我上了手术台，留给我的，是身体和内心一道永远抹不去的疤痕。

术后 10 天出院，我重新回到那个有暖气却从未舍得享用过的家。在寒冷的家里卧床休息了一个半月，身体稍有好转，正月初八，我坚持回到那个民间社团上班了。所有手术费用全靠借钱自费，养病期间没有工资，我得赶紧上班，为了每个月 800 元的微薄收入……

尘埃之下

一

九月之杯，注满哀伤之水。

人是一条河，流着流着就断流了，有时是因为意外，有时是因为疾病，寿终正寝的则一路跋涉奔流尽了属于自己的航程。

这个九月，陆续听到身边一些朋友患病去世的消息，他们都是和我一样的下岗职工。因为生活拮据，买不起社保，也没有医保，小病咬牙硬扛着，直到拖延成了大病，生命之河被疾病无情地阻挡，终于断流了。他们像一截蜡烛头，白色的，短短的，燃烧着哀伤和幽怨，在生命的最后尽头，留下的灰烬多么像不甘甚或不舍的眼泪啊。推人及己，我难免心生戚戚，他们都不过四五十岁的年龄，是一条中年之河，上有老下有小，于家庭正是不可缺少的栋梁。假如不是下岗，不是背负着沉重的生活负担，不是抑郁成疾，不是无钱及早医治，也许死神还不会这么早就张开血盆大口将他们残忍地吞噬。

逝者已矣，唯望生者好好活着，一路奔流尽属于自己的航程。即使素不相识，也要彼此有爱，才不枉世上走一遭。

人过不惑，困惑愈多，愈发不敢面对下岗、贫困、疾病、死亡这些字眼，生怕触痛敏感脆弱的内心。想到自己没有社保和医保，将来没有稳定和保障，心中充满了恐慌，仿佛失重一样，飘浮在空中。一个下岗者，没有单位替你缴纳医疗保险，只能自己缴纳。而更多像我一样的下岗者不是不想缴纳，而是根本没有能力缴纳，只有活着一天祈祷一天，盼着疾病别找上门。可一旦患上大病，只有眼睁睁地等着生命之河断流，听任疾病如崩溃的流沙迅速埋葬自己。

自从 1998 年下岗，20 年了，我再也没享受过单位组织的体检，自己也无多余的钱自费去医院体检。一直活在拮据困窘中，连解决基本的温饱都困难，哪里敢奢望体检。只要身体还能支撑，就这样熬着。什么时候熬不动了，就自生自灭吧，也无须给家人增加额外的经济负担，让原本窘迫的家庭雪上加霜。

然而上苍不会因为你的无助，就心生慈悲高抬贵手放过你，反而常常会以游戏的心态，漫不经心地出着手中的牌，跟你玩着猫捉老鼠的游戏。下岗至今，我已经住过两次院，动过两次手术，都是因为肝气郁结，情志不畅。这两次病情原本都不严重，只是因为经济拮据，没有医保，久拖未愈而不得不手术了。

下岗后，我们的生活始终没有起色，一直挣扎在贫困线上。我们以自己辛勤的汗水挣得微薄的工资，租房、贷款买房、供养孩子上学、还债。每一个日子，于我都如履薄冰，唯恐有一点点闪失。没有稳定的收入来源，没有基本的生存保障，日子纵然再精打细算，依然捉襟见肘，能维持温饱已经很幸运了，哪里还有余钱去买社保呢。没有社保，就没有医保，生病自然就没有保障。穷人生不起病，也不敢生病。一个小康之家，罹患一场大病，都会一夜回到解放前。何况本来就风雨飘摇，没有任何保障的下岗职工呢？

患病其实很多年了，但一直在为生计奔波，像一台永动机，停不下来。我向来是一个完美主义者，总是信奉“身体发肤受之父母，不敢稍有毁伤”，无法面对和接受身体的残缺，执拗地不肯手术，一想到鲜血、手术台、无影灯这些阴森森的恐怖画面，我仿佛听到手术刀剪开皮肤的声音，浑身就麻木、战栗、颤抖，冷汗成河。记得第一次手术，恰逢我的生日。生日对我，除了是母亲受难的日子，没有任何值得纪念的意义。相对于别人过生日时的热闹和温馨，我只想做一棵寂寞的树，一只孤独的猫，一块斑驳风化的岩石，默默地见证这个世间的一切繁华与冷寂，一切热闹与苍凉。起初是脖子上发现了一个小结节，花生米大小，渐渐地，长成了一个鹌鹑蛋，吞咽困难，虚汗淋漓。爱美的我唯恐别人发现，只得穿起高领毛衣，不时地往上拽拽衣领，借以掩饰。我一直拖着，直到它越长越大，状如鸡蛋，像一只小拳头堵在喉咙处，说话和呼吸都变得费劲了，甚至半夜几次因喘不上来气差点憋过去。此时再穿高领毛衣，就有了窒息感，严重地影响了生活。实在熬不住了，我硬着头皮去了医院，检查结果是甲状腺腺瘤。医生说不能再拖了，要求马上住院手术。可是，我哪里有钱自费住院手术呢？

父亲和亲戚朋友得知我患病的消息，都十分着急，纷纷安慰说不用担心手术费用问题，催促我抓紧住院接受手术。大家慷慨解囊，帮我筹齐了第一次手术费用。手术时，麻醉医生要进行局部麻醉，我害怕面对血淋淋的场景，听见手术刀霍霍的声音，要求进行全身麻醉。那样我就什么都不知道，也就什么都不害怕了。但是，医生拒绝了我的要求，说咽喉部手术需要病人在清醒状态下配合，不然稍有闪失，会有生命危险。睁眼看着头顶的无影灯，我如一头待宰的羔羊，内心已没有了恐惧，有的只是深深的绝望，眼泪无声地流淌不止。听着手术器械相互碰撞的声音，我想闭上眼睛睡一觉，盼望着睁开眼睛，一切都过去了，更渴望闭上眼睛，从此再也不用睁开。可是医生不允许我睡，要我保持清醒，一直在跟我轻声说话，分散我的注意力，以便随时掌握情况，同时要求我尽量不要吞咽。可是我太紧张了，整个手术中，泪水一直在无声地流淌，越是不让吞咽，咽部越是感觉不适，总是不由自主地吞吐。

漫长的煎熬，不知过了多久，终于回到病房。我试着张了张嘴，却发不出声音了。此后三个多月的时间里，我一直处于失声状态。好在天性内向的我原本也不喜欢说话，现在更是能不张口就不张口，能用纸条交流的，就尽量不发声音。必须说话时，我要喑哑着嗓子，像一只被人捏住喉咙的鸭子，艰难地贴到对方耳朵上，用尽气力边打手势边耳语。就这样一直挨到冬天，我才能慢慢发出声音来。但从那以后，不喜热闹的我更懒语了，说话稍微多了，就会嗓子暗哑，疲惫不堪。

福无双至，祸不单行。命运是一个势利恶俗的家伙，你越是卑微脆弱，它越是极尽欺凌。我的身体原本孱弱，免疫力低，加上长时间超负荷劳累，心理压力大，情绪抑郁，更兼没有条件休养康复，很快，疾病又一次找上了门。这一次，我打定主意不再手术了。上一次住院借的钱还没有还清，不能再张口求人了。我的亲朋好友大多是农民和下岗职工，维持自身生活尚且勉强，我不能一次又一次地给大家增添负担了，更不想因借钱求助让自己敏感脆弱的自尊心一次又一次地遭受打击。想到自己这么多年的困窘，想到手术的痛苦，看不见一丝希望的我不禁万念俱灰。我想放弃治疗，顺其自然，便没有对家人提起自己生病的事，一直隐忍着寄望于奇迹出现。实在克制不住了，就诉诸笔端，隐晦地释放着自己灰暗的情绪。

文友们感觉到了我文字中的消沉痛苦，纷纷关心询问，得知情况后，热心帮我搜集医疗信息，鼓励我正视疾病。有朋友提出让我出书，卖书治病，我听取了朋友们的建议，决定出书卖书筹钱做手术。文友们了解我的性格，清楚我断不会以接受募捐的形式接受手术，于是以预订文集的方式，默默地表达着对我的关心和帮助。

一直记得第二次手术的情形。当时我正在病房进行术前输液，手术车推进来了，我匆忙换上手术衣，被护士推着进入专用电梯去手术室。我平躺在手术车上，看见一个个身影匆忙走过，一双双目光探寻似的射向我，头顶的天花板旋转着，随时要倾压下来，空气仿佛凝滞成了一大团水泥，就要兜头砸下来。我虽然穿着手术衣，盖着被子，却感觉像赤裸裸地暴露于无数双眼睛之下，无法挣扎，更无从逃避。

性格内向的我向来喜欢安静，喜欢一个人悄无声息地活着，不愿在大庭广众下抛头露面，更不希望自己成为目光的焦点。但在这样的环境，这样的时刻，这无疑是天大的奢望。这一路是那么漫长，我此刻的心境，与其说是对手术的恐惧，不如说是对尊严被侵犯和隐私被窥探的无助与绝望。我只盼望立刻进入手术室，麻醉后沉沉地睡去，什么都不知道。“人为刀俎，我为鱼肉”，这句话又一次在心里蹦了出来，眼泪便不由得落了下来，无声无息……

手术一个多月后，我又踏上了打工之路。为了日复一日的生活，更为了早日偿还两次手术借的外债。

这次手术至今五年多了，我一直不敢回医院复查，怕一旦查出复发，无力治疗，只会徒增精神负担。手术后，每个月我的生理期都会提前，刚开始是提前一天、两天，后来是三天、五天，现在已经开始每月提前一周了。我原本苗条的身材也因为气血两虚而浮肿发胖，走几步路就气喘吁吁。两次手术本来就伤了元气，尤其这次剖腹手术后又没有得到好的调理，营养和休息都跟不上，造成身体严重损耗。可是我哪有条件吃药调理呢？我要不停地打工，辛辛苦苦一年下来，微薄的收入还不够买社保，而孩子上学、房子还贷、赡养老人，哪一样不需要钱呢？收入微薄、没有任何保障的我是多么渴望有一份医保啊，至少它会让我有安全感，有尊严有质量地活下去。然而，无情的现实却是你越渴越给你盐吃，越生病越要拼命打工挣钱，以维持眼下最基本的生存。

前段时间，拗不过他的坚持，我终于去医院做了检查。意料之中的，两个手术病情都复发了。可是我已没有能力再去治疗了。我心里清楚，总有一天，我的生命之河会提前干涸、断流，而我能做的也许只有眼睁睁地看着。人如蝼蚁，草木一生，而如我一样没有医保，谈不上任何生存质量的，又何止千万。世上只有一种病无药可治，那就是穷病，我不幸患的正是这种病。

想到没有保障的动荡将来，想到像一枚定时炸弹一样潜伏在身体内，一下一下地数着我的心跳，随时都可能引爆的痼疾，我满心恐惧和焦灼，伸出空荡荡的双手，却什么也抓不住。这么多年了，无数个黑夜，我都会被噩梦惊醒，醒来大汗淋漓，仿佛我身体内流淌的不是血液，而是一种叫汗的浓汁。在梦中，我一次又一次地被人、被恶狗、被巨蟒追赶，退至悬崖边，飘到半空中，一失足就跌得粉身碎骨，失重的身体在空中飘呀飘，像一张苍白的纸，无着无落，不知所终。那些凶狠的目光，恶狗的狂吠，巨蟒的纠缠，一路如影随形地跟踪着我，黏在我的伤痛上。我想要拼命逃跑却迈不动腿，想要振翅飞翔却没有翅膀，我逃，我跑，我哭，我喊，我窒息。我，终于死了，解脱了，然而一切都只是在梦中，醒来仍是漫漫黑夜，淹没我的仍是淋漓汗水。

昨夜，我又一次在噩梦中在尖叫中哭喊着被惊醒。眼前依然是那条丑陋恶毒的白色巨蟒，邪恶的眼睛一直在恶狠狠地盯着我，巨大而丑陋的躯体扭动着，啪啪地甩着尾巴，狞笑着向我扑来，要囫囵地吞噬我。我不知道，这样的噩梦，这样无休止的折磨，什么时候是个尽头！

二

这是一张卡片，它挺括柔韧，你漫不经心地折它、叠它，一旦超过它自身能够允许的限度，它会戛然断裂，就像一些人的命运。

它有曾经的磁卡电话卡大小，或者像一张银行卡，其实它就是一张银行卡，一个一个数字像一颗一颗山楂串成糖葫芦，代表的是一个人的身份，是他（她）在这个尘世，以及茫茫人海中的坐标，还有他（她）一生一世的安稳与保障。

它的名字就叫社会保障卡，简称“社保卡”，这三个字，笔画简单，却像三枚芒刺，扎入我日复一日的生活中，整整扎了我20年。有时，我甚至怀疑它已经成为血肉的一部分，我也想让它这样陪伴我，同样给我，安稳与保障。但我知道，对于真实地活着的我，它暂时只是一个渴望抑或梦想。

20年前，在生命中的第25个春天，我遭遇了一场突如其来的“倒春寒”。初尝为人母狂喜的我，在休产假期间原单位改制，没有召开职工代表大会，没有哪怕冷冰冰的谈话，原单位就单方面与我终止了合同，仿佛我是一个多余的包裹，有人边喊着到站了，边将我卸下了车。这个国字号的公司，曾经有着令人羡慕的身份和效益，也曾经是我赖以生存、泊着我全部梦想和激情的港湾。一夜之间，我从做母亲的无限欢愉中被推向社会，成为一个身份不明的人，任风浪拍打冲击，自生自灭。

当时的我，根本不知道此后几年、十几年，甚至一生，离开自己的岗位意味着什么，我又将面临怎样的生活。

自那场“倒春寒”之后，我每年都要回原单位几次，要求安排重新上岗，对方一次次地以没有合适岗位为由推托。多次交涉无果，我只好给市社会与人力资源保障局写信反映情况，对方打电话让我去一趟。“冬天来了，春天还会远吗？”不知为何，接到电话那一刻，我心头突然涌起了这句诗。我清楚地记得，那个下午朔风凛冽，我的心里却热乎乎的，满怀春天般来到人社局。接待我的是一名科长，说收到了我写的信，并已去原单位调查。原单位说 1998 年改制时就没有我的资料，但他们承认我的社保缴费手册在单位。对于这样的解释，我无法接受。开发区管委说我的关系在单位，单位说改制时没有我的资料。我不甘心，让他们拿出当时改制时的单位花名册，查清改制时我的编制到底在哪里，是在单位还是管委。很明显，这是主管部门和改制单位双方推卸责任，互相推诿扯皮。就这样，让一个有正式工作的人，一夜之间成了一个身份不明的人，相应失去的还有社保和医保等等所有能够证明自己身份的东西。从人社局出来，已近黄昏，天空阴沉着脸，寒风吹彻大地，大雪在孕育中，春天退缩到了我看不见的地方，残忍地与我捉着迷藏，我的心早已苍凉如石。人生是一场苦难，活着就是隐忍。除了面对，我别无选择。

记得“非典”那些日子，我租住在城中村一间平房。平房的门单独向南开设，出门就是村里的一条东西向主街道，这间平房除了面向街道开的一个小门外，房间连自来水也没有，更没有厨房、卫生间。房东家的大门向东，房东一家住在北面的四间平房里。我除了接送孩子上学，去打工单位上班，每天回来便关紧南平房的门，除了从房东家大门进大院打水和上卫生间，从不与左邻右舍来往。夏天溽暑难耐，平房被炽热的太阳烤了一天，热如蒸笼，人进去汗水立刻刷刷地淌了下来。但是，我只要在家，再热也会紧闭门扉。平房沿街，打开门面对的就是来来往往的行人，一向内向安静的我不习惯开门生活，更不愿把自己的生活赤裸裸地呈现给别人。我渴望有属于自己的空间，哪怕只是一间斗室。这间平房仅有 6 平方米，仅有一扇门，连窗户都没有，却栖息着一家三口人。那段日子，我生病了，发着高烧，全身疼痛难忍，躺在床上爬不起来。他去 30 公里外的乡镇干工程去了，年仅 5 岁的女儿一个人走着去租住房附近的幼儿园。我孤零零地躺着，发烧，迷睡，常常一觉醒来，全身大汗淋漓，恍然觉得自己已经不在这个世上了。迷迷糊糊的，我听到外面有人来回走路的脚步声，边走边说着话，说是村委会给每个村民发放体温表、消毒水、口罩，相互通知大家去村委领取。在这个人心惶惶的当口，我愈发感觉自己是一个多余的人，躺在一间不属于自己的小屋里，像一只被抬上笼屉的祭品，忍受着天气和身体双重高温的蒸腾，大汗淋漓如水洗一样，却没有一个人问津，仿佛从未在这个世界存在过。我就这样躺着，干熬着，直到熬干自己渐渐干涸的血液。隐约听着路上村民相约去领"非典"防护用品，忽然感觉特别羡慕他们，他们有家，有组织，有政府关心。可是我呢？如果这时候我感染了"非典"，谁会发现我？又有谁会在意我的生死？也许只有我一个人，孤零零的，卧在床上，隔着一道窄门自生自灭，与门外的世界悄然作别。

可是，很多情况下，我们活着不是为了自己，而是为了那些需要我们的亲人。怀着这样的信念，在胡思乱想之外，在惊慌失措之余，无人过问，无钱医治。一周以后，我竟奇迹般熬过了那场高烧，疾病终于像悬崖勒马般被我控制住了。

生命脆弱如瓷，一旦失手落下，即使再高明的能工巧匠，也做不到毫无破绽。20 年过去了，我由青春步入中年，一直没有着落。人生有多少美好时光经得起这样的蹉跎？尤其对于一个女人，一个下岗失去生活保障的女人来说，20 年中的每一个日日夜夜，使我对年龄充满了恐惧。年龄像一把刀，悬在我的头顶，抬头即可看到，每天悄无声息地提醒着我，而我内心愈加凄惶不安。从早到晚，我每天为基本的生存疲于奔命，没有安全感，没有归属感，温饱成为最大的问题。失重的生活与超重的苦痛，如影随形地追逐着我，让我踉踉跄跄地在尘世挣扎。我遍体鳞伤，却得不到拯救，痛苦的挣扎直入骨髓和灵魂，却被强大的外力所遮蔽，一切都是那么无声无息、无人留意，却痛彻心扉。唯有舔舐着自己的血泪，默默隐忍，孤独求生。为了白发慈父，也为了嗷嗷幼女。

眼见得体制内一些人以生病为由占着位子，十几年不上班，却照常领着工资，单位替他们交着社保，为将来预设下了保障。有的甚至从来没有上过一天班，吃着单位空饷，在外面做生意挣钱，依然享受着社保待遇。而像我这样没有单位、身份不明的人，只能选择外出奔波打工，干一天算一天，微薄的工资连基本生活都难以保障，假如失去劳动能力，就什么都没有了。我有时觉得，像我这样的下岗职工，比我的那些农民亲戚都不如，他们尚且有土地可耕种，有老家可退守，生病了有新农合的报销政策，失去劳动力后每月还多少有点补助。而我呢？真的是一无所有，有力气时只有到处打工维持基本生活，干不动时，世上所有的门窗都关闭了，连仁慈的上帝对此也无动于衷。

现实张开大口，吞噬着夹缝中的小人物，这些小人物的无辜、痛苦和隐忍，不仅仅是时代被忽略的注脚，更联系着时代的面部表情与痛感神经。狂野中探出手脚的野百合也有自己的春天。一个不享有社会保障的人，当然也是一个生命个体，虽卑微却活生生的，谁都没有权利剥夺他们生存的权利，他们同样呼唤属于自己的春天。然而当疾病猝然来袭，失去劳动能力之时，就是他们彻底失去尊严的开始。面对高昂的医药费，带给家人的是无法承受的负担。如果求助于社会，则要以乞怜的卑微面目出现，说一些感恩戴德的话，在肉体最痛苦的时候，还要失去最后的尊严，最终也未必能够挽回生命。疾病的折磨，经济的困扰，精神的重压，这种没有尊严的生活，活着是否太过残酷？没有安全感，遑论幸福感。对生命的尊重，便只是一纸空谈。人到中年，身心动荡，让我对未来的恐惧尤甚。我不知道，一天一天，背负着沉重的生活压力，承受着巨大的精神负担，我究竟还能走多远。

社保，就像一块沉重的巨石，我好像西西弗，躬身站在山脚，拼尽全力，向上推着它，想翻过那座山，但一次一次的，它像生了根，又像长了脚，无视我的努力，我沮丧，我失落，我绝望……有时想起来，我恍然觉得，它真的很像我曾经险些失去的子宫，让我感到无望和疼痛。社保之于我，在生存意义上，也如同子宫，郁结为一道暗伤，成为无法释怀的心结，与我的生活甚至生命息息相关，时时折磨着我，成为一道永远无法愈合的伤口……

生命的另一种体验

一

“韵，韵，醒醒，听到了吗？”朦胧中听到爸爸焦灼的声音。我睁开眼，想说话却没有力气，想要欠身，一阵剧烈的疼痛。“别动，别动！”只听到几个声音异口同声地喊着，我这才想起自己刚刚做了手术。“醒过来了，我还活着。”一个念头闪现了出来。此时是下午 3 点半，如电影胶片般，术前的一幕幕浮现了出来。上午 10 点 50 分，正在进行术前输液，手术室的车子来了，就要奔赴“刑场”。匆忙换上手术衣，被工作人员推着进入专用电梯去手术室。推过走廊推进电梯，只看到面前一个个匆忙拥挤的身影，接受着围观者一双双探询的目光。那目光里有同情、有怜悯、有好奇、有漠然，头顶的天花板似乎随时要倾压下来，逼仄的空间，沉闷的空气，让人无处可逃。虽然穿着手术衣盖着被子，却像被赤裸裸地暴露于大众之下，无法挣扎，无从逃避。

委屈、害怕、无助、悲哀，各种情绪潮水般涌来。想起在手术室门前，又过来一辆手术车，躺在上面的也是一位年轻的女子。我们相视一笑，侧过脸去，不希望被别人看到满脸的泪水。

二

打着吊瓶，架着氧气，挂着镇痛棒，插着输尿管。不能翻身，不敢咳嗽，不能枕枕头。做完手术，就这样保持平躺 6 小时。夜已经很深了，也是同一天做手术的两位同室病友都安静地睡着了，可我却无法入睡。恶心、呕吐，胃里翻江倒海，不敢翻身，更不敢用力吐，那种恶心的感觉无法控制，比疼痛还要难以忍受。先生急忙找来值班护士，打了一剂止吐针。总算迷迷糊糊睡了一会儿，又被剧烈的恶心搅扰了起来，剧烈地干呕。还不到术后 6 小时，还是不敢翻身，只得又打了一剂止吐针。此时疼痛的感觉不是最主要的，那种说不出来的煎熬才是最让人难过的。直到 6 小时后，我才在先生和姐姐的帮助下可以稍微侧侧身体。吊瓶打了一夜，折腾了一夜，陪床的姐姐和先生也一夜未眠。

术后第二天，我开始低烧，全身难受，背部、脊椎酸涩疼痛又不敢翻身。下午，护士来撤掉了输尿管，让我自己下来活动小便。然而，我却起不来，稍微翻动身体，换换姿势，汗便流了下来，床单全部湿透了。同室病友都下床解了小便，而我依然起不来。先生去外面买了一个马鞍状的卧式便具，细细地用卫生纸垫了放在我身下，还是不行。术后第三天，护士又来询问。先生把床慢慢摇起来，和病友家属一起，四个人过来帮忙把我扶起来。一个擎着输液瓶，两个从身体两侧轻轻扶我起来坐好，一个趁势帮我把腿慢慢搬到地板穿上鞋子，此时我已是大汗淋漓。在几个人的搀扶下，我挣扎着进了室内卫生间。几步的路程，却走得那么艰难。

得到消息的亲友们陆续前来探望。我却发烧、虚弱，整夜输液，极度疲劳却无法入睡，连说话的力气都没有。天气寒冷，雪后路滑。年近八旬、步履蹒跚的父亲每天要换两遍公交车来看我，再换两遍车回去，不放心这个原本身体羸弱的最小的女儿。看着同床的两位病友都渐渐有了起色，面色红润了，能喝点稀粥、能独立下床走动了，再看看依然低烧、面无血色的我，父亲眼里满是焦灼和怜惜。父亲一遍遍地问："要喝水吗？吃药吗？感觉好点了吗？"顾不得坐下也顾不得聊天，眼睛紧紧盯着输液瓶和女儿的脸，不知道要做点什么才能让女儿减轻痛苦。一遍遍踱步，一遍遍自言自语。术后 6 天一直低烧，每天输液到次日早上六七点钟。每天清晨，父亲早早就来了，不放心女儿的身体，也为了让天天熬夜陪床的先生稍事休息。术后第六天，同室病友都出院了，而我又住了两天，终于办理了出院手续，逃离了炼狱般的煎熬。

三

住院十几天，先生请了假，始终陪在我身边。尤其是术后的前 8 天，可能是体质太弱的原因，始终情况不断。因为持续发烧，每天晚上要连续注射到第二天早上。先生每晚坚持陪床，一夜一夜无法休息。几天的时间，人憔悴苍老了很多。白天姐姐、爸爸过来替换，想让他回去好好睡一觉。可是他不肯离开，总是不放心，怕发生意外，只有太疲倦时，才到走廊抽根烟后又赶紧进来。

总算回家了，他也要上班了，婆婆过来照顾我。朋友们陆续来探望，时不时打来电话询问恢复状况。女儿周末回到家，也似乎突然长大了一般，忙着照顾我洗手、洗脸、洗脚，端水送药。那一份小小的紧张和关爱，让病中的我感觉不适似乎减少了很多。要返校了，女儿抱着我絮絮地嘱咐："妈妈你好好休息，会很快恢复的。那时你依旧漂漂亮亮的，咱俩约好了，要做一对母女姐妹淘哦。”

出院后，我再三对父亲说，一切都好，不用来回跑了。父亲仍是一遍遍叮嘱，终究还是放不下。出院第二天，父亲又过来了，手里拎着大包小包的补品。知道拗不过父亲，也就不说什么，开心地留下食物，那样父亲才会放心些。身体还是太弱，坐不了几分钟，我便躺在床上听父亲与婆婆聊天。婆婆突然问父亲手怎么了，父亲回答没事，不小心碰了一下，不要紧的。听到这里，我紧张起来。果然看到父亲左手手背青紫，有一块明显的伤痕，隐约能看到血渍。父亲这才轻描淡写地说早上过来时，去楼下超市给我买东西，不小心在雪地上滑了一跤。父亲已经年近 80 岁，原来一向走路大步流星、昂首阔步的身姿已不复见，以前都是散步来我家，现在已经无力走远路，来回都要坐公交车。年迈的父亲，这么多年来，一心牵挂着我这个命运多舛的女儿，全然忽略了自己的年龄和身体。

很久没上网了。吃过午饭，感觉身体轻松了一些，我打开电脑，浏览朋友们的动态，无意中发现了西风的《今日大雪》:

“看看日历，今日大雪，阿陌今天有可能手术。纠结了这么久，她终究还是听从了医生的建议。从最初的决绝到最后的妥协，不过是因了亲情的羁绊。那天她对我说：我现在终于知道，陈晓旭为什么选择了放弃。

我硬邦邦地撂过去一句话：那是因为她没有孩子。

阿陌醍醐灌顶般瞬间醒悟：是啊。我那么早就没了母亲，一想到女儿也要跟我一样失去母爱，就忍不住落泪……

我说，是的，为了孩子，别说是做个手术，就是要你的一只眼睛或一条胳膊，你给不给?

给。只要留着命看女儿长大，什么都给。

这就对了。”

读着文章，我又一次流泪了。过去的十几年，我经历过太多的苦难，一个人在黑暗中跋涉了很久。贫穷、疾病、挣扎、奋斗，还有什么不能面对呢？命运的残酷、身体的疼痛已经不能把我打倒，更不会让我流泪。而能够打动我的，往往只是看似寻常却触动心弦的瞬间。我是一个很容易满足的人，在物质上从来没有过高的要求，重视的是内心的感受，需要的是心灵的慰藉。只需要一点温暖、一点关怀、一点爱心。术后那么艰难痛苦的煎熬，我没有流泪。但是一想到所有关心我的亲人和朋友，温暖的情谊却使我潸然泪下。看西风的博客发表的时间，是 12 月 7 日下午 4 点多，那时我正从手术室回来，看来相互契合的人之间真的是有心灵感应的。那日，适值大雪，一个值得纪念的日子，这是看了西风的博客我才知道的。一场大雪把以往的苦难、以往的痼疾一起带走了，留下了一片清爽的天地，一个健康的自己。

四

术后几天，持续关机，又怕有什么事情耽误了。偶尔打开看看短信提示。得知文集的书稿清样已经快递过来了。这是我即将出版的散文集第六遍校稿，也是最后一遍。先生匆匆去取快递，200 多页的样稿，要一页页全部校对一遍。先生给我摇起床来，一页页翻给我看。因为已经校对多次，没有精力再一个字一个字地仔细审阅，只是大致浏览了一下，凭借记忆中第五稿的修改意见，着重看看需要重点修改的地方。果然有两张照片的人员说明被编辑人员给遗漏了。没有力气多说话，也拿不住笔，只能断断续续对他耳语。先生根据我说的，拿起笔来做了修改，签了出版意见，然后快递回去，只等着书正式出版了。文集于 7 月底即与出版社达成了出书意向，但当时因为正在参与编辑一套大型五卷本丛书《莱州文学作品选集》，一直没有时间整理稿件。直到 9 月，作协主编的这套文集正式出版，才开始拿出时间进行散文集的修订整理。10 月签订出书合同，后来又因为对方的某些原因，一直延宕至今。不过在此期间也做了多次修订，力求完美一些，算是好事多磨吧。散文集基本遴选了这一两年在报纸杂志上发表的60篇文章，在文集的出版过程中，得到了很多文学前辈及文友和家人的鼓励与帮助，也算是对自己这几年写作的一次阶段性总结和回顾。出这本书的初衷之一，也是想筹集售书资金以做手术医疗费用。记得当时刚给文友们透露准备出书治病的想法，就得到了朋友们的支持，纷纷要求预定，文集尚未出来，已经陆续收到了朋友们的汇款。有的从网上联系购买1本、2本、10本，有当地的陌生文友辗转打听到我的联系方式，上门找到我，有的购买60本，最多的一次寄来汇款，预定了200本，送给亲朋分享。唯一的要求，就是等书出来后，一定要签名。他们了解我的性格，断不会借钱或者以接受募捐的形式治疗，于是以这样一种方式，表达他们的关心和帮助，以及对我文字的支持与认可。这于此时的我，不啻一场文字的救赎，一次心灵的回归。它及时安抚了一颗困顿经年的眷恋文学的心，让我重新点燃了对生命的希望，对写作的激情。这样一份写作者与读者之间的情缘，多么珍贵，又多么神奇。对一个多年来习惯于孤独的人而言，这是一种怎样的鼓励与启示！回想自己的来时路，历尽坎坷，俯仰不定。唯有文字，在我最困窘无助的状态下，给了我信心和力量，救赎了一颗困顿的心，让我在经受过坎坷磨难、体味过酸甜苦辣，了解过与自己习惯的生活截然不同的生活方式和思维方式之后，心灵变得包容通达，生命从此璀璨宏大。

术后特别怕冷，又一直贫血，暂时无法上班，但是心里无时不惦念自己负责编辑的刊物。看到投稿稿件上有错字，总要职业性地提笔改动。坐不起来，就躺在床上，吃力地拿起笔，在样稿上做修改。有些稿子需要在网上发送，一次坐不了几分钟，但是每天都要上来看看，三五分钟，心里就踏实了。写一个简讯、发一个邮件，都要来回休息好几回才能完成。出院第四天，12月17日，又开始流血不止。身体更加虚弱，因为焦灼，没有食欲，几天时间更加憔悴消瘦了。流血到第七天，医院电话回访，咨询说是术后收缩无力，让吃云南白药止血。直到27日，血才彻底止住。住院期间掉了10斤肉，这次折腾又瘦了几斤，这次懂了那句话：不死也得蜕层皮。病来如山倒，病去如抽丝。从住院到止血，短短20天，可以用一个词来概括了：形销骨立。就是这样，我依然每天上来看看，整理即将出版的作协刊物采访文章、照片，给文联发送近期作协简讯，给印刷厂发邮件指出部分笔误。一期杂志代表的是一个单位的整体形象，虽然不能去上班，但是这些能做到的，还是要尽量做得更好些。工作会让你找到自己的价值，做一个被人需要的人，一个能为社会做点贡献的人，才会活得充实而有尊严。

陆陆续续写下这些文字时，已经距离手术一个多月了，伤口仍然隐隐作疼，仍然怕冷，好像冻到了骨子里，可能本来就是大寒体质吧。这一个多月，没有办法坐下来痛快地写一篇文章，可是那些话、那些字在心里已经飞腾跳跃了很久。现在坐下来，只是做一次忠实的记录。

病中再次重温史铁生的散文集《灵魂的事》，那些富有哲理和智慧并不乏幽默的语言，囊括了他对生命、爱情和信仰的哲思，唤起了我对自身境遇的警醒和关怀，让我的心灵宁静了很多。病中阅读这些文字，感触更加深刻。“生病也是生活体验之一种，甚或算得一场别开生面的游历。”“但凡游历总有酬报：异地他乡增长见识，名山大川陶冶性情，激流险阻锤炼意志，生病的经历是一步步懂得满足。”

生病是肉身的事情，可也牵扯了情感和心灵。肉身的疼痛是一时的，而情感却在疼痛时注入肉身包裹的内心甚至灵魂。每个人都难免生病，而健康就是救赎。救赎我们唤醒内心的温暖与光影，唤醒爱，以及我们对于这个世界、亲人的感恩，感知个体生命与众多生命之间那种微妙而富有层次感的关系。

春天快来了，我的身体也好了很多。我相信：曾经的苦难，曾经的噩梦，都会随着疾病一起消失。

一切都好。

尘埃里的花

那一年，她和他，都刚刚毕业参加工作。一个他们俩共同的朋友，介绍他们认识，相亲的那种。那时的她，一帆风顺，心高气傲，总觉得生活中处处有温暖的阳光照耀着自己，从来没有认真考虑过自己的未来，包括那个未来的他。那时的他，刚刚从农村考学出来吃了皇粮，在那个年代，也算是天之骄子，父母的骄傲。因为彼此都怀着强烈的优越感，相亲的愿望并不强烈，带着玩笑的成分，反而显得轻松许多，没有任何的压力和紧张。

刚刚见面，她看他，相貌普通，个子不高，但是头发浓密蓬松，眼神干净，笑容和善，举止儒雅。他眼中的她，身材苗条，气质婉约，面容清丽，俨然大家闺秀。见面彼此一笑，竟如早已相识般默契。她问他的第一句话是："请问你叫什么名字？可以用笔写下来吗？"他倒也坦然，微笑着报出名字后，随手写在纸上。名字敦厚，字也写得遒劲古朴，如眼前人，真个是名如其人，人如其字，让人感觉踏实、沉静、安全。第二句话，依然是她问他答："我不会做饭，什么家务也不会做，你呢？"

他仍然是从容地笑："我会做饭。两个人都上班的家庭，不同于农村，家务本来就不多，谁有时间谁多干点。"她从小娇生惯养，不知人间疾苦，那双调朱弄粉、舞文弄墨的手，从未下过厨，她闻不得油烟的味道。她窃喜，心里暗暗有了些许好感和兴致。第三个问题便脱口而出："你会唱歌吗？会弹吉他吗？可以为我唱一首歌吗？"她不会唱歌，却喜欢欣赏。常常幻想有一个人，与她晓风残月、古道西风，与她把酒谈情、吟诗和曲。在月朗风清的晚上，在碧波荡漾的海边，在层峦叠嶂的高山，怀抱吉他，为她弹琴唱歌，花前月下。而眼前这个人，居然真的会弹吉他，真的为她唱了一首歌，嗓音浑厚，韵味悠长。

没有金钱权力的权衡，没有门当户对的观念，没有任何世俗的顾虑，两颗年轻而充满浪漫的心，就是以这种方式拉开了相伴一生的序幕。别人眼中的他们，并不般配，无论是出身、气质还是形象。他的相亲团特意去看了她，担心地对他说："这个女孩娇气、傲气、洋气，不食人间烟火。这样的女孩子，恐怕不是咱们这样的家庭能配得上的。"可是他一如既往地宠她、懂她，他欣赏她"天然的略带娇气的风韵"，说她善良、单纯，有气质、有才华，不平庸、不世俗。她的闺蜜也对她说："他们家在农村，家庭负担很重；家中兄弟姐妹又多，关系恐怕很难处理。"她也依然沉浸在单纯的幸福中。她没在农村待过，不知道农村家庭的疾苦，只是觉得孝顺父母的人才可以托付终身，他的父母供养他不容易，要如自己的父母一样对待，只要经济条件允许，他们会尽可能为老人提供较为优越的条件，让老人颐养天年；至于兄弟姐妹间的关系，只要以诚相待，有什么好计较的呢？她的同学、朋友不解，甚至不平，一向高傲矜持的她，怎么可能选择他？

嫁给他，他总是觉得委屈了她，于是每天下了班，他会精心做好饭菜，开心地看着她吃完，然后认真征求她的意见，菜的味道如何，饭做得怎样，为的是了解她的口味，为她做更可口的饭菜。她于是嗔怪他，每天把她喂得饱饱的，她快要吃成小胖猪了。她想戴隐形眼镜，那时这个县级市刚刚开始引进，他不放心，拿出两个人一个月的工资，带着她去省城眼科医院专门配了隐形眼镜。她自己不敢摘和戴，每天早上他为她仔细戴上，晚上为她细心地摘下、清洗。她身体娇弱又不喜欢运动，为了让她锻炼身体，他陪她玩游戏，带她跳舞，教她练气功。她上班赖床了，他给她准备好吃的、喝的，让她抓紧时间去“上学”，别迟到了。她吃饭挑食，他怕她营养跟不上，变戏法般把牛肉、羊肉、葱、姜、蒜等不吃的东西调到食物里骗她吃掉。她不开心了，他会耐心地哄着她。她开心了，他喜欢宠溺地拍拍她的头。在他的眼里，她就像一个需要呵护的小姑娘。而她自己，也一直心安理得地享受着这一切。

日子在波澜不惊中度过，一直到她生完小孩休产假期间单位改制，一夜之间，她由一名事业单位文员变成了无业者。他安慰她，正好不喜欢上班，孩子小又需要照顾，这下可以在家好好休息了。她依然不会做饭，他依然不放心她做家务，每天上班前絮絮地嘱咐，电饭煲记得别忘了拔掉插座，出门注意安全，自己别做饭等着他回来。他知道她是个小马虎，粗心大意，丢三落四，感情上细腻敏感，温柔善良，生活琐事却是粗线条。下雪的早上，他去上班，看到地面积了雪花，会返回来告诉她，外面下雪了，没事别出门，怕她感冒了，怕她滑倒。她不喜欢串门，不喜欢谈论家长里短，当然也没有一般女人的长舌与八卦、斤斤计较。闲散的时候，她喜欢静静地待在家里看书、写字，他鼓励、督促她，他知道她的梦。有时候她偷懒，他会催她去“写作业”，或者翻出她以前写的东西，以老师的口吻“谆谆教导”她：“天才是百分之一的灵感加百分之九十九的汗水。你的文字基础不错，更要加倍努力，发挥特长。千万别像方仲永一样‘小时了了’，长大却‘泯然众人’啊！”出差回来，他自己什么也不买，却会买来她喜欢的睡衣、口红、香水。他太了解她了，了解她虽已为人妻、为人母，却依然无法改变的小女人情态。渐渐地，她开始感觉生活不像以前那样无忧无虑了，多了一个孩子却少了一份收入，而他老家的父母年事已高，生活的重担一下子压在他一个人身上。虽然他从不表露什么，但她看得出他有了负担。她不忍心，于是提出到私企上班，或者去国外打工。可是他坚决反对，怕给私人打工会让她受委屈，去国外打工，他就更不放心了，怕她吃不了苦。他觉得对不起她，觉得自己不能为她带来安逸的生活，为了改善经济条件，他决定放弃悠闲的工作岗位，下海经商。而她，也从此成为商人妇。就这样，两个曾经“指点江山，激扬文字，粪土当年万户侯”书生意气的人，抱着“壮士一去不复还”的壮烈情怀，投入商海。

没有资金，没有经验，没有显赫的父母，没有曲里拐弯的关系，为了生存，他们从衣食无忧的生活环境一步踏进了沉浮商海。一无所有，白手起家，没有什么人可以依靠，凭借的只是一份责任与不甘。而她，在这段日子里却渐渐坚强、成熟了起来，从一个条件优越没有金钱观念的大小姐，变成了精打细算的小妇人。因为，她不忍心让他一个人去承受。他领着工人施工，栉风沐雨，辛辛苦苦，人沧桑了许多，再也找不到昔日的从容与优雅。她为了让他减轻负担，四处奔走，借钱贷款，联系工程，结算款项，催讨债务——全然不似昔日矜持高贵的她。但不管多累多忙，他仍然不放心她做饭。偶尔为了给他惊喜，她悄悄走进厨房，为他洗手做羹汤，却依然是笨手笨脚。想到他这些年的付出，她心里竟满含着甜蜜与温柔。

苦难会让人成熟。十年的时间，会改变一个人许多。在生活的磨砺下，为了责任，为了家，她变得很低很低，低到尘埃里。在尘埃里，那朵相濡以沫的花，盛放开来。

木语者

我们这儿的人，买了房子装修，喜欢找南方木匠来干活儿。所谓南方，其实是相对于我们所在的北方来说的，具体来说是来自苏北和苏中的乡村。这些乡村木匠带着各自的手艺，背井离乡跨过长江，来到我们这儿。他们很快会以活儿细致、手艺精湛、款式新颖在当地站稳脚跟，打开市场，创出名声。我们对他们几乎到了迷信的地步，仿佛不找他们，心里便不踏实，活儿也干不好，单单忽略了他们水涨船高的工钱。

我也不例外。我到老黄的板材店买材料装修新房，请他帮忙介绍个南方木匠来干活儿。老黄是重庆三峡库区的移民，异地安置到了我们这儿，下岗后代理了某个品牌的板材，经营着一家颇具规模的店铺。这些南方木匠，还有当地木匠们，经常替主家或领着主家来老黄的店买板材。老黄为人精明灵活，一来二去地与他们都熟了，清楚他们每一个人的手艺情况。他操着带有重庆口音的普通话，笑呵呵地说："你们这些人哪，老是迷信南方木匠，你们当地有的木匠就做得挺好的。"说完，他指着立在墙根的一个酒柜说："你瞧这酒柜，板与板之间没有一点缝儿，连胶都不用，就是老董做的。”这酒柜四平八稳地站在那儿，看上去的确端庄大气，赏心悦目，我记住了老董——一个我们当地的木匠。

我打电话给老董，他正在邻近的小区，我说我是老黄介绍的，想找他干活儿，请他现在来房子现场看看，我好根据他的要求去准备所需材料。他回答正给人干活儿，脱不开身，待干完后再联系我。他的语调平静，听不出某些工匠揽到活儿的迫切和高兴劲儿，我听后却有点儿不高兴，心想你离我就咫尺之遥，怎么就不能先暂时放放手中的活儿，来我这儿看过后回去再接着干。我认为老董拿架子，冷漠无礼，甚至动了不找他的念头，但想到老董做的漂亮酒柜，我努力说服自己就等几天。

三天后，老董给我打电话，说那家活儿已干完，半小时后到我的房子，将工具一起拉来。我听了又有点儿不舒服，心想我只是叫你来现场看看，还没确定找你干呢，你怎么就将工具一股脑儿地拉来了。老董来了，随车拉来一电动三轮车的各种工具，还有一张半个客厅大的旧毯子，见我困惑，他解释是铺在地上接锯末、刨花和遗落的钉子的。我说需要干的活儿，他边听边插嘴说自己的想法，听得出他考虑得很周全，这一刻，我决定就用他了。待我说完了，他猛地来了句：“就这点活儿呀？”显然他是嫌我的活儿少，干起来不过瘾。我这才认真地瞅了瞅老董，他中等个头，面色白净，胡须修理得体，如果不是他身上那套后背印着某品牌木工板的工作服，我也许不会当他是一个木匠。我建议他跟我到楼上楼下相同格局的房子去看看别人怎么干的，他头摇得像拨浪鼓，干脆地说：“不用看，我知道。”我想，你没看怎么知道别人干的什么样。他在心头盘算了一会儿，一口气儿说出了所需板材、五金等，我快速地记在了纸上，又逐一跟他核对了一遍。然后我持这份清单，到老黄的店买齐了所有材料。老黄又额外撺掇我买了一种叫“罗马柱”的装饰条，他说做出来效果好，先拿两根试试吧。

晚上我有些不放心，从同事发给我的图片中选了几个款式转发给了老董，一直没见他回复。之前有着丰富装修经验的同事提醒过我，由于工钱是按照所消耗的板材张数来计算，有的木匠故意以虚报多买和浪费板材来赚取工钱，我似乎还得防着老董这样做，别当了冤大头吃了哑巴亏。所需材料都送到了，房子钥匙也已给了老董，剩下的活儿就看他的了。

一连两天我都有事，没到房子去，老董也没跟我联系。第三天上午我去了，老董已在客厅中央铺开了毯子，上头立着丈把长的马凳，凳下散落着锯末、刨花和看不见光芒的钉子等物什，还有各式各样的工具，它们中很多都要依赖电才能正常工作。一个中年妇女正给老董打着下手，我一眼看见她穿着印有某玻璃厂字样的牛仔布工作服。这是老董的妻子，原来在玻璃厂车间干，后来单位改制下岗，现在听老董调遣给他搭搭手递递工具什么的。

在老董的手底下，阳台的橱子率先挺身站了起来。我们的阳台个别地方设计有问题，比如现在橱子这个位置，有一根碗口粗的空调下水管，不偏不倚地自上向下贴墙竖在中间，楼上那户是打了橱子将管子彻底遮挡在了后头，这样可利用空间就缩小了。而老董不，他偏偏别出心裁地用几块木板把管子包起来，再穿过橱子中间，看上去像是装饰，不露痕迹，又充分利用了空间。我顺手掏出一张名片，插向门边的缝隙，只见严丝合缝，根本插不进去。门与门之间上下齐整，浑然一体。

我禁不住夸赞老董，跟他聊起天儿，他停了手中的活儿，摸出一根烟点着了，附和我说着话。像我见过的很多手艺人一样，老董也有很大的烟瘾，总是烟不离手，所抽的烟是那种几块钱一盒的。他的老家在董庄，横过门前一条烟潍路，董庄百分之九十的住户都姓董。村中人多地少，一些村民便想方设法学一门手艺谋生，陆续有了泥瓦匠、木匠、铁匠等。老董是拜邻村一位老木匠学的手艺，那年他 17 岁，老木匠心地善良、手艺精妙，对老董倾囊相授，再加上老董人勤快、眼皮活、悟性高，出师后立即自立门户，凭一手好活儿成为附近最好的木匠。外村人不知道他叫什么，都喊他木匠，这样叫仿佛周边只有一位木匠，就是他董木匠。老董曾经是周边几个村庄日常生活中不可缺少的角色，谁家盖房造屋、打制家具，首先考虑的肯定是他，他无论在谁家干活儿，都是酒肉招待，工钱丰厚。眼见老董忙得分身乏术，有村民便送自家孩子跟老董做学徒，董庄的人都沾亲带故的，打断骨头连着筋，老董抹不开面子，上门便收，也有个把年轻人学得了好手艺。我们这儿重视中秋和春节两个节日，兴买了东西走街串巷入户“送节礼”，登门看望自己的长辈、师傅什么的。我问老董：“他们学成后每年过中秋和春节还去看你吗？”老董答：“不看，都出师了，各干各的了。”他妻子插话道：“他每年中秋和春节都买了牛奶、烟酒和点心去看他的师傅，师傅没了继续看师娘。”老董一口一口地抽着烟，忽地叹了口气，说：“你瞧这满地用电的工具，比过去那些老式的木锯、刨子、凿子、锛子、铲子可省劲多了，但现在就是没人愿学这手艺喽，脏累苦不说，收入也不行，赶不上到外头打工干个建筑队挣得多。再说那些这板那板的家具，哪有咱自己打的实木的结实耐用，还贵得吓人。”见我不说话，老董接上了一根烟，听任它在手指间一寸一寸地燃烧，顺手捞起一根木料眯起眼盯了会，开动电锯“滋滋滋”地锯割木料，停了电锯，他口中开始嘟囔着什么，我听出是一连串的数字，它们属于客厅左右对称的那一对博古架。老董不是对我说的，也不是跟妻子说的，而是在和他手底下的木头说话。听他妻子说，他一干活儿进入状态就这样，别人不理解还以为他自言自语是有病。老董其实是将眼前手中的木头看作了鲜活可爱的生命体，它们能呼吸、会微笑，在它们的体内都藏着一颗玲珑心，懂得倾听他说话，默默地与他交流。在它们坚硬的骨骼以各种形态彻底站起来前，老董的每一句话都能得到它们发自内心的回声，每一个动作都能赢得它们迎刃而解的响应。

我想起了转发给老董的图片，老董说没看见，我拿出手机找到图片指给他看，他只瞟了一眼，有些漫不经心地说：“知道了。”这一次，我不再腹诽老董，因为我渐渐地认识到他是一个有自己的主意和想法的人，也是一个有脾气和对自己的手艺充满自负的人。果然，几天后，一对博古架对称着立起来了，它们一眼瞧上去像图片中的模样，但仔细瞅瞅，却更精美大方，苗条稳重。

那天，老董干活儿，我在一旁站着看，似乎在见证一件工艺品的问世。我不说话，他也不理会我，又开始嘟囔着和木头说话。这中间他接了个催款电话，是售楼处打来的，催他抓紧去补交剩余房款。老董为了俩孩子在城里上学，买了一套学区房，已经交了40多万元，还差一两万元就能拿到钥匙了，以后孩子们就不用住校了，但他目前硬是拿不出这钱。他问我办房产证所需的费用，我也说不清楚，他沉默片刻，又嘟囔起来。

老董最兴奋的是一连接到了两个电话，都是像我一样经人介绍找他干活儿的，他掩饰不住高兴地对妻子说：“这两家活儿多，干下来差不多就能交齐钱拿钥匙了。”他是真的需要钱，但他不急不躁，不温不火，仍然像刚开始一样，专注而认真地干着活儿。

十天后，所有的活儿都揭开了盖头，老董和妻子准备收拾东西了。他们将工具一件一件地收进工具箱，然后一人攥着毯子一边，将那些锯末、刨花和看不见光芒的钉子等，悉数包裹了进去，费力地抬到门外。

所有材料都用得恰如其分，剩下的是些派不上用场的边角碎料。

还有那两根“罗马柱”。

老董不紧不慢地说：“这个用不上，博古架这儿的空间窄，如果用了它留给中间推拉门的地方就更小了，要多用好几张木板，同时至少需要六根这样的柱子，浪费钱，还不实用。”

老董和妻子将毯子席卷走了，我送他们到电梯口，盯着不停闪烁变换的电梯数字，我想到了有一类人和他们所代表的精神品格。像老董这样的手艺人，日复一日地忙碌在机械重复、枯燥无味的劳作中，唯一的休息是静静地坐在一堆狼藉当中，痛快地抽一根烟，走会儿神，想一些永远想不完的心事。但他们一旦进入状态，马上会专注地干着各自的活儿，他们忠主家的事，敬自己的业，努力将每一桩事、每一件东西都做得尽善尽美。

他们有一个共同的名字：匠人。

我发现，老董不知啥时留了一小堆锯末和刨花在我的客厅，我知道，这不是他的疏忽，他和他的一辈辈同行一样，是在坚守着自己的行业规则，这样意为“还有活儿干”。

但愿老董们天天都有活儿干，赚个盆满钵溢。

世相三题

泥鳅钻豆腐

经朋友介绍，我到监狱中探访一位前任官员。他因受贿数额巨大，被判有期徒刑15年，如今似困兽身陷囹圄。

审讯室内，他起初不说话，似在等我发问。面对他，我沉默着，观察着他。稍后，他开口说话："我听他们说了，你是作家，我知道你想问什么，你想听我说自己是怎样一步步地腐化变质、走向犯罪的。"

我点点头。他冷不丁地问："吃过泥鳅钻豆腐吗？"

他信口扯到了"舌尖上"，我一时摸不着头脑，怔怔地望着他。他咂摸着嘴巴，表情神往地说："这道菜好哇，色白、汤鲜、味美，泥鳅、豆腐都好吃。我母亲烧得最好。"他的神情一下子黯然下来。

他或许想到了住在农村的母亲。但很快，他又开口问我："你知道它是怎么烧的吗？"

我摇摇头。他继续往下说——

“买来泥鳅和豆腐，首先要将泥鳅悉数倒进清水里，叫它们吐净肠胃中的脏东西，这样一遍遍地换水，水越来越清，泥鳅越来越干净，就像一张白纸。然后，将原本清清白白的豆腐冲洗一遍，与泥鳅一起放入添好水的砂锅中。天蓝色的火苗像一圈海水，纷纷探出舌头舔着锅底，个别淘气的跑了出来，爬上了锅身。水冰冷，豆腐冰冷，泥鳅也冰冷。开始，泥鳅在浅浅的水中，绕着豆腐游来游去，它们是将这一整块又白又嫩的豆腐当成了石头或其他。水慢慢地温了，冒起若有若无的热气，泥鳅们敏感地察觉到了，但它们没觉得危险正在悄悄地靠近，也没意识到接下来将会发生什么。相反，它们觉得很受用，好像洗着桑拿浴一样，它们彻底放松了警惕，撤掉了一直扎紧的防线，甘愿躺在这个温柔乡里。渐渐地，水温升高了，热气越来越稠，它们有点儿害怕，也有点儿担心，但它们留恋这个温柔乡，觉得这种感觉很美妙、很刺激，想离开又舍不得，拔不动腿，只好继续待下去。水温从皮肉热到了骨头，热气又稠又密，像一张网笼罩着水面，有的不甘寂寞地到处寻找着缝隙，争先恐后地飘了出来。它们被温柔麻醉的神经重新激活了，惊慌地窜来窜去，像被掐掉触须的蚂蚁。它们心惊肉跳，慌不择路，摆动尾巴，上下打挺，左右挣扎，莽撞中一头扎入了豆腐中。水被煮沸了，相互碰出咕嘟咕嘟声，吐着铜钱大小的泡泡，热气顶得锅盖忽起忽落。豆腐不再是清凉地，也不再是避难所，它们受不了了，一头钻了出来，重新游入水中，滚热的水烫得它们吱吱乱叫，慌忙掉头回到豆腐中。如此反反复复，它们中有的头扎进豆腐中，尾巴露在外头，有的身体埋在豆腐间，头伸进了水中，看上去形态狼藉，下场可悲，落得一锅热气腾腾的泥鳅豆腐汤，兀自咕嘟咕嘟地顶开气泡，仿佛永远沸腾着……”

他反问我：“你看我像不像砂锅中的一条泥鳅？我贪腐的过程就像烧这道泥鳅钻豆腐。从冷水开始，再到温水，直到沸水，我也从受贿一点钱，再到一笔钱，直到一大笔钱，就像一条泥鳅渐渐地被水煮成汤，我欲罢不能，再也无法自拔。你问我怕不怕？当然怕啊。我每次收了人家的钱都提心吊胆，连鸟叫我都怕，怕被查出来。但那时就是刹不住手，仿佛吸了大烟，上瘾似的。我也心存侥幸，相信那些人说的‘天知地知你知我知’‘刀架在脖子上也不会讲’一类的鬼话。最后，东窗事发，就到了这儿。你说我要那么多钱干什么，担惊受怕一场，到头来还不是竹篮打水一场空，给自己换来了这么一间铁屋子。人没了自由，要再多的钱有什么用，又到哪儿去花呢？我现在越想越后悔啊！”

这时，一个狱警叫着他的名字，说：“你母亲托人给你捎来了她自己种的花生。”

他闻听放声痛哭，如丧考妣……

两个铁笼子

县人大门前，有两个门球场，一大一小。

老百姓俗称两个铁笼子。

当初建它们，是为了让老干部们退休之后有个娱乐的去处。

选址也煞费了一番苦心。放在政府附近，不太安心，似乎总给外界一种留恋权力的错觉；安到体育场内，又不太甘心，似乎进了那儿就像进了大澡堂，被彻底混淆和湮没了。最后建在了人大门前，考虑有二：一是人大是权力机关，符合他们曾经的身份；二是他们从一线下来后，向后转齐步走，就退到了以人大为代表的二线。

大场靠里，与人大一墙之隔，从心理上距权力近点，专供县处级以上干部使用；小场向外，与马路隔一条人行小道，供科级以下干部使用。

四周圈以水泥砌台，上插胳臂粗的铁管，间以食指细的钢筋。场内覆以金黄的细沙，为此载重卡车一趟趟地往返于人大和沙河之间，从河边运来沙子倾倒于此。一角卧着个铁磙子，如果沙地露出破绽，就可以推着它骨碌碌地碾压平整。旁边立着一块记分牌，可以根据比赛情况，像算盘珠拨上拨下，决定胜负。四个对角处各有一个球门，是足球门的微缩，将“U”形钢筋倒置揳入地下。

人大身旁有一所小学，小学还开着幼儿园。周一至周五，每天下午三四点钟后，家长们一窝蜂似的早早守在门球场附近，边胡乱拉呱边等着自家孩子。人行道上也跟着热闹起来，卖天津大麻花的、兰州雪花饼的、北京冰糖葫芦的、马车冰堡的，等等，一律是喇叭替主人叫卖，它们反反复复、不厌其烦地喊着，就那么几个字，或半句话，互相纠缠到一起，场面越来越混乱和嘈杂了。这些眼睛盯着孩子、手却悄悄地伸向家长的人，有的无业，有的是下岗工人，每天雷打不动地守望着自己的“麦田”，盼望着孩子像一只只贪嘴的麻雀叽叽喳喳地飞临。

如果不下雨，门球场内此时早已有人了。

睡罢午觉，他们头戴太阳帽，脚踩运动鞋，扛着门球杆，不约而同地来了。到了这儿，会有人发给他们一人一块布，上面印着不同的数字，代表着他们在场内的顺序。

他们身子微微倾斜，眯起眼睛，瞄准了球，小心地以杆击出。球像一条响尾蛇，熟练地摩擦过沙地，滑向漏风的门，有时不偏不倚，恰好从中间穿过，有时眼看着就要破门而入了，却被一只邪门的手拽向了一边，引得他们不是兴奋地鼓掌，就是懊恼地跺脚。

有一次，我站在场外，看到甲长和乙副长在吵架，为了一个球。他俩我都认识，原来在同一部门，甲管着乙，都够资格在大场打球。

此刻，甲非说球进了，是乙看花了眼；乙坚持球没进，是甲故意耍赖。俩人提着球杆，也不打球了，相对站在场中争吵，越吵越厉害，甲一激动，扬起球杆，愤愤地骂道：“老子揍你！”也许是过去吃够了甲的气，这回乙不愿意了，涨红了脸，梗着脖子往前拱，口中不住地喊：“你打啊，打啊，打啊！”甲铁青着脸，又抬了抬球杆，离乙光秃秃的脑袋只有两拃远了。我开始担心起来，球杆有着相当的重量，万一砸到乙的头顶，也许就喋血开瓢了。甲的球杆，还有乙的脑袋，都僵持在了空中。蓦然，甲撂了球杆，转身头也不回地走了。

在最后关头，也许是眼前的铁笼子、脚下的沙地、差不多的穿着、背后印着数字的布及时地提醒了甲，他再也不是那个高高坐在老板椅上，听取乙站着汇报的他了。那时他可以随意地训斥乙，甚至可以拍着乙的秃脑袋，跟他开着荤玩笑，乙仍得面露微笑地跟他周旋。

有一天，两个铁笼子像篱笆一样，被连根拔起。载重卡车从山后拉来了一车又一车黄土，垫在了沙地上面，平地隆起了一座小山，中间有一条水泥小路曲折如蛇，静静穿过，路上嵌满了鹅卵石，点缀以假山，还有各种花草树木。

人大门前的那一溜儿围墙也被轰然推倒了。

站在人行道上看人大，视野一下子透亮了，心情一下子痛快了。

老百姓脱了鞋，穿着袜子走在嵌满鹅卵石的小路上，一趟一趟地硌着脚。

他们有时眼睁睁地看到输液器扎入树的身体，一端连着一袋营养液。见惯了给人挂吊瓶，现在看到给树打针让他们感觉很新奇，时光在他们的注视下一点一滴地进入树的体内。

他们无意弄明白这一切究竟是为了什么，但这些正是他们愿意看到的。

拒绝与亲和

应该感谢电视。是现场直播，让坐在荧屏前的我们在同一时间与生活同步，看到了某些正在发生的感动。

记得是一次“感动中国”人物评选活动的颁奖晚会，当主持人白岩松报出一个名字时，一个人一步一步地迈上领奖台，先是一头积雪似的白发，接着是一张慈爱而坚定的脸，最后是并不高大甚至有些佝偻的身体。这时白岩松忙迎上前去，伸出手想搀扶那个人一把，可出乎意料的是，那人坚决地拒绝了他，而是自己坚持着迈上了领奖台。

那人是一个七十多岁的妇女，岁月的负担和她所从事工作的压力都集中到了她的肩头，让她有些不堪重负，仿佛正在一点一点地变矮变小，最后像一粒种子回到了泥土。社会的冷漠与打击，亲人的怨恨与误解，有时让她觉得支撑不住了，就要倒下了，永远也不想起来了。

因为她站起来就要奔波，就要呐喊，就要工作。

她是多么地需要支持和帮助啊！

至少白岩松这么认为，他才会担忧她，情不自禁地搀她扶她。

但她却拒绝了他，而且拒绝得那么有尊严和有力量。

站在最平民的立场，深入最卑微的民间，从事最孤独的工作，集一个人的尊严和力量，做一件最不被理解的事情。她已经习惯了一个人挑战自己的生命极限，一个人抵抗自己的惰性和怯懦，一个人纯洁地支撑和站立在地上，就像狂风飞沙中不倒的胡杨。

与艾滋病人一起生活，领艾滋病孤儿回家过年，哪一件不是这样呢？

那一瞬间，我同时看到了两种感动，都来自人性腹地和心灵深处。

伸出的手和拒绝的手都是人类最柔软和珍贵的语言，她们潜意识地失之交握，却彼此永远保留了人的尊严和力量。

我也永远地记住了她的名字——高耀洁，因为她的拒绝。

还是应该感谢电视。还是现场直播，让坐在荧屏前的我们在同一时间与生活同步，看到了某些正在发生的感动。

记得是一个访谈节目，讲的是某省取消农业税之后，农民种粮的积极性空前高涨，某农民一人承包了许多亩土地。这无疑是一次应景报道，是对某项政策的生硬尾随和冰冷图解，枯燥的数字激活不了我冷漠的热情。正当我慨叹某些画面的浪费性流失，准备关掉荧屏彻底“消灭”它们时，接下来的一幕却让我改变了主意。

画面很快切换到了那个被采访农民的手。我可以身临其境地想象得到，摄影师缓缓地扯回了镜头，又缓缓地推向了那双手，一直向前推着，推着，越来越近，几乎凑到了上面，这才让我们有机会看到了那么一双手。

那手粗糙漆黑，茧花丛生，但骨节很大，可以抡得动最沉的农具，捧得起最大号的粗瓷大碗。

它瞧上去安详平静，但谁都知道，那儿山峦起伏，沟渠纵横，根系蜿蜒，坚韧不息，暗藏着二十四节气，是一部能屈能伸的农业史。

多少话语和数字都及不上那手给我的印象深刻和感动。

对土地的热爱，对粮食的亲近，对生活的积极，一个农民的一生，都被攥在了一双手中。

感谢镜头，感谢摄影师，感谢那双手。确切地说，应该感谢灵光一闪的人性才是。是摄影师心灵的猛一震颤，是某刻柔软的触动，是农民心灵的真诚袒露，是某刻真实的渴望，让我看到了电光石火的一瞬间，尽管仅仅几秒钟，却胜过千言万语和数以亿计。

那是一双亲和的手，就像我们父母的手。

透过一双手的细节和情景，我意识到了一个细节的恒久颤动，和一幕情景的强大穿透力。

我也终于承认，最深的感动来自最微小的镀满人性光芒的细节。

比如，一只拒绝或亲和的手。

寂静的美神

琉璃，一个安静清澈的字眼，长一张清新的美人脸，轻轻一念，吐气如兰，如光滑的绸缎，似香甜的奶糖。每念及此，如面对一位长身纤腰的女子，不由让人心旌摇曳。

琉璃，古代写作流离，最早见于西汉桓宽的《盐铁论》。又称璧琉璃，见于东汉班固著《汉书·地理志》，琉璃是璧琉璃的简称，后来加上“王”旁，成为“琉璃”。我国古代自己制造琉璃的记载，在《穆天子传》中所说的天子登采石之山，取采石，使民铸以成器的故事。东汉王充书中有道人消炼五彩石做五色之玉的记载。

我国古玻璃（琉璃）技术萌芽于西周，到战国时期已生产出真正的玻璃。最迟在 3100 多年前的西周时期，我们的祖先就开始掌握了琉璃制造技术。在河南洛阳、陕西宝鸡等地的西周早期墓葬中，均发现了大量琉璃珠。战国时期，琉璃是王公贵族权利的象征。河南辉县出土的吴王夫差剑上就镶嵌三块蓝色玻璃。湖北江陵出土的越王勾践剑镶有两块蓝色琉璃，王者之剑的琉璃装饰足以说明琉璃在当时的尊贵。博山地区的琉璃生产历史悠久，这里有全国最早也是唯一的炉神庙。早在元代时期，博山地区的琉璃产业已经具备了相当的规模。及至明清时期，博山地区的琉璃生产发展更为繁盛。

由于琉璃生产对原材料和技术的要求极高，自古至今仅博山和北京两处设有琉璃生产作坊，而博山特殊的山区地质条件造就了琉璃生产所必须的自然资源。又因博山琉璃科学运用了博山特产的鸡油黄、鸡肝石料、亮红料、洋青料、珐琅等名贵色料，进一步创新了生产工艺而在全国独树一帜。

走进博山陶瓷琉璃艺术中心，就是走进了琉璃的心脏。人立琉璃艺术馆是国内首家以收藏古法手工高端艺术品为主的琉璃艺术馆。在这里，一件件精美绝伦的琉璃艺术品让人不禁感叹，真的是美轮美奂，巧夺天工。最令我陶醉的是人立墨彩。它将中国传统水墨文化与传统的琉璃艺术结合起来，色彩微妙，意境深远，使琉璃不再只是一件精美的工艺品，而被赋予了艺术品的意义和品味。

在那些气韵流动的水墨瓶前，我屏气凝神，驻足良久。不同的瓶型，不同的底色，在千度以上的高温下，手把铁线一气呵成。这神奇的艺术之作，水墨淋漓，色彩斑斓，鬼斧神工，连那些瓶子的名字和注解都充满了禅意。桃花源记、驿寄梅花、被山带河、白日火焰——一个题名“世外桃源”的水墨瓶下方写着这样一段文字：褪去人世的繁华，来到这桃源仙境，顺着溪水行船，可以看到山间的桃花林，两岸花草鲜嫩美丽，远处田野交错相通，可以田间劳作，雾缠云绕，渺渺茫茫，仿佛与世隔绝。

它们全身是晶莹的，透明、干净、圆润，透出了美、欢愉和安静。这些琉璃作品兀自高贵地站在那里，把这一瞬间延长了，延长了生命，超越了可以感觉的范围，定格了无法用语言描绘的现象。作家无法描摹的瞬间的美，却被琉璃艺术家永恒地定格。同行的一位文友被这种美震撼了，她抱着手，一言不发，没有与同道窃窃讨论，也没有迫不及待地按下相机快门，就这么安静地站着，站成了与眼前的艺术品一样的风景。一种让人平静地去享受这份销魂的美，并由此获得内心的欢悦和满足，对美的膜拜。我们在观赏美的时候，心头会产生一种骚动感，这种骚动感是渴求净化自己内心的前奏，仿佛雨、风、繁花似锦的大地、午夜的天空和爱的泪水，把荡涤一切污垢的清新之气渗入了我们的灵魂，从此永不离去了。忽然觉得，艺术是无法用语言讲述的。所有与文学，尤其是与散文相邻的艺术领域，绘画、建筑、雕塑、音乐和琉璃制作，都能够丰富散文作家的心灵世界，并赋予他的散文以特殊的感染力，使之充满绘画的色彩、建筑的和谐、雕塑的线条、音乐的节奏，以及琉璃艺术对具象的捕捉、对意象的表达。

人立琉璃，琉璃身，艺术心。从站在这里，用眼睛注视着它们的那一刻开始，你就跟你的心和解了，心底澄澈，安详宁静。此时，你只需怀着儿童般的纯朴和热心人的专注，听从一个更伟大的力量——自然的力量的调遣。你的心是平静的，同样也是充实的。你的眼和手，与头脑、四肢并用，急切地寻觅、开悟。一种无止境的美的享受与追求促使我们产生耐心，去细细揣摩，欣赏那两只天鹅脖颈的线条、荷花叶脉上的褶皱，体会行云的色彩、翠鸟的灵动、烈焰炙烤下沙漠里的点点绿洲。我们最为珍视的那些美的想象，此前一直在一种朦胧的抽象中保存着，在心灵深处保持着的纯洁完美，此刻瞬间被点燃了。

在展厅灯光的反射下，每件作品无不晶莹温润、光彩夺目。那些我们在想象中描绘的呼之欲出的物体获得了形态，形态的美又转变成实质的美，而世界的梦想和光荣也变得既可看见又可感知了。在这里，可以看到戈壁滩上游走的生命，飞翔的精灵；夕阳西下，斑驳的石壁间的缝隙也被残光映照得气势恢宏；田野里蛰伏的小虫，或憨态可掬、或桀骜不驯的十二属相，无不惟妙惟肖，姿态各异。从真正艺术的眼光来看，自然中并不存在平庸卑下的事物。艺术的精雕细琢和自然的精细微妙是没有止境的，精细作品随处都可以把美创造出来。

在西冶工坊，工人们手持一杆长长的空心金属管，顶端放置材料，将其伸入1300℃的高温炉中烧热，迅速拖出，一手拿蘸料的铁吹筒，一手迅速拉出造型，反复锤炼——“火里来，火里去”。

工坊院子有些破旧，四周是一些古旧的房子，古朴而温暖。靠近北边车间窗前有几棵树，五月的阳光直射下来，一束金黄色的光线透过树叶的缝隙，洒落在干燥的水泥地上。作坊里气温很高，一股热气扑面而来。一个穿灰色短袖T恤衫的工人正在制作琉璃，他坐在马扎上，身体看上去很结实，湿透的衣服贴在后背上，明显有一片深深的汗渍，仿佛能拧出水来。那人没有看到我，他在一块长长的取料器上慢慢地摆动。我走了过去，向他打听琉璃的制作工艺，并认真地看他在那里塑型，时不时到高达1200℃的高温炉旁淬火加料。他说正要做一只白色的兔子，并说工匠想做成什么，想加多少料，什么颜色，全在于匠人自己心里的构思。他说话不多，脸上带着一丝腼腆又略带自信的微笑，时不时站起来，去高温炉里取火、淬型、雕琢。他说，琉璃制作需要娴熟的吹制技术和造型技术。吹制技术是利用琉璃在一定的温度范围内具有可塑性的特点，使用中空的铁棍从炉中挑出玻璃料，在冷却过程中不停转动手中的铁棍，吹制琉璃的形状。琉璃造型则要求十分严格的工艺，工匠手持一根带有小钩的长铁杆，将材料钩住送进温度高达1200℃的火炉中，材料融化后，迅速拖出放在铁墩上，一手用工具拉着高温材料，一手用钳子拉出造型。

正是初夏的日子，闪烁的阳光从大门和窗户照进来，把他的血管宛如珍珠般明晰的色调摹写出来，把健康红润的脸色及其阴影一侧流动的血脉描绘出来。琉璃造型仿佛是魔术一般转瞬间一挥而就的奇迹，需要力气和速度，要在1200℃的高温下快速定型。要在有足够体力的情况下精确精准，要处于全神贯注的紧张状态，同时具备艺术的审美和强健的体力。他边干活儿边自言自语起来，笑容温和，却听不懂他到底说了些什么。慢慢地，我感觉到，他是进入了一种状态，是将眼前手中的琉璃制品看作了鲜活可爱的生命体，它们能呼吸、会微笑，它们的体内都藏着一颗玲珑心，懂得倾听他说话，默默地与他交流。在它们灵动的身躯以各种形态彻底成形之前，他的每一句话都能得到它们发自内心的回应，每一个动作都能赢得它们迎刃而解的响应。

正如作家用语言表现一样，琉璃师傅们用这些作品无声地表达着他们的生活和他们的世界，成为了以琉璃制作为对象的艺术家。他们不会按照事物被我们所赋予的意义，把它作为素材来感觉，而是把它对象化，化为一件血肉丰满的生命来感觉。这些艺术品，如此无意地从观察与劳动中产生。人有一种渴望，渴望以某种形式诉说和表达自己，恰如叙说某种同样真实的事物。人们通过空荡荡的大海、雨天的屋子、枯藤老树、西风瘦马，来表达这种寂寞。激情消失得越多，人类对这种语言理解得越透彻，越会以最朴素最天然的方式运用它。寻找让你心动的东西，在忘我中绽放。此刻，人不再是万物灵长，而是作为一个物安放在众物之间，平起平坐，共同交流和呼吸。在我们的感官吸收进所有这些美的同时，我们的心也沿着智慧与愉悦之路，朝着朦胧模糊的情感隧道前进。这些情感，在心灵之隧分岔、调整，延伸得越来越远，搅起了我内心未曾想到过的其存在的词汇，启示着一些我们未曾见到过的形式。

琉璃，以其温婉含蓄高贵的气质源远流长，历经千载。它一直是美的化身，与美相连，让人忍不住屏气凝神，似乎一声轻咳都会破坏这份静谧安静神秘的美。它战胜了人精神上的追求，会让人体验到正在注入灵魂，体验和沉醉于一种难以言说的境界。琉璃工艺不仅是一门技术，更是一门艺术。当我们凝视着琉璃时，词语在非人类语言那苍白暗淡的边界地带抬起了他们纤弱的躯体，又在失望中陷落进去。他们必须通过把绿色渐渐变成蓝色和摆弄色块来叙述他们的故事、情感。神秘地、沉默地编织他们的语言，对于美的感受似乎不可思议地敏锐起来。水塘里闪烁着耀眼的反光，光波一层一层淡下去，表面和边缘那种踱金镶银般的光亮真是美不胜收；山峦那迷梦一样的紫色，冬天枝干的绝妙的边线，以及遥远地平线上暗白色的剪影，全都是你心里喜欢的样子。

美隐藏在每个人心中，每个人心中都有不同标准的美。艺术就在于能使它从人们心中苏醒过来，引起共识。精致的做工，新颖的创意，我们谓之“匠心独运”，匠人就是最好的艺术家。人类劳动无可辩驳地构成历史，劳动者就是历史的创造者、美的缔造者。当你真正拥有了工匠精神，你会很容易感知工作的乐趣，产生有诚意的劳动成果，人们也会从你的作品中体会你的良苦用心，感受到每一个细节的美感或专业。无论这样的成果是什么，那些真正的艺术家、伟大的工匠们，已经被他们的全身心投入赋予了灵魂。

艺术是无声的，欣赏者也不忍心侵犯其缄默。艺术家无须说话，他竭尽全力去做的，就是为我们清晰地显示那一片绿色和银白色，那潺潺的溪流，那在风中摇曳的垂柳。他应该与我们走得非常之近，但又总该有某种东西把我们与他隔离开来。“存在两种形式的寂静：一种是语言的安静，另一种是声音的安静。而后者对我们的影响更加深远。”

第二辑　清欢洗尘

仰天之光

重阳节，出青州城区，取道西行。路渐高渐细，绿意渐浓。山路的两边，是起起伏伏的丘陵，高高低低的树木，深深浅浅的村庄。不时有柿树擦肩而过，在深绿的乡野底色上，一树通红的柿子显得格外醒目，给原本寂静的乡野平添了几多喧闹。

一座山矗立在那里，就像一棵树，它是如此丰茂端庄。盘根错节的山路，是它的一些须根。我们是小小的昆虫，在须根上蠕动着。

比起三山五岳来，仰天山并不显赫，却也非籍籍无名。初到仰天山，“仰天槽”“摩云崮”这名字，就已让我震撼。不仅仅是因为其山峰云林所呈现的险峻雄绝，而是觉得这称谓里，蕴集着一股冲天之气。闻“仰天”之谓，来自山中的“千佛洞”——深达500尺的溶洞，洞顶有一天然石隙，仰视可见天光。据说，每年中秋月圆之夜，银盘当空，清辉尽洒，人叹“仰天高挂秋月圆”。或许，这也是宋太祖赵匡胤顿悟此为接天之山，于此敕建文殊寺的原因。和许多香火炽旺之地相似，因有神灵的喻示，更有皇帝的倡导，千佛洞、仰天山日渐为人瞩目。

我知道“天意从来高难问”，也没有膜拜神佛的激情，我如此向往千佛洞，是因为我向往那清辉遍洒的诗意。

忽然醒悟过来，不禁莞尔——已是九月初九，即便有月，也不过上弦月，你还要去等什么“清辉遍洒”，岂不让人笑翻?

我知道，更多的人会笑我，倒不是因为这迟到的失误，而是因为这残存的“文青”心态。今人看来，“文青”的浪漫已属幼稚，功利才是硬道理。比如，今天的仰天山，更令人崇尚的，似乎是它曾经有过的腾龙起蛟的魔力——明万历状元赵秉忠，传说即是参拜仰天山之后始得高中的。环顾左右，恍然大悟，行走于山路的人流中，多是莘莘学子和他们的长辈。

其实，奔着“状元梦”的人，有几位读过赵秉忠的状元卷?今存青州博物馆的那张由万历皇帝御批“第一甲第一名”并钤“弥封关防”的长卷，是今存于大陆唯一一张殿试状元卷真迹。我曾在友人处见过它的复制件。鞭辟入里的策论，洋洋洒洒的文风，或应比他高中状元更有价值——“人君一天也，天有覆育之恩，而不能自理天下，故所寄其责者，付之人君。……用是所居之位，则曰天位；所司之职，则曰天职；所治之民，则曰天民；所都之邑，则曰天邑。故兴理致治，要必求端于天。……”诵读时我就想，有研究家称赵秉忠表述的是“君权神授”的思想，称之为“君责神授”岂不更准确?赵秉忠之言“天”，是借天以言“君责体大”，用以表达他的政治主张。我不禁感慨，天子堂前的赵秉忠，或不免功名之心，但为文之道，并不仅只于功名，他“仰天”而务实，发心中积郁之声，献颓世重振之策，岂不是中国文人感时忧国精神的承继?为之人者，总是要“仰天”的，即使“高难问”，又岂能折断精神飞升的翅膀?

“文青”的浪漫，又何尝不可作如是观。

周边是葳蕤草木，纷繁的鸟鸣此起彼伏，天空湛蓝如大海，流云逃匿，一派清净与幽雅。我终于来到仰天山得名之所——千佛洞。千佛洞体量宽阔，洞内1040尊佛像造型精美，无论从洞的容量还是佛像的数量来说，都是名副其实的天下第一佛洞。目光穿过尊尊佛像，已迷醉于肃穆中散发的仁慈与悲悯之氛，忽觉头顶一闪，循光望去，山洞高远嶙峋，云峰最高处，一线天光流泻，神秘而幽微。“一窍仰穿，天光下射”，原来就是这感觉的重现。顿时，错失“清辉遍洒”的遗憾跑到九霄云外。而一起进洞的朋友中，早已有人惊叫起来。忽想，一座千年洞窟，仿佛我们内心的幽晦，一缕来自天宇的光，是亮彻的呼唤。这呼唤看似遥不可及，却因为对视的专注，变得与我们如此接近。想到此，这一缕阳光，这一声呼唤，渐渐地使内心澄澈起来。想起一句话：“心是你的本原神祇，漂移在宇宙世界最深的地方，可以澄澈光明，也可以长夜漫漫。而宗教意义的修炼，其实就是把心打开，让心看见，最终回归人性深处，皈依那个等同于宇宙无限的自己。”

一缕天光，心门洞开。感悟的心，犹如走过了千山万水。

阳台春色

“春日迟迟，卉木萋萋。仓庚喈喈，采蘩祁祁。”春天在人们的翘首盼望中，终于姗姗而来。透过阳台上秀逸明媚的迎春花、绿意盎然的吊兰和打开窗子时“吹面不寒”的“杨柳风”，以及低头看到的婀娜艳丽的美女春装，真切地感受到了浓浓的春色、春意、春情。而最先报到的春之使者，自然是温暖柔和的春日阳光。每天推开卧室门，阳台上春日里特有的气息，便会让人的心充满馨香与惬意，饱含诗意与柔情。

对阳光的执着和热爱，应该始于十多年前。那时的我刚刚结婚，没有赶上单位福利分房的末班车，刚刚成家又没有能力买商品房，于是寄居在娘家的一套单元楼里。当时哥哥也结婚不久，我与丈夫及哥哥嫂子住在一起。房子是二室二厅，向阳的两间，一间是哥哥嫂子的卧室，一间是客厅，我们住在北边的卧室。直到女儿出生，我们也没有买上房子，依然住在那间没有阳光的屋子里。也就在那时，原本无忧无虑、不谙世事的我开始迫切地渴望拥有一套自己的房子。白天哥哥嫂子上班了，我抱着孩子穿过客厅去阳台晒太阳。阳光暖暖地照在女儿小小的柔嫩的身体上，我的心里却是彻骨的寒凉和无望。站在阳台上，抱着襁褓中的女儿，看着对面的阳台，我心中充满了向往，想象着那个阳台里面应该有一户幸福的家庭，有温柔的女主人、能干的男主人和一个可爱的孩子。每当夜色降临，抱着女儿外出散步，我的目光总是久久地盯着小区里阳台后依次亮起的灯光，星星点点，闪闪烁烁，那时心里就会特别惆怅。不知何时，那些精致玲珑的阳台后会有一个属于我的家。

后来，我们终于为自己买了一套房子。当我第一次看到这套房子时，正是一个春天的午后：可以摆放浴缸的宽敞的卫生间；宽阔明亮、十多平方米的阳台；还有一间能够安放下我绚丽梦想的书房。站在落地窗前，阳光透过窗子照射进来，温暖而柔和，带着春天特有的暖暖的温柔的气息，我沐浴着阳光，感受着春风的微微气息，眼前浮现《泰坦尼克号》中 Rose 与 Jack 在轮船甲板上迎风而立衣袂飘飘的情景，恍惚间觉得自己也插上了翅膀，想要凌风起舞。我听到内心有一朵花瞬间开放，一个声音在对我说：就是它了。我知道，只要有温暖的阳光将我包围，纵然是在寒冷的冬天，我的心也会春意盎然。在历经创业的艰难与奋斗之后，我终于成了这间房子的主人。

而今，一年四季，每天早上，我起床后做的第一件事，就是从卧室信步来到阳台，把所有的窗子打开，呼吸一两口新鲜的空气，望一眼澄澈的天空，看一看穿梭的人流。即使是寒冷的冬天，只要有灿烂阳光的日子，若你路过，抬头看到在所有紧闭的阳台中，掩映着几扇打开的窗户，那应该就是我的家了。然后开始一天的忙碌，把床上所有的被褥都搭在阳台栏杆上，把刚清洗的衣物晾晒起来，充分享受那令人迷恋的阳光的味道，然后拖地擦窗，洗漱更衣。忙完这一切，看着明窗净几的家，望望素颜清爽的自己，再一次地，来到阳台，感受那阳光独有的温暖的味道、干净的气息和辽阔的视野。此后的时光，端坐在电脑桌前，或者阳台上白色的小茶几前，品一口酽酽的红茶，听干净的音乐，读清雅的文，写温暖的字，安守一份心灵的宁静。以书为伴、以文字为友，纵一个人的世界，亦不会感到寂寞。心情郁闷烦躁时，我会站在阳台上极目远眺，看高高的天空，望远远的山峦，瞬时心旷神怡，豁然开朗。间或趴在阳台的护栏上，看街道上满目的春色葱茏，鼻尖掠过春的气息，心底油然漫过清新、美好。

春天就这样，在阳台上，在我的心里，点点滴滴，绵绵密密……

风从海上来

身体的安放需要居所，信仰更需要心灵深处一隅的依托。形式的居所可以破败，心灵的居所却可以永恒。

走进东海神庙遗址，村庄地里的玉米如同老练的道士，海风吹来，咏读着大地安魂曲。遗址上的几颗老树陪着断壁残垣木然肃立，海风中的腥气带着一种苍凉和沉寂，一会儿便融入我的血液。不远处，海还是那片海，它一直都在，阳光下的蓝色，数千年来从来未曾改变。

沧海桑田，时移世易。古人敬畏自然，天人合一的朴素哲学催生各路神仙。而源于中土的道与仙，更有着盘根错节的渊源。中国的祭祀活动起源于原始社会后期的父系社会，分祭天地、社、祖、灶几种。海有海神，自然需要神庙。祭海神以求海神保佑、风调雨顺、五谷丰登。“国之大事，在祀与戎”，对海神的祀典从舜时就有了，五岳、四镇、四海、四渎是朝廷除了祭天之外，最主要的祭祀内容。海神庙是历代统治者祭祀大海、为国为民祈福求祚的地方。因东海居四海之首，故东海祭祀居于祭海之首。东海之神自然在四海中至高无上，东海神庙成了秦汉以后历代王朝祭祀东海之神的特定场所。从秦汉开始，君王都会亲临东海举行大规模的祀典，其规模之大、规格之高与泰山封禅和曲阜祭孔相当，被认为是中国的三大祭祀之一。《山左郡志》载：“甲天下者有三，兖曰阙里，济曰泰山，莱曰东海。阙里为生民未有之圣，泰山为帝王首巡之地，东海为万壑朝宗之墟。”作为皇家祭祀的场所，祭天到天坛，祭地到地坛，祭山到泰山，祭海到东海神庙。莱州的东海神庙与泰山、北京的天坛和地坛具有同等地位。

据《掖县全志》载，“东海神庙，城西北十八里”。神庙的最终选址是汉初至唐一代代天文学家和经纬学家根据天文、地理精心测算选定的。据明代任万里的《海庙祀点考》，从唐代开始，历代均于莱州的东海神庙对东海神进行祭祀。东海神庙规模的扩大，始于北宋的开宝年间。《汉志》注云：临朐有海水祠（临朐城，在今莱州城北朱旺村），宋开宝六年重修，祠宇初具规模，前竖立石坊曰“朝宗”。历代修葺，封号不一。自明洪武三年（1370 年），改定岳渎神号，尽去封爵，改称东海之神，特许国家大事辄，遣官致告。从北宋开宝年间第一次大修开始，1000 多年时间里，每当遭受自然和人为损毁的时候，朝廷都会进行大规模修葺。元朝建立后，成吉思汗深知“天下至计莫于食，天下至险莫于海”的道理，也未曾忘却对丘处机的许诺，对神庙进行修缮。仅元、明、清三代，对东海神庙的大修就在 10 次以上。清时的东海神庙，是汉初至清末的统治者动用国库金钱不断维修扩建而成的。东海神庙占地四十余亩，三进院落，中为大殿，前为庙门，后为寝殿。建筑气势宏伟，金碧辉煌，大殿顶部为黄琉璃瓦，红墙，檐灰色斗拱，绘以仙鹤图案，檐角飞翘，古朴清雅，雄伟壮观。檐下两巨匾横悬，上匾由乾隆皇帝御笔亲书的蓝底金字“万派朝宗”四个字浑厚有力；下匾明代嘉靖时宰相严嵩所书的金字黑底“海天浴日”四个字苍劲挺拔。殿正中 1.5 米高的神台上装有神龛，龛内供奉着东海龙王神像，像高 5 米，头戴珠冕，身穿日月金龙皂袍服，下着浅绿色内裙，手捧玉圭，银发紫面，高大端庄，威严肃穆。神龛上悬巨匾，上面是明太祖朱元璋奉“东海神殿”四个大字。东海龙王神像两侧塑有两位侍童。神台下东西两边是身着碧蓝色朝服的“左辅右弼”二臣，再前面是巡海夜叉二将塑像，夜叉金盔银甲，手执矛刀，威风凛凛。神台上摆着高大的香炉、蜡台，台前悬绿色围裙。南北墙壁画有海神出巡图、四海龙王斗悟空图，画中旗锣幡伞、楼台亭阁，云雾茫茫，栩栩如生，极其精巧。东壁绘海龙王出宫行雨图，有风婆、闪光娘娘、雷公、云、雨五神在前施展神威开路，海龙王乘御辇指挥发令。西壁绘海龙王入跸凯旋图，众神行雨完毕，偃旗息鼓，簇拥龙王回宫。这些壁画便是掖县八大胜景之一的“海庙画壁”。画作宏大，气魄恢宏，人物形态各异，造型威武生动，惟妙惟肖，视之如身临其境，相传为唐代大画家吴道子所画。庙四周广植杨、柳、椿、榆、松、柏等树千余株，殿后有四棵白果树，三个人才能合抱过来，高 40 余米，枝繁叶茂，树冠可笼罩半个庙宇，远在百里之外的“潍河”也能看清楚。庙内各种雕塑，精美绝伦。庄严的龙王、慈祥的孙母、坚毅的杜构、聪慧的鲁班，个个栩栩如生；蟹将擂鼓、虾兵撞钟、夜叉巡海、精灵点灯，件件鲜活灵动，诸神喜、怒、哀、乐、愁、恼、慈、爱、阔、达、豁、善，处处惟妙惟肖。

自秦皇、汉武祭海，到清光绪十六年朝廷最后一次祭海，有文字记载的帝王祭海共有 81 次。有时皇帝不能亲临，也要派重臣持御书，伴銮驾代天致祭，视为皇帝亲临。宋朝，朝廷将祭海之事做了定制，每年立春之日要于东海祭海神，记于《志》，以后历代帝王均循此礼。明朝成化二十二年（1486 年）重修东海神庙之后，祭海仪式又进行了定制。神前桌椅及器皿摆放都得按规矩来，连乐人演奏的曲调也由朝廷乐师提供。代天祭海者祭拜海神时，必须有文武官员陪祭，以示对海神的尊重。明后期至清代，祭海仪式的规格一次比一次高，所有祭者对海神行“三拜九叩”之礼。东海神庙成为皇家的祭祀圣地，这处海神的居所数千年来香火不曾间断，海神的神韵在历朝统治者的心中是模糊的，因为皇权至上，所做的一切最终都是为了满足皇帝及其子孙的统治欲望和占有欲望，祭祀祈福表面顺应民心，还是为了实现他们更顺畅的奴役，实现他们世世代代永恒的统治。在至高无上的皇权面前，无论具备多高品质的人，都没有人格存在，何况虚无缥缈的神！

神庙祭海产生了庙会，带来了地方经济的繁荣和各地风俗民俗人文文化的交流与融合。据《掖县全志》载：海庙远近环集如市，楼船花艇，小舟大舸，连泊十余里，有不得靠岸者，架长篙接木板作桥，越数十重船以渡，其船尾必竖进香灯笼，入夜明烛万艘与海浪辉映，管弦呕哑，嘈杂竞十余夕。连声爆竹，起火通宵，登舻而望，真天宫海市不是过矣。至十八日，海神诞期，谒神者……络绎庙门填塞不能入庙……官贵人烧香拜佛，戏子艺人吊嗓子献艺，“景芝戏班子”唱的“对台戏”齐声喝彩，“西洋片（镜）”胜似“天津书场”，苏杭绸缎东北皮货齐涌海庙，村民百姓开的骡马市、农产品市场，凡民日用器物，闺阁之饰，儿童之乐，万货聚萃，陈列炫售，照耀人目，十里长街家家店铺门口生意都好不兴隆……四乡民众白天祭神营商、诗文会友、款待亲朋，晚上听戏娱乐，渔歌唱晚。传统的踩高跷、庙鼓、海庙大秧歌、皮影戏、剪纸等民间艺术精彩纷呈。

朝廷在东海神庙的隆重祭祀，在民间产生了久远的影响，产生了民间祭海的版本。据《莱州府志》记载，沿海居民十分崇拜海龙王，把它当作海神。每年正月十八、四月初三、六月十三、十月初三都要进行拜祭。家里布置“供台”，摆上各式供品，先拜天、再拜海神、后拜祖先，叩谢神明与祖先的护佑。神桌上供上“神饭”、点蜡烧香、烧金纸、燃爆竹，在街门挂起红灯笼。海上渔家要打着彩旗，抬着整猪，拿着祭祀用品，一路敲锣打鼓，吹吹打打，放着鞭炮前往海庙处进行祭祀。祭海大典上，德高望重的主祭人整理衣冠、洗手后在海神香案前上香鞠躬，鞠躬作揖时年长者居中。男的左手在前右手在后，女的右手在前左手在后。主祭人恭读祭文，宣告海神为民众带来福祉，百姓感戴，并请求海神继续保佑，然后摆祭品，依礼致祭。祭品一般为当地土特产，寿桃石榴各种面食点心等。祭品前有一张公案，上陈海神神位、印玺、文房四宝、签簿等物，最前面摆放着香炉、烛台和功德箱，供善男信女祭拜纳贡。祭祀活动中，酒要先奉献给海神享用，还要讲究“乌猪拱地，绵羊大颤”。1937年后，日军侵华，抗战爆发，祭祀活动走向衰落。1946年秋，解放战争初期庙宇拆毁，庙祀终止，海神祭祀蜕变为沿海民间一年四次赶庙会，群众自发祭祀活动。改革开放以来，国家重视文化建设，也重视传统文化的挖掘和保护。近几年，沿海群众又重新自发组织起大规模的祭拜活动，以东海神庙为核心，整合利用胶东丰富的群众文化元素及民间民俗文化资源，集游乐、民间工艺、美食、民俗拜祭等活动于一体，全面展示海庙民俗文化。数千年来，海庙庙会一直是莱州沿海老百姓一年中重要的日子。民间朴素的真实映衬的是皇家华丽的虚伪。庙虽已毁，东海神庙这处海神的居所却一直矗立在老百姓的脑海里，口碑相传；庙虽已毁，海神的神韵在老百姓的心里是清晰的，因为薪火相传，老百姓世代用一份虔诚与坚守镌刻，东海神庙给他们带来的不仅是精神上的依托，还有实实在在的利益；庙虽已毁，新中国却以前所未有的发展，傲立于世界民族之林。

东海素有“神窟仙宅”之说，秦始皇、汉武帝两位历史上非常有作为的皇帝更是把这里看成神域仙乡，先后多次到此求神拜仙，留有“始皇游而忘返，武帝过以乐留”的千古佳话，使得东海神庙显名。“神窟仙宅”并非欺世盗名，源于东莱是道教发祥地。

莱州是全真道的发源地，大基山的淳朴秀美和渤海的神秘浩荡滋养了多位全真掌教。金泰和三年（1203年）二月初六，全真七子之一、曾任全真道掌教的刘处玄仙逝，全真道掌教之位传给了时年 55 岁的丘处机，丘处机把全真道带进了一个极盛时期。丘处机生逢乱世，一生经历了金朝七帝、南宋五帝。在他人生的八十载岁月中，他经历了金、南宋、西夏三个并立的王朝从发展到衰落，并亲眼看到了蒙古帝国的崛起。长期以来，丘处机盼望出现一个好皇帝，以便让人民过上安居乐业的生活。金世宗统治时期，一度政治比较清明，因此，获得丘处机的拥戴和高度评价。然而好景不长，随着元军进入中原，与金战争不断，造成山河破碎，人民流离失所。目睹人民痛苦，生灵涂炭，丘处机写下了“天苍苍兮临下土，胡为不救万灵苦？万灵日夜相凌迟，忍气吞声死无语。仰天大叫天不应，一物细琐枉劳形”等满怀悲愤的感人诗句。

金贞祐四年（1216 年，即南宋嘉定九年），金宣宗召见丘处机，丘不赴；南宋嘉定十二年（1219 年，即金兴定三年）八月，宋宁宗召丘处机，丘“亦不赴”，就在南宋皇帝召丘处机当年的十二月，远在阿富汗一带征战的成吉思汗也召丘处机，丘却“慨然应命”。三帝召唤，充分说明了丘处机在当时的社会影响。接到成吉思汗派来的使者邀请去“大雪山”（今阿富汗兴都库什山）会面，丘处机欣然接受并非随意。丘处机深明天下大势，为了实现平息战乱、拯救黎民免于生灵涂炭，他毅然决定不远万里去见成吉思汗。

丘处机临行前来到东海神庙，海庙历经战乱，早已破败不堪。海面时而平静，似在轻轻诉说；时而汹涌，似有万马奔腾。他感受到了刚与柔的力量，感受到了海纳百川的胸怀，“水能载舟亦能覆舟”，他喃喃自语。海庙肃穆，与即将远行的战士静静对视。丘处机伫立海神庙前，心里默念福佑中华、国祚久远、天下太平的祈愿，阖目中他竟然看到了诸海神的目光灵动，念力刹那间将他的肉身雾化于庙堂，与香火一起升腾。元神西望，大地苍茫。伟大的世纪呼唤，就如同千年一遇的海啸，轰鸣而过，稍纵即逝。他睁开眼，目光不再有一丝游离。再次叩拜海神，并许愿西行功成将代民请命，整修神庙。他把西行面见成吉思汗当作一个实现自己济世安民理想的良好契机，并在西行途中，用诗句来表白自己的这一夙愿：“十年兵火万民愁，千万中无一二留。去岁幸逢慈诏下，今春须合冒寒游。不辞岭北三千里，仍念山东二百州。穷急漏诛残喘在，早教身命得消忧。”他不顾年迈，跨戈壁，过草原，心中念的是“山东二百州”的人民。这首诗表达了他不辞劳苦万里西行欲救民于水火的心情。

南宋嘉定十二年腊月十八，丘处机带领尹志平、李志常等18位弟子从莱州昊天观起程西行。《元史·丘处机传》记载，丘处机一行历经千辛万苦，“经数十国，为地万有余里。盖蹀血战场，避寇叛域，绝粮沙漠，自昆嵛历四载而始达雪山”，南宋嘉定十五年（1222年，即金兴定六年）初夏，丘处机到达大雪山，见到了成吉思汗。丘处机雪山论道，劝说成吉思汗“敬天爱民”“不嗜杀人”，并被成吉思汗尊为国师。成吉思汗率太师阿海、阿里鲜亲自迎接。成吉思汗称丘处机为老神仙，欲讨长生不老之道。丘处机以“节欲乃修身之要，爱民为永国之方”，循循善诱，话题渐转。陈述“天道好生恶杀”，劝勉成吉思汗要爱惜民生，不要乱杀无辜。最坚硬的兵器止于丘处机的游说中，学识让蒙古马所到之处四方臣服的成吉思汗心悦诚服。“神仙是言，正合朕心。”成吉思汗接受了丘处机上天好生之德的理念，放弃一味征战杀戮。

著名宗教学家牟钟鉴在《昆嵛山与全真道》里这样评价丘处机：“丘祖有大公德于平民百姓，他西行雪山见成吉思汗，一言止杀，拯救无数生灵，其大仁大义、大慈大勇，不仅是道教史上第一人，也使他成为中华民族全民爱戴的历史伟人。”在成吉思汗大营，丘处机反复向其灌输爱民的道理。《元史·丘处机传》云：“（太祖）问为治之方，则对以敬天爱民为本。”丘处机还巧妙地借用雷震等自然现象，劝告成吉思汗及蒙古人要有行孝之心。他说：“尝闻三千之罪，莫大于不孝者，天故以是警之。

今闻国俗多不孝父母，帝乘威德，可戒其众。”他强调，要治理好中原，首先要让百姓“获苏息之安”，减免中原地区百姓赋税，真正做到“恤民保众，使天下怀安”。

丘处机修道悟道，达到了道仙合一的境界，东海神庙之大，大于宇宙，东海神庙之小，小于微尘。东海神韵没有居所，在天、地、人和世界万物之间。

千年的风，从大海深处吹来，仿佛在轻轻诉说。

哲理与谬思

从小到大，我们是读着圣贤书、被灌输各种先贤理论长大的。那时候，从来没有产生过怀疑，认为真理总是颠扑不破的。世上总有许多的哲理名言，在一代代人中延续传承，于是这些真理成了指导我们做人做事的标准。

然而，随着阅历的丰富，思想的成熟，一连串的问号敦促人不由自主地去探究事理的本原。所有的事情都可以找到最初，尽管让人叹服，但未必是真实的本质。唯有像传说那样，追溯到一个开始。那么这个最初的开始，是不是就是真理的源泉？这个问题，就只能像世上先有鸡还是先有蛋一样，仁者见仁，智者见智，百家争鸣，莫衷一是。毋庸置疑的是，如果这个蛋是金蛋，那么这只鸡就一定是金鸡。而如果这只鸡是金鸡，那么它下的蛋自然是金蛋无疑。所谓虎父无犬子，但又会让人想起另外一句话：王侯将相，宁有种乎？世界上没有一成不变的东西，万事万物时刻都在变化。

用辩证唯物主义哲学去思考，其实细究起来，这世界没有绝对的对与错，真理总是矛盾重重，漏洞百出。“有志者事竟成”“有意栽花花不开，无心插柳柳成行”。这两句话显然矛盾，何为真理？那只能具体看所面对的受众是谁。前者是对奋斗者的激励，后者是对失败者的安慰。西方有句名言，“上帝给你关上一扇门，必然为你打开一扇窗”，恰和中国古训“天无绝人之路”有异曲同工之妙。

“追求公平与道义”和“一切皆是命，半点不由人”这两句话似乎又是一个悖论。那么作为芸芸众生，又该遵从哪个？自古以来，传统社会以人的不平等为前提，臣贱君贵，民贱官贵。即使不符合他们的意愿，卑贱者也必须接受和服从这些预先确定的权威。奴隶和封建社会从其构建的出发点上即无公平可言，在这样的框架下寻求公平，无异于自欺欺人。况且，具体到大千世界中的每个生命个体，因为人的资质、潜力、受教育程度等的差异，人也不可能生来平等。所以，有话语权的统治者才有所谓“追求公平与道义”的资本，老百姓要想安身立命，只能信奉命运。正所谓统治者的思想就是社会统治的思想。

两宋时期，学术思想界出现了一门以“理学”著称的学派。理学是佛教、道教思想渗透到儒家哲学以后出现的一个新儒家学。理学兴起于宋，周敦颐将其发扬光大，集大成者为朱熹。“存天理，灭人欲”为其理学思想最重要的观点之一。而作为儒家思想文化的杰出代表，朱熹却“纳尼为妾”“家妇不夫而孕”，以至斯文扫地，声名狼藉。儒家文化讲究所谓“仁义道德”，朱熹理学的伪善，和人的本能的欲求是相悖的，结果造就了一大批伪君子，“表面上道貌岸然，骨子里男盗女娼”。

己所欲，勿施于人，己所不欲，强施于人。这是上层统治阶级用以愚昧人民，以使其为自己服务的愚民政策。这些伪善的理学其实质是只约束下而不限制上，只禁锢女而不控制男。所谓“只许州官放火，不许百姓点灯”，借此维系礼教秩序下的传统统治。

纵观历史，无论是周汉唐宋明华夏文明的发展，还是儒释道法墨诸子百家的争鸣，产生的时代都有其特定的因素，都是统治阶级借以维持其社会稳定的工具。各家取其所需，或罢黜其他，或兼收并蓄，存在就是合理。你方唱罢我登场，各领风骚三百年，当然期间也有所发展。中国五千年的历史文化就是在这种纷繁复杂的浸染中一路走来。

佛家甘于受命运摆布，相信因果轮回，听天由命。秉持“善有善报，恶有恶报”的向善理念，心态淡然，安身立命，信奉它的是一群最易受统治者摆布的普通百姓。

道家“无为而无不为”，讲究道法自然，天人合一，适于贵族士大夫“采菊东篱下，悠然见南山”的悠闲心境，有闲有钱，浪漫超然，无须为生活奔波，不必为五斗米折腰。

法家则是顺应了宗法封建制的解纽，即所谓礼崩乐坏，从而去构建新的社会政治秩序的时代要求而产生的。赏罚分明，严刑峻法，尊卑有别，代表的是最高统治者的思想：顺我者昌，逆我者亡。

儒家“穷则独善其身，达则兼济天下”“万般皆下品，惟有读书高”“三纲五常”，约束知识分子和平民谨言慎行、循规蹈矩，以为统治集团服务。

墨家尚贤务实，兼爱非攻，非儒节用，吃苦耐劳，是中国古代完整版的辩证唯物主义及辩证唯物论。

只是儒家比较侧重于人生的社会性一面，强调处理好与自己有关的各种社会关系；而道教则更侧重于祈求生命的改良和永久；法家的特征是明刑尚法，尊主卑臣。在高居庙堂执掌朝纲的儒士、严刑峻法役使天下的君王、飘然物外游戏人间的道士、安贫乐道屈从命运的普通百姓之外，总有一群身着简朴衣裳的墨者，为了天下安宁，劳作、奔走在大地之上，从广泛的知识领域去把握生命本来的含义。墨子谈科学，可惜人们宁愿相信虚无缥缈的奇门遁甲；墨子崇尚技术发明，在夸夸其谈的雅士眼里，不过是“匠人之作，奇技淫巧”。无怪乎统治阶层中有人讥评墨学为贱人之言，更是被荀子嘲讽墨学为役夫之道，这也造成了中国近代自然科学发展的滞后。然而，西方资本主义工业革命给人类造成的环境的污染、生态的破坏，却如一道难以愈合的伤口，痛楚阵阵。

符合上层建筑意识形态的，就是正确的，反之就是旁门左道。人类的个体生命在这样的炙烤中，已经失去了信仰，不知道最基本的做人的标准。人类的发展史其实就是围绕“利益”的争斗史，小到每个个体，大到每个国家，概莫例外。中国五千年中数十个朝代的更迭就是阶层利益的重新分配，也是阶级矛盾达到不可调和的临界点，革命随之爆发。古今中外，出现了无数的思想家，他们探究适合人类社会发展的理想模式，产生了交相辉映的东西方文化，形成了意识形态各异的国家。“天下万物生之有时，应取之有度”，是否符合人类更健康地发展的需要？

凡事追本溯源，其源恰不是后人看到的真相。有时候，真理恰恰是披着虚伪外衣的谬论。社会在发展，人类总是要进步。自然界生物的进化是优胜劣汰，社会进步也同样是建立在尊重大多数人广泛利益的基础上。利益是检验事理真相的照妖镜，平衡利益是先进思想理论体系的体现。

人生若只如初见

一页信笺带着一颗沉沉的心远去了。今夜是雨夜，沉沉的黑暗不时呼啸着狂风。本来这寂寞的黑夜可以不必来折磨你，然而现在，孤室里只有一个你，和他的来信。

“也许是无形中的一切促使了，也许爱好文学的人都是不幸的人，与你的交往，使我感到了道路的艰辛和机遇性。”他深沉的格调令你沉思。你本是个情感脆弱的女孩，他的笔力、他的文采、他成人般的深沉，你很欣赏。于是，你们彼此翘首盼望，鸿雁往来。

南方的竹林带着潮湿的气息扑面而来。他在林中，睿智的双眸，更显得洒脱。你用怯怯的笔，写下一首祝愿的小诗，夹着一片绿叶，寄去你深深的祝福：“泣露光偏乱，含风影自斜。远友当知此，看叶胜观花。”你支颐沉思，忆起他的第一封来信：“让十二月过境的风，替你抚去昨日的泪滴。”清然的小诗，使你从众多来信中选择了他。其实，你们虽已通信一年多了，却素不相识。仅仅是你在刊物上发表的一篇日记，有了这份 15 岁的收获，第一次心灵呼唤的回音。在一个孤寂的日子，他“用心做了一枚八分钱的邮票”，飘到你面前，飘进你的心。从此，你的心中便有了一份祈盼：那一片南方的竹林。你不会写诗，但诗的激情在心中奔涌，你独自品尝它的甘甜，但愿有一天，能把它酿成醇醇的蜜。

他在罗霄山下攀缘，你在渤海水中游弋。一线细细的飘带维系着高山与大海。你告诉他你的苦恼你的郁闷，世界这么大，心却这么小，一颗心怎能盛下整个世界？你把析出的结晶送给他，与他品味生活的酸甜苦辣，从中寻找感情的温馨。你悄悄珍藏着他的每一封来信，这便是你的秘密，一个梦幻与憧憬。你把孤寂的心向他敞开，于是他说你“不该度着岑寂落寞的生活”“既生在这龙的世界，就该有龙的气概”。你敏感你沉寂，时而活泼如水，时而冷寂如冰，唯有看到他的信，那遒劲飘逸的字体、洋洋洒洒的文笔，和着你悄悄滴落的喜悦的泪，流入你的心。你于是不再沉闷。

他的语言越发深沉，你的那份祈盼也越发强烈。人们说早慧的孩子早熟，世态的炎凉，书籍的影响，你过早地封闭了你的心。而他的世界，却让你睁开了眼睛。“我的生命中充满了什么曲调，只有我和我的心知道。我在我的琴弦上反复调节，能与你和鸣的音符。”你想打破那囚你的牢笼，但纯纯的生活，何曾给过你深刻的体验。你期待他的理解、他的友情，等来的却是他为你的思想打上深深的烙印。你仍攻不下那坚实的牢笼。距离，现实迫使你承认这种距离，“得到我不索求的，索求我得不到的”。你试着写几首小诗，带着你幽幽的情愫，带着你隐隐的忧伤，飘到他的面前。

生活并不是一朵玫瑰，摆在你面前的也不是一条彩虹般绚丽的路。困惑早已缠绕着你，思维峡谷的迷惘，失败的苦痛，新旧观念的交叉与对峙，沉思反省时的阵痛，还有那面前一系列的问题——你企图摆脱它们，却终究不能。你知道自己是一个柔弱的女孩，你希望“有一双有力的手，为我抚去鬓边的忧；有一道宽广的背，担得起我沉重的头”。你实现了你的希冀，那纯洁的不带一丝尘埃的友情，也许有点romantic。终于有一天，在那绿色的潇洒字体中，你读到一种别样的情愫。欣喜？惶惑？不知道。只是他说他要做你的保护神，他的居高临下的怜爱，伤了你的自尊。你感到一种危机，他否认你的脆弱无依，你又何尝不希望如此？但你还是拒绝了。自尊心，强烈的自尊心，使你不能在一个自恃强者的人面前低下疲惫而又高傲的头。你拥有日历的嘶鸣，拥有欢笑和血泪的天地，你并不需要别人的安慰和理解，正因如此，你才能长大成人，一个能够在这个世界立足的人。

于是，你们有了隔阂。终于有一天，他在隐晦中流露出无奈，你默默无言，独自吞饮这杯自酿的酒。它曾是那么甜、那么醇，可如今的滋味，你不知道！你蓦然明白，每个人都在按自己的轨道前行，某一天他与你的路交于一点，你便以为这就是永远的终点，但毕竟你们还要前行，于是距离越来越远——你寄上一份银笺，写下别离的小诗，那细细的纽带于是断开，一段飞向高峻的罗霄山脉，一段沉入幽深的渤海水中。

你于是不再幻想，可你分明仍在期待。也许生活本来如此，无始无终……

半缘修道半缘君

子夜，秋日的雨绵绵密密。她独对电脑，心绪亦如秋雨般缠绵。这深深的雨夜，了无睡意。她在等一个人，其实，是在等一个闪烁的头像。寂寂的夜里，很静，唯有敲击键盘的声音，噼里啪啦落在心头。眼泪，就不由自主地落了下来。突然记起他的话："以后不要发这种图片了，我见不得女孩子流泪。"那是他的话，一声声敲打着她的心。那时的她多么幸福啊，每天都会看到他，他很忙，总是三言两语，却软软的，熨帖着她的心。她发图片给他，一个清秀的女孩，泪眼婆娑，伏在爱人肩膀，配文"我想你了"。那个女孩，就是她啊，就是思念中痴情的少女。他不忍心看一个图片中女子的泪水，又怎会舍得让她流泪？

她在等他，他很忙，总是在夜深人静时，端一杯茶，送一个拥抱。于是她便耐心地等，等着他午夜出现。不为别的，只为一杯清茶，一个拥抱。原本她对医生是不感兴趣的，更不懂得医学，可是近来，她如饥似渴，恶补相关医学知识，为的是更深入地接近他，更懂他。爱屋及乌，说的就是这个道理吧。女孩对一个男子动心，必是从崇拜开始的。她与他，始自何时？

她是一个安静的女孩，表面波澜不惊，内心却情感丰富，心思细腻。在她很小的时候，父亲去世，她随着母亲生活。母亲是一家事业单位的会计，一个人含辛茹苦供养她上完大学，参加工作。虽然母亲非常宠爱她，甚至为了怕她受委屈，一直不肯再嫁。但是她的心里，始终有种孤单落寞的感觉。

她 26 岁，是一名银行职员。一个女孩子，只要不是长得太难看，身边便不会缺少欣赏和追求。何况，像她这样一个风姿绰约、气质娴静又有着不错收入的女孩。但是，面对那么多青春面孔热辣辣的目光，也许是母亲的宠爱，也许是内心的孤傲，也许是与同龄人相比的早熟，她始终心如止水。也许冥冥中，她如那个睡美人，在情感的世界中，始终静静地睡着，等待那个梦中的王子吧。时间久了，朋友们都戏称她冷美人。没人会想到，当自己喜欢的人出现时，她这样一个安静的女孩子，内心久贮的情感居然洪流般喷涌而出，无法自抑。

与他相识，是一个偶然。那天，她陪一位同学去医院看病。同学因感冒患了急性肺炎，挂的是专家门诊，接诊的是一位男医生，好听的声音，亲切的笑容，气度儒雅，高大俊朗，一副邻家哥哥的样子。两个女孩子对视了一眼，悄悄吐了吐舌头，在他们心里，专家门诊应该是叔叔阿姨甚至爷爷奶奶的样子，没有想到，居然会有这么年轻的专家。只瞥了一眼，她的心，无来由地扑通通剧跳起来。他看了她一眼，礼貌地冲她点点头，示意她坐下。她的脸刹那红透了，嗫嚅着说："我是来陪同学看病的。"她不知道，一向矜持的自己怎么会一下子乱了分寸。同学惊奇地看了她一眼，意味深长。

她渴望看到他，期待有机会与他在一起，于是总是很殷勤地记着同学就医的日子，每一次都陪同学去医院。专家果然不虚，虽然年轻，却医术精湛。同学的肺炎很快痊愈了，此时三个人俨然成了相熟的朋友。

为表达谢意，同学邀请医生一起吃饭。她觉得自己像一朵花，氤氲了很久，瞬时间，想要灿然开放。为了这个晚上，她似乎已经等待了很久、很久。她去买了漂亮的手提包，风情的长裙，新做了发型。仿佛一朵花，妖娆地盛开，心底里，早已是暗香浮动。没有想到，那天晚上，气度风雅的医生居然带了一个五六岁的小姑娘来参加，而且反客为主，为她们点菜买单。他告诉她们俩，他出生于80年代初期，32岁了，妻子也是一名医生，两个人是高中同窗，可谓青梅竹马，两小无猜。不幸的是，在孩子一岁多时，一场车祸夺去了妻子如花盛开的生命。他不愿意孩子受委屈，更是忘不了与妻子多年虽然没有轰轰烈烈却也是刻骨铭心的感情，就这样，一个人把孩子带大。好在他是医生，比一般的父亲更懂得照顾孩子。因为不舍得孩子自己在家，所以下班后直接从幼儿园接了过来。小姑娘长得白白净净，精致而乖巧，很有礼貌地叫了两声阿姨，一看就是个家教良好的小女孩。医生看女儿的眼神，专注而安详，掩饰不住的娇宠和溺爱。她和同学对望了一样，恍惚间，想起了儿时的自己，想到了记忆中那个遥远而模糊的父亲的身影。莫名的，看到了内心那个忧郁深邃而细腻柔软的自己。

他是聪明的，他隐约读懂了她的心，于是，不动神色地以这样一种方式婉拒。因为他不愿意耽误这样一个清纯女孩的未来。可是她，却越发深陷了进去。她对他，从起初的喜欢、崇拜，到最后的依恋、思念。每晚，她都要上来看看他，看看他的女儿，等待着那个头像亮起。而他，却始终礼貌而客气，保持着距离。她不肯放弃，从他的身上，看到了父亲的影子，而那个乖巧的小女孩，像极了她小时候的样子。

机缘终于来了，金秋十月，阳光晴好，他去岛城培训学习。那天晚上，她给他留言，说她第二天要出差去他所在的城市，让他去接她。下了长途车，远远地，她看到他的那辆车在车站出口处静静地等候。他开车带着她，从海边驶过，白浪扑来，从小生长在海边，看惯了蓝色海浪的她惊奇地发现，眼前拍岸而来的居然真的是“白浪逐沙滩”。碧蓝的海水，白色的浪花，晴朗的天空，安静的海边，两个人如同孩子，迅速下了车，向岸边走去。脚下的沙滩如此地松软、干净，正是涨潮，风很大，白色的海浪扑面而来，雄浑却又温柔。此时，她好想在这海的环抱里，在这松软的沙滩上漫步、依偎。不知不觉中，轻轻地，他牵了她的手，慢慢向岸边走去。她感觉到了，心怦然激烈跳动起来，心里的幸福瞬间如花儿般绽放。那个稳健沉着、风度翩翩的他，此时竟也有一丝羞涩，而这，最能打动她的心弦。很默契的，两个人牵手在海滩漫步，风很大，吹起了她的长发，他低下头，用身体为她遮挡呼啸的海风，小心翼翼地为她梳理头发，她抬眼看去，看到他那双温柔的眸子里满是爱怜。她突然想起张爱玲的一句话：她见了他，很低很低，心里的欢喜，在尘埃里结出了花。高傲如张爱玲，在她所爱的男人面前的姿态，在之前，她是不屑的，甚至嘲笑她的痴情。可是现在的她，比她还要低，她是如此迷恋和崇拜眼前这个人。她是如此喜欢他，他的有血有肉，有情有义，他的高大俊朗，父亲般的柔情。从那以后，她的心有了归宿，她愿意为这个男人，默默守候，静静地为他等待，包括他那个娇弱可爱的女儿。

他们一起吃了午饭，餐桌上，两个人都不说话。一顿饭，吃得很沉闷，然后他驱车把她送到她要去开会的地方。微笑，挥手，道别。他目送着她远去，她没有转身，却能感觉到身后灼热的目光。回来以后，几乎没有了他的消息。她在网上等着他，期待他会突然出来，给她一个拥抱。晚上她不敢睡觉，清晨早早醒来，打开电脑，为的是希望出现奇迹，生怕耽误了他的消息。每次手机铃声响起，她都希望那是他的电话，或者一个短信。可是，什么也没有发生。也许他很忙，也许他无暇顾及，她想让自己忙碌，可是脑海里无时不是他的影子。她去他的博客，读他的文章，看他和他女儿的照片。打开他的博客、看到他的文章，她的心剧烈跳动，眼泪不由自主地流了下来。原来，他一直在犹豫，那些时光与俗世的生活，横亘在他们面前，他与她，无法跨越，他不愿意让这样一个单纯善良的女孩子以这样的形式迈进婚姻的门槛。他想慢慢疏离她，让她忘了自己，去寻找一份简单纯净的感情。可是她知道，自己已经无可救药，他，已经深深刻在她的心里。也许成长的过程中，人生至少有一次，为了某个人丢掉矜持，放下自尊，毁掉自己的全部原则吧。

爱，原来如此折磨，她的安静她的清高呢？在他面前，一切都失去了意义。取次花丛懒回顾，半缘修道半缘君。她的人生，从此尘埃落定。

淡淡妆

寒冷的冬夜，独对电脑，突然想对自己说点什么。于是，脑海里浮现出这句词：“淡淡妆，天然样，就是这样一个汉家姑娘。”

第一次听到这句词，应该是1978年，当时我5岁。那时“文化大革命”刚刚结束，正是文艺界百花齐放、百家争鸣的时期。记得当时家里订了《人民文学》，我没有上幼儿园，自己在家“啃”字。每天晚上母亲下班回家，我便缠着让她给我读书。曹禺的历史剧连载《王昭君》就是发表在那个时期。当时我还不会写字，识字也是半认半猜。纵然如此，读起书来却十分投入。难过时泪水涟涟，高兴时喜笑颜开。小小的心，早已飞进了书中，自己也成了故事人物中的一员。记得当母亲用标准的普通话读到这句时，我的眼前便出现了这样一位古代少女：薄施脂粉，淡扫蛾眉，娉娉婷婷，不媚不卑，款款而来。一时间，风华绝代，仪态万方，震动了大汉朝堂，征服了大汉天子汉元帝和匈奴呼韩邪单于的心。在那个以女人的悲哀造就辉煌的年代，她挽救了一场生灵涂炭的战争。时代赋予这样一个弱质女子如此的责任。而也唯有她，一个淡淡妆容的丽质佳人，才能担当起如此重任。历史，也从此有了这浓墨重彩的一笔。与这句话同时记住的，还有一句“长相知，不相疑”。只是在当时那个年龄，单单记住了一句话而已，对其含义的理解，则是多年之后。和亲对当时政局的影响，是一个年仅五岁的稚嫩女童根本无法理解的。但是，那种淡妆自然的美，却在我幼小的心灵里开启了关于美的最早启蒙，种下了一颗爱美的种子。

也许是早慧的孩子早熟，也许是女性爱美的天性使然，从那以后，这句话就常常萦绕在我的耳畔，这个形象也常常出现在我的眼前。于是，我也成了那个喜欢淡淡妆天然样的女子。

因着这一份对美的执着与感悟，我从小便是一个爱美的女子，尤其对长发情有独钟。记得小时候，一直期待着，等到将来长大，一定要留一头飘逸的长发，长发飘飘，长裙飘飘。但是直到初中毕业，我留的始终是娃娃头，黑黑的头发，齐齐的刘海，白衣黑裙，气质温婉。那时我经常因父母工作调动转学，记得每次来到一个新学校，站在教室里，老师向同学们介绍时，总会引起一阵小小的轰动，大家都会交头接耳，说来了一位日本女孩。其实我觉得，说我像一名五四新文化运动时期的女学生更恰当一些。后来上了高中，我开始慢慢留起了长发，大学时，真的已经是长发飞扬。长发飘飘，带给我许多少女时代美好的回忆。记得一位同学在给我的信中写道：喜欢远远地看你，看你飘逸的长发；渴望慢慢走近你，欣赏你天然的略带娇气的风韵——长发就这样陪着我度过了许多年，随着心情场合季节的不同，演绎着衬衣牛仔的清纯，T 恤短裤的靓丽，连衣裙的端庄，连体裤的洒脱，旗袍的婉约典雅——而唯一不变的，始终是这头顺直亮泽的长发。发型犹如服装，每个人都有自己的风格。我不适于马尾的活泼，短发的清爽，卷发的风情，唯有长发，才是属于我的宁静与柔美。

曾经的我，最喜欢的是简单黑白。黑发如瀑，白衣胜雪，身姿婀娜，纵娴静不语，亦掩不住夺目的青春。日子渐行渐远，倏然发觉，自己居然开始慢慢喜欢上了曾经认为俗气的彩色。不是喜欢，而是适合。开始搭配出碎花的优雅，红色的妩媚和黄色的明艳、粉色的娇柔及紫色的神秘。简洁单纯的黑白，穿在身上，慢慢找不到曾经的感觉。终于明白，那时的青涩，衬不起绚丽的色彩，而那时的青春，也无须斑斓色彩的点缀。而今，岁月早已把一个生活在象牙塔中不食人间烟火的单纯女孩变成平凡日子中的成熟少妇，面容仪态的变化，已经如性格阅历一样，不再幼稚任性，也不再娇弱纯美。我慢慢学会了包容，包容更多的情绪，也包容更多的色彩。始终未变的，是依然玲珑有致的身材和飘柔顺直的长发，以及骨子里不染尘埃的气质。常常在商场试穿新衣时，被年轻的店员羡慕着包围起来，问我的身材何以保养得曲线曼妙，是否做过人工的处理。这样的问题问得多了，已懒得解释。身体发肤受之父母，除了结婚时打的耳洞，全身再无加工的痕迹。没有文眉漂唇，更没有丰胸提臀。不会无谓地浪费银子，更不会无端地虐待自己。内心独白：我就是这样本真自然的一个人。而我的衣服，亦从来不会盲目追求潮流，只是挑选适合自己的风格：修身与简约。也因此，虽常常身着旧衣，却被朋友夸赞好看，并在她们问起在哪里才能买到时，赧然相答：此乃十年前的旧时裳。也依然如少女时代一样，常常被初见的人指像日本女子，我想这应该是现代快节奏的生活，使大多数女性身上少了一份女性特有的含蓄与平和，多了一份躁动与凌厉吧。而这要感谢我的夫君，结婚数载，始终给予我年少初识时的理解与尊重，宽容与宠溺，总是尽其所能给予我支持和鼓励，从来没有给过我太多的压力，使我没有变成湮没在柴米油盐中的庸常小妇人，而能安于清贫的生活，固守那份内心的丰富。于是，我还是那个被温暖呵护、喜欢撒娇、喜欢做梦、情怀浪漫、不失童真的小女子。

美丽是一种态度，细节彰显品位。美的仪态仪表，是对自己也是对别人的尊重。人生的每个阶段都有各自不同的美。只要有一颗爱美的心，便会让自己的美焕发出不同的光彩。

静夜，此时，电脑前端坐的，依然是这样一个淡淡妆容的女子。

梦里无言自清欢

总觉得自己是与文字有缘的，而这个缘还是来自一个梦。记得小时候，我已经是一个书虫了，小小年纪已读了很多书。当许多同龄孩子在嬉戏玩耍时，我却可以沉浸在一本书中静静品味。书之于我，是小时候不可或缺的伙伴。

与书的奇缘，至今最无法解释的，是小学二年级时的一个梦。那时候虽然读了很多书，却很少涉猎国外读物，除了《格林童话选》《安徒生童话选》《伊索寓言》。那时候，我还没有听说过海伦·凯勒这个名字。但是有一天晚上，我突然做梦梦到一本书，那本书的名字叫《假如让我眼亮三天》。书的内容我已忘记，但是书名却印象深刻。最巧合的是，就在第二天，我居然看到了这本书，因为梦里强烈的印象，我把它借来细细品读起来。那以后，我知道世上有一个叫海伦·凯勒的女子，出生 19 个月就因一场重病双目失明、两耳失聪，而就是这样一个女子，却活到 87 岁，终身致力于残障事业，并且留下了这本震撼世人的励志书。从那以后，我总觉得自己与梦，与文字，是有一种奇缘的。

此后经年，文字总会夜夜入梦来，即使在我曾经为生存奔波，在生活中远离书籍的那些日子里。我所钟爱的文字，依然对我不离不弃，像一个忠实的恋人，夜夜带着它特有的温馨与我约会。那时候，每当拖着一天的疲惫与苦痛进入梦乡，总是在读书写字看文章，醒来仍沉浸其中，意犹未尽，咀嚼着梦中特有的书香，文字的甘甜。那些文字与书香陪伴我度过了十年漫长奔波的时光。

那十年，我做得最多的梦，除了读书，就是一直被人追。在梦里很累，总是被人追着，身体无着无落地在空中旋飞，却没有翅膀。常常从噩梦中醒来，心里充满了焦灼、不安定。梦里的自己曾经是追赶太阳的少年，跑过了春天，跑过了秋天，跑到了悬崖，坐在悬崖边歇息，迎来的却是漫长的黑夜，跳下悬崖，身体变成叶子，在空中飘荡，整个人浮在空中，拼命挣扎连浮尘都不如，想要停歇却无处落脚，就那样一直在被人追着。潜意识的梦境呈现与精神状态有关，更是生活环境对心灵世界占位挤压的结果。它源于对现实问题的反思，从事业、生存等各个层面彰显出的生命中不能承受之重的挣扎现状和无奈境况。梦见飞是失意、焦虑、迷惘的人生经历和寻求超越的精神境界，是生存感受的惊慌失措、彷徨无助，暗示的是对生存境遇和突围路径的探寻。那种精神倍受煎熬而难以逃脱困境的状态，就像空中随风飞舞盘旋的一脉枯叶，无法跟鸟那样张开翅膀在高空翱翔。

梦里无言自清欢，万字千文入境来。梦或多或少、或大或小都发自内心，梦中的梦与我们心中的梦那么吻合，所见有所梦，所思有所梦。梦既暗示了弥漫人性的焦虑，又建构美好世界、精神追求，是心灵纠结、现实困惑的精神出路。梦中的自己，总是如驰骋疆场的大将军，在文字的王国里，信马由缰，纵横捭阖。或者读到好文章爱不释手，醒来意犹未尽，只觉得回味无穷，仍想沉浸于梦中咀嚼文字的芳香。在那里，没有喧嚣，没有浮躁，面对的只是文字。其实梦中所读所写，都是自己心底情思的挥洒。常常于梦中，灵性脱颖而出，洋洋洒洒，下笔千言。

“浮生梦欺书不欺，情愿生涯一蠹鱼。”（出自傅月庵《生涯一蠹鱼》。蠹鱼，蛀书虫，对书的痴迷）文字是梦中张开的翅膀，更是寻找精神家园出路的暗道。梦中读书，与其说是在享受一种遥不可及的事物之间相联系的感受，不如说是一种无法用理性掌握，所以无法用言语形容，却在心底荡起一层层涟漪。那种无可取代的惬意、遐思，是潜意识里存储的知识和积淀的情感在发挥巨大作用。它在追求心灵的充实，追求梦想中的境界，追求理想化的环境，缱绻温暖，深邃明亮。梦是抛开理智的最原始的思想，最荒诞却最真实。记得无聊时做过一个心理测试，测你的前生是做什么的。我的测试结果是一介书生。我是相信的，也许前生，我便是那个青灯古卷、皓首穷经的读书人，享受那夜半读书、红袖添香的雅趣，而且必是那怜香惜玉、细腻婉约的情种。于是此生，便始终对美女、美文心生亲近与爱意。

梦是个玄妙的东西，它让我觉得梦里的我也是我的一部分。而我和我的这一部分却迥然不同地生活在两个空间中。我相信，会有那么一天，我和梦里的我相见或者重合。

今我来思

这几天，小城一直笼罩在淅淅沥沥的雨中。街面因为一场场雨显得宁静温馨。处暑已过，白露将至。望着窗外飘洒的雨丝，脑海里涌现出《诗经·采薇》中的一句诗：“昔我往矣，杨柳依依；今我来思，雨雪霏霏。”诗中的意境暗合了季节的交替，时光的流转，也是我文学历程的写照。其中的“往”与“来”，正是我与文学的久违与回归。昔日的眷恋，今日的执着。我与文学，惜别在芳草萋萋的春天，重逢在细雨蒙蒙的秋季。一路泥泞而来，只为了心中那个恒久的梦。

与文学结缘，始于童年。我的整个童年至少年时代都是与书为伴度过的。鲁迅说：“童年的情形，便是你将来的命运。”书籍将小小年纪的我带入了另一个世界，书中所包含的诗情画意和对人生的深刻理解，丰富了我对世界的认知。文学本身的活力中，很重要一部分来自语言所产生的活力。我迷恋语言，迷恋语言之间碰撞发出的悦耳的声音。从小喜欢安静的我，沉浸在那种寂静中，在无边无际的孤独里，开始最初的写作。尤其是初中时的习作在全国级刊物《中学生之友》上发表后，我的写作更是一发而不可收。从中学时代开始至踏上工作岗位之初，我已经写了十几万字，陆续有文章发表。我写了青春的记忆、成长的历程，写了珍珠般温润的童年，写了情怀如诗的少女岁月，写了青春期的魅力与危险。这些是我成长经历中不可或缺的元素。“每一个人的一生都是一条路，每一条路的一生都铭刻着一个座右铭。”我把那些青春的文字结集整理，起名为《夏日的云》，自己整理分类，配画插图，设计封面，并在扉页写上：“愿我的蹒跚步履，能踏出一条彩虹的路”。那时的我，对未来充满了希冀。

就在此时，我的生活发生了逆转。母亲去世，曾经的单位被私人老板收购。失母之伤，失业之痛，几年的时间，天翻地覆的变化踏碎了一帘幽梦，我的心中充满了绝望。心田干涸了，就写不出一个字来。囿于巨大的生活压力，我不得不每天为基本的生存疲于奔命，没有安全感，没有归属感，温饱成了最大的问题。携着失重的生活与超重的苦痛，我踉踉跄跄地满世界奔走。痛苦的挣扎直入骨髓和灵魂，却被强大的外力所遮蔽，一切都是无声无息的，也无人留意，却痛彻心扉。每一天，我都会因为生活中的失意而茫然，因为缺失信仰而内心浮躁。在最灿烂的年华里，我度过了最黯淡的岁月，忘记了来时的路，更看不到未来。岁月的班车载着许多许多时间周而复始，关于理想关于奋斗关于未来在时光中渐渐流失，湮没无痕。然而，“只要人类存在着，文学就不会死亡”。每当我拖着一天的疲惫与苦痛进入梦乡，梦中总是在读书写字看文章。咀嚼着梦中特有的书香，想到第二天又要踏上奔波的旅程，没有静下心来写作的时间心境，我常常泪落潸然。

独处时，我会长久地注视着自己的内心。我应该是一个织梦者，我的人生不应该只是这样，这种生活只会让我枯萎。常常，内心涌起的不甘和倾吐的热望，将我无情地淹没。我看到了自己，获得了生命力。我苏醒，开始珍视自己，珍视亲人，渴望在寻找内心的过程中体现生命的价值。于是，我再一次融入书中。读书的人有自己的宇宙，其他的事，都因此而微不足道。人要有道心，这道心就是文化的内核。一个人若用已融入生命体的文化来寻找适合自己的生活，就不会患得患失、忧心忡忡，人生便会充实安然、坦荡无碍。当你沉浸于书中时，那些琐碎的不快、尘世的哀伤，就会在瞬间被忘却，你因而进入另一个只属于你和你的书的世界。

我喜欢阅读一些国外作家思想类、哲学类书籍以及古典文学作品，借以寻找思想的厚重和语言的感觉，感知文学的存在与力量。因为文学，有限的生命得到无限延展，人生有了聊以安放灵魂的意义。我终于发现，只有写作才是最能让我感到接近幸福的一件事，它能够在最黯淡的时候为我带来信心。对于心理压力与生活压力过重的生命来说，生存绝非易事，在艰难之中，只有反复追寻生命的意义，把痛苦、希望以及全部的精华和梦想输入文字之中，使之丰富充盈，才能够借以摆脱孤独存在的命运，与文字近处关照，相互梦见。

历经生活的多重变故，我终于又开始笨拙地回归我的天空。生锈的笔尖再次生长出一篇篇文字，于坚硬的冰冷中拥抱那抹希望的晨曦。我追求不动声色的表达，希望在自然的表达中释放一些强烈的情感，于平淡中动人心弦。不回避生活的阴暗，在作品里寻找一种叫作温暖的东西，是所有不幸的希望。当我再次提笔，厚积薄发，将这些感悟的花蕾化为清新的文字，得到了诸多文学前辈的指导与肯定，他们从不同角度善意的指引，使我的视野更开阔，达到更远的地方。

早在20年前准备写书的我，终于再次站在了这里，一些深埋心中的情思悄然滋生。我重新找到了方向，明确了自己未来乃至此生的目标。文学来源于生活，写作需要心情和时间，更需要激情和充沛的文思。我将自己对生活的感悟，用心意和文字包装起来，组合成许许多多对社会、人生的认知。我们生活在这个社会中，每个人都是社会的一分子。关注自身，就是关注社会。

写作是一件寂寞的事，耐不住寂寞的人也就难以触及自己心里埋藏着的那个世界。严格地说，我还不是真正意义上的写作者，只是单纯地“写”，与“作”还有着长远的至今尚未跨越的距离。本质上讲，一切文学都是回忆，都是往日生活的复活，有对人生历练的感悟，有对行走方向的眺望。在这些感悟与眺望中，文学始终是最为温暖的坚守，是一个人精神之所在，是在找寻内心渴望的过程中体现出来的生命的价值。

人生有许多一闪而过的契机，能够把它握在手里，并且竭力劳作，默默穿行，把自己所有的积累、理解和想象一点一滴付诸文字，这样的过程对于写作者来说，就是幸福。“佛祖拈花，迦叶微笑”，人与文的契合，便在这会心一笑之间。

感谢文字，让我们在这里相遇。

敬畏文字

记得《百年孤独》作者马尔克斯曾经说过："写作恐怕是这世上唯一越做越难做的行当。"这位蜚声世界的文学巨擘，诺贝尔文学奖得主，之所以感到写作难做，不敢写作，就是为了实现对自己的不断突破。好作家必须具备的素质，就是要有天赋、有激情、有耐心，如沈从文所说的一样：写作要"耐烦儿"。好的文章不仅要有诗意的文笔，更需要丰厚的文化底蕴和深邃独到的思想。能够让自己沉下心来写作，是对读者负责，更是对自己负责。真正的写作，不是追求虚名的急功近利，更不是攫取利禄的不择手段。写作是沙漠的孤旅，也是焚燃与灰烬的过程。要耐得住孤独与寂寞，更需要天分与勤奋。好的文字就是要仔细斟酌反复推敲，如工匠般精心雕琢修改，要先打下墨斗，砌完了之后还要抹得光滑均匀。亦如裁缝制衣，要先量体裁衣，下好尺寸，做好了之后还要钉上纽扣，剪掉线头，一丝一毫马虎不得。更像画家，要先备好墨选好纸，打出框架，然后再细细地勾勒。

几乎每一个初学写作者都有这样一个过程，最初觉得写作很容易，灵感来了，文字就会从心底倾泻而出，而随着写作水平的不断提高，会越发感觉其难，甚而不敢轻易动笔。一个真正的写作者，对文字不只是热爱，更需要畏惧。人，一旦懂得畏惧，便会付出责任和严谨。刚学写作的人，往往无知者无畏，洋洋洒洒。待写作达到一定程度后，会慢慢停顿下来，如同启动一笔生活的存款，刚刚写作犹如动用利息，多年的沉淀信手拈来，没有觉得有多么吃力。待利息消耗殆尽，要动用存款时，才发现自己原来是这么空乏贫瘠，没有多少资本。这时才会冷静下来，为生活为知识的储备做踏实的积累。2012 年 9 月，我的散文集《尘埃里的花》与出版社正式签订合同即将付梓时，我感到如释重负。然而此后，整整四个月的时间我都没有提笔，没写出一个字，仿佛被掏空了内心世界。没有了灵感，遭遇了困顿与困惑，有种洗劫般空落落的感觉。我不敢轻易下笔，不想在惯性下驾轻就熟。我希望自己再提笔时能有所突破，自己的思想、文章的意境都会变得更加充实和丰盈。心灵的酝酿和成长是一个极其漫长和复杂的过程，需要个人生命中的艰难归纳、总结和沉淀。真正的写作，需要在生活中积累原料，进行沉淀提升。要敏于捕捉，勤于动笔，善于提炼。要先有论点，再结合论据，写出丰满而有深度的作品。文学就是一场倾诉，在生活中经历了欣悦和痛苦之后，会在敏感的内心聚集和沉淀，而后不得不倾吐出来。多舛的命运会刺痛心灵，使人的表达更加锐利深刻。这样的文字自然天成，具有感人的力量。

勤奋是才华的组成部分，一个激越不安的灵魂，其天才的敏感与深入的追究会使其一生不得安歇，在对文字炽烈的热爱中，她的一生只能是一场剧烈的燃烧。鲁迅曾经说：文学应该疗救灵魂，它探索人的可能性，使人成为健全的人，捍卫人的光荣。在整个人类争取光明未来的斗争中，文学应该成为前行的火炬。追溯人类历史，有文字记载的年代几乎都伴随着文学。那些包含了真善美的作品常存下来，就这样被一代代传承下去，滋养着后代。

法国当代文学大师巴塔耶认为：“对于人来说，最重要的行动就是文学创作。在文学中，行动，就意味着把人的思想、语言、幻想、情欲、探险、追求快乐、探索奥秘等等，推到极限。”人的一生中，最值得一提的就是文学创作。因为它不只是对美的享用，还是对美的创造、体验。它是人生最美好的行动，是审美生存本身。好的文字，需要人品的支撑，学问的养成，才情的展现，思想的深邃。“一个人就像一个脑细胞，沟通起来就有了思想，储存起来就有了传统”，而把他们连缀起来的，就是文字。只有真正通向自我，才能真正通向世界，真正与文字相伴，写人性，写人生，写芸芸众生，写浩浩穹宇。因为文学是一个人面对世界的方式，是当下生活和生命情态的理性思维。它源自生命本真的一份感动，一份站立在山巅之上的向往。文字是承载人类文明的地方，是一个国家、一个民族最有底蕴的生命处所，历久弥新，令人沉醉留恋。

高尔基曾经说过：“文学即人学。”文学永远是人类心灵的需要。敬畏文字吧，它会带给我们温暖和快乐，它能给心灵最好的滋养。

青鸟殷勤为探看

3月8日，妇女节。其实对于“妇女”这个词，她是非常不喜欢的，不如叫它“女性节”，哪怕叫作“女人节”。多年以来，她从不过这个节，也是由于对这个名字的排斥。然而，从那一年开始，她开始喜欢这个节日，甚至开始期待这个节日的到来。

那年，她在城南经营一个预制件厂，同时接些土建工程。白天忙碌一天，为了保证休息，每晚10点准时关机，早上六点开机，开始一天的工作。3月8日早上6点，像以往一样，她打开手机，看到一个熟悉的号码发来的一条短信。“祝你节日快乐”，下面署上了名字“言武恭祝”。这时她才记起，原来今天是妇女节，这个自己从来不喜欢也不在意的节日，因为这个短短的问候而多了些许温暖。每一个节日，都会收到来自朋友们的祝福，但是这个祝福却带她走进一段回忆，让她想起了与一位友人的相识。

那年10月，她正在市区的施工现场，接到厂子里工人的电话，说有客户过去看路基石。她急忙赶回厂里，一进厂区就看到一辆有部队标志的越野车停在院里，车旁站着两个军人。年轻的军人自我介绍，他们是某部驻莱部队，那位30岁出头的军人是他们的领导，姓文。简单的商讨后，他们订了货，约定当天下午送过去。下午装车后，她带着工人准时来到部队。文队长亲自出来迎接，请她到他的办公室等待工人卸货。等待的过程中，他们聊起了部队建设的下一步工程，并且达成初步意向。卸完车后，已经过了晚饭时间，出于礼貌，她请文队长一起吃饭，被婉言谢绝。让她没料到的是，那天是周末，又已过了上班时间，原想材料款恐怕最早也要到周一上班再结算了，可是文队长早已安排财务开具了支票。与地方单位合作多年，这样的事情是从来没有出现过的。感谢之余，她不禁问起，文队长告诉她，部队要求高效率，也没有周末概念，只要不休假，每天都上班，与地方群众发生账目往来，从不欠账，更不允许吃请。他们就这样认识了。虽然彼此留了电话，但始终没有联系，除了新年时发过的祝福短信。那年年底，她全家决定去上海过年。因为第一次见面时约定春节后有一个营房改造工程，怕耽误施工，行前她给文队长发了一个短信，简单的春节祝福同时告知行程。年底结完账后到上海时已是腊月二十九下午，出火车站刚刚坐上出租车，就像冥冥之中有什么感应，短信来了，打开一看，文队长的信息，问是否已经安全抵沪。她心里第一次有种温暖和感动。

正月十八从上海回来后，她去了一趟文队长的部队，作为节后的探望，同时送去自己精心制作的投标计划书。文队长的事迹曾经在《解放军报》做过专题报道，报告文学《中国特种部队纪实》也有写他的报道文章，中央电视台《东方时空》和《实话实说》节目也曾做过有关他的专题片。见面还是像第一次一样，气质儒雅，态度谦和，全然没有想象中带兵训练的军人那么粗犷雄壮，更没有居高临下、盛气凌人。淡淡的，没有过多寒暄。

4月的某日，她又收到了文队长的短信，说要休一个月的年假。发短信时，已在回家的路上。5月，文队长回来了。她第三次去部队，签施工合同，这也是他们第三次见面。出乎意料的是，两手空空而去的她，却收到了文队长送给她的礼物——一条马头图案的长鞭。他说这条马头皮鞭是他们那里送给最尊贵客人的礼物，代表着权力、吉祥和祝福。她很感动，交谈中得知，文队长工作之余酷爱读书，尤其喜欢读商务印书馆出版的历史典籍，《史记》《资治通鉴》《二十四史》等都曾熟读。合同顺利签订，没有任何仪式，甚至没有吃一顿饭。

工期两个月，文队长为工人们安排了吃住。每天晚上，施工结束后，文队长都要去工人宿舍看看是否缺什么东西，嘘寒问暖，让他们有什么困难尽管提。她正为资金周转不灵伤脑筋时，文队长的短信又来了，如果资金周转有问题，可先支付部分工程款。那种雪中送炭的惊喜，是她以前做过的工程中没有过的。她让施工队长过去办手续，同时代她送去感谢。文队长对施工队长说，你们王经理很有能力，一个女人做工程很不容易，也很让人佩服，所做的一切，也只能是在能力所及的范围，尽力而为吧。

第四次见面，也是最后一次见面，是在施工结束验收后，她过去结算款项。同以往一样，没有握手，也没有太多的寒暄，依然是淡淡的，却那么温暖而自然。她照例请文队长吃饭，同时邀请部队其他几位领导成员，意料之中的，文队长再次婉拒。

后来，他们的联系依然是断断续续，没有电话，没有见面，只是偶尔发个短信。短信的内容，往往是讨论某一首诗，或者前往某地开会，描述一下沿途的景致。他们讨论戴望舒、徐志摩和辛弃疾，谈的最多的应该是台湾女诗人席慕蓉，因为她也来自内蒙古大草原，在她的诗中，常常提起魂牵梦绕的“父亲的草原母亲的河”。再后来的某一天，他来短信说要调到另一处。升迁了，自然是好事，作为部队驻地领导，通常都是在一个地方待两三年即换防的。只是依然觉得，时间还来得及，以

提高现代文阅读和写作成绩的金钥匙

王韵作品
现代文阅读试题详解

丢丢

（1）直到有一天，我家迎来第三个小客人。

现在，我还能清晰地想起第一次遇见它的场景。

（2）时值夏末，天气微凉，下着小雨。女儿已经 8 岁了，扎着马尾，读小学二年级。那天中午，她在放学路上路过一根横在路边的水泥管子时，突然听到一声微弱的“喵”。女儿蹲下身子去寻找，它在黑暗的管子中望向女儿，目光闪烁而明亮，却没有拒绝她向它伸出的双手。猫这种充满灵性又高傲乖张的动物注定与飘泊无定的我们，尤其与在孤独中长大的女儿结下善缘。当这只孤苦的流浪猫走向女儿的那一刻，女儿什么都不想了，她只想带它回家，那个同样四处流浪、萍踪不定的家。

（3）女儿一路抱着它跑回了租住房。女儿渐渐长大，三个人挤一张床已经不方便了。这次我们是与一家由农村进城卖菜的夫妻合租了四间正屋的两间，我们住在西边两间，各自走自己的房门。房子不隔音，隔壁说话的声音都听得清清楚楚。我们睡在靠西墙的那间，房间刚刚能容纳一张大床和一张小床，东边这间当厨房、客厅兼餐厅，放着一个简易衣柜，一只煤气罐，一张折叠的小桌子。小桌子做饭时当菜板，吃饭时当饭桌，女儿写作业时又是课桌。房间太小了，打开桌子就转不开人，只好用时打开，不用时折叠起来。

（4）这样逼仄的住房条件，三口人尚且住不开，哪里还有多余空间容纳一只猫呢？可是看着女儿亮晶晶的眼睛，被汗水打湿的头发，满怀期待的表情，我不忍心拒绝了。小猫被女儿抱在怀里，它黄白相间的花纹，弱小的身子蜷缩成一团，两只碧玉般的大眼睛怯生生地望着我，声音嘶哑地喵喵叫着，仿佛知道要与女儿结成联盟，共同争取我的同意。望着女儿和小猫无辜又迫切的眼神，摸一摸小猫瑟瑟发抖又温暖柔软的身体，一瞬间如蜻蜓掠过水面，那么微妙而又真切地触碰到我柔软的心。就这样，女儿收留了这个可怜又可爱的小生灵。鉴于此前喂养的失败，这次我们特意给小猫起了个名字叫“丢丢”，很有点以前人们为了孩子好养，故意起名诸如“狗剩”的意味。

（5）丢丢是一只最普通不过的小猫，然而就在女儿带它回家的那一刻，它便变得与众不同了，他们彼此需要，相互珍惜。丢丢与我们有一种与生俱来的亲切感，很快便与我们混熟了，开始慢慢地对自己的名字有反应，也开始习惯我们的拥抱。

（6）我们每日为生计奔波，生活完全没有规律，常常回到家已经很晚。女儿从上小学一年级开始，就每天自己走着上学、放学，我们从来没有去接送过。回到家，第一个迎接她的总是丢丢。有一次，我们到家已是深夜，女儿没有吃晚饭，写完作业与丢丢玩耍等着我们，实在熬不住睡着了。打开房门，我们看到满脸稚气的女儿躺在床上和衣而卧，小小的身子蜷曲着，怀里抱着丢丢。听到动静，丢丢警觉地从女儿怀里伸出头张望，好像在保护女儿。看到是我们，懒洋洋地伸了个腰，喵喵叫着跟我们打招呼，然后又惬意地钻进了女儿怀里。

（7）一个星期天，女儿和她的表姐抱着丢丢去外公家玩，约好吃过晚饭就回来，可是晚饭时间过去很久了，依然不见女儿回来。在我们焦急的等待中，女儿和表姐回来了，泪眼婆娑，说下午带丢丢在外公家楼下的草坪玩，淘气的丢丢奔来跑去地跟她们玩捉迷藏，被困到茂密的冬青丛中出不来了，只听到丢丢惊恐的哀叫，却怎么也找不到它。她们围着冬青丛找了好久也找不到，只好垂头丧气地回来了。我听了很难过，只有柔声安慰着面前这个哭成泪人的小女孩。

（8）挨过难熬的夜晚，早上送走上学的女儿，父亲突然来了，手里拎着一只网兜。听着“喵喵”的叫声，我不敢相信自己的耳朵，难道是丢丢回来了？打开网兜，丢丢边叫边蹭着我的裙角，像一个受了委屈的孩子，回来对妈妈撒娇呢。果真是丢丢！父亲说早上起来，听到门外有猫叫声，时不时还有房门被抓挠的动静。打开门，丢丢正在防盗门外边“喵喵”叫着，边用爪子和尾巴蹭着防盗门，头上身上全是草木碎屑。

（9）父亲找了个网兜，把它放进去，想提着送回我们家。丢丢起初可能是怕被扔掉，在网兜里凄惨地叫着，使劲地挣扎，想突围出去。走到距我们家一百多米时，它安静了下来，它已经知道自己即将被送回家。见到我之后，它伸出两只前爪紧紧地抓住我胸前的衣服，眼睛似睁非睁地撒着娇儿。盯着这个怀中亲密依偎的小生灵，我不知道它是怎样从冬青丛中挣扎出来，又是怎样穿越楼道防盗门，找到楼上父亲家的。这弱小的精灵，为了寻找主人，历尽辛苦，心中怀有一种怎样的信赖和依恋啊！中午女儿无精打采地放学回家，眼睛还是红肿的，一进门竟然又听见熟悉的喵喵声，立刻喊着“丢丢”“丢丢”，边哭边飞跑进屋。它高高地竖着尾巴，像以前一样跑过来围着女儿打转，蹭着她的小腿。女儿紧紧地抱着这个失而复得的“宝贝”。

（10）经历了这次事件，丢丢和我们相处得更加融洽。每天出门，它都会把我们送到门口，但是怎么也不肯迈出大门一步，就那样目送自己的亲人远去。有时，我们去离家不远的广场玩，女儿把放着钥匙的小包挂在丢丢耳朵上，丢丢就会乖乖地趴在地上，时而伸出它的小爪子跟主人嬉闹，但始终坚守岗位，守护着那个挂在它耳朵上的小包。

（11）一次，有位朋友来我们家串门，看到丢丢特别喜欢，说他家底楼好像进去老鼠了，想把丢丢要去捉老鼠。女儿不同意，我也不舍得，最后商量先借去十天，再送回来，女儿勉强同意了。仅仅过了三天，朋友就打电话来让我们接丢丢回来。原来丢丢到他家后就钻到沙发底下，从早到晚一直凄厉地哀叫，任凭朋友每天将鱼虾端到沙发边沿，就是不肯出来吃一口。丢丢绝食了！它可能以为我们抛弃了它。朋友无奈，只得让我们接它回来。我和女儿刚走到朋友家大门外，就听到丢丢“喵喵”的叫声，箭一般从底楼大门蹿了出来，喵呜喵呜叫个不停，似乎在向我们倾诉分离的委屈。

（12）时间过得真快，丢丢已经长成了一只成熟的大猫，比幼时安静了许多。

2011 年春，历经多年打拼，我们终于贷款买了属于自己的房子，从租住的平房搬上了楼。女儿放学回家，问："妈妈，丢丢呢？"我忽然想起，对啊，忙碌了一上午，怎么没有听到丢丢的动静，不会是遗忘在租住房或者真的"丢"了吧？！女儿一听，眼泪唰地下来了，哭喊着说："丢丢，丢丢！你们把丢丢弄丢了，我要回去找丢丢！"这时，隐隐地听到了一声猫叫，我们以为是幻觉，屏息静听，果然是丢丢的声音！只见它正从女儿盛书的一个纸箱里探出头，一边回应女儿，一边不紧不慢地从纸箱里走了出来，那风度，俨然一位胜利归来的大将军。

（13）住在楼上，丢丢生活很不便，也不适应封闭的环境。我同女儿商量，与其这样每天把丢丢蜷在楼上，眼睁睁地看着它不快乐，不如把它送给一个喜欢动物又有条件豢养的人家。几经筛选，我们将它送给了一位离我们家不远住平房的亲戚。丢丢走后，失落和牵挂在我和女儿的心底萦绕了好长时间，我们总是不适应回家后的冷冷清清，担心丢丢在那里不适应。但一想到为丢丢找了一个更适合它生活的地方，它应该会获得新的慰藉和快乐，我们也就释然了许多。此时，女儿已经长大了，对这种分别的情绪不再像小时候那么无法控制。一直到把它送走，女儿都没有哭，只是偶尔会问我，如果再见面，丢丢与我们是不是还能认出彼此，丢丢是不是还像以前一样记得回家的路？

1. 作者在第一段为什么称呼猫咪为"小客人"？作者在这里

倾注了怎样的情结？

2. 文章在第二段中是怎样描写发现“小客人”的过程的？你是怎样看待小动物的？说说你的看法。

3. 选文第三段描写了租住房的简陋，说明了什么？

4. 文章最后一段，把丢丢送出去，你是怎样理解作者的感受的？你认为它会记得回家的路吗？

参考答案：

1. 给动物以拟人的称呼，是写作的一种常用手法。把猫咪称作“小客人”，一是造成一种小小的神秘感，吸引读者继续阅读；二是体现了作者善待动物的初衷；三是这样称呼诙谐幽默，给读者以轻松亲切的感受。

在本段，作者首先把猫咪定义为“小客人”，拉近人与动物、人与自然的联系，体现了作者那种爱怜动物、善待动物、向往和谐的情感。

2. 那是在一个夏末的雨天，读小学二年级的女儿在放学路上，路过路边的水泥管子时，听到流浪猫“喵喵”的叫声。女儿向它伸出双手。猫乖巧地让女儿把它抱回那个同样四处流浪、萍踪不定的家。

动物和人类共同生存在这个地球上，也是一条小生命，应该是和人平等的，人类应像对待朋友一样对待它们，而不应该伤害它们。我们应该多和大自然接触，去了解动物，与它们和睦相处，像朋友一样对待它们，多给予它们一些关爱和呵护。

3. 描写：房子不隔音，房间刚刚能容纳一张大床一张小床……小桌子做饭时当菜板，吃饭时当饭桌，女儿写作业时又是课桌。房间太小了，打开桌子就转不开人，只好用时打开，不用时折叠起来。

在这样简陋的条件下，能爱护小动物，给它一个家，更说明对小动物的爱心。

4. 因为居住条件的限制，不能给猫咪快乐，把它送出去，为它找一个更舒适的家，作者在这里的感受是既无奈又欣慰的。

我认为只要给了它关爱，它一定会记得回家的路，即使只是在它记忆中。

风从海上来

（1）身体的安放需要居所，信仰更需要心灵深处一隅的依托。形式的居所可以破败，心灵的居所却可以永恒。

（2）走进东海神庙遗址，村庄地里的玉米如同老练的道士，海风吹来，咏读着大地安魂曲。遗址上的几颗老树陪着断壁残垣木然肃立，海风中的腥气带着一种苍凉和沉寂，一会儿便融入我的血液。不远处，海还是那片海，它一直都在，阳光下的蓝色，数千年来从来未曾改变。

（3）沧海桑田，时移世易。古人敬畏自然，天人合一的朴素哲学催生各路神仙。而源于中土的道与仙，更有着盘根错节的渊源。中国的祭祀活动起源于原始社会后期的父系社会，分祭天地、社、祖、灶几种。海有海神，自然需要神庙。祭海神以求海神保佑、风调雨顺、五谷丰登。“国之大事，在祀与戎”，对海神的祀典从舜时就有了，五岳、四镇、四海、四渎是朝廷除了祭天之外，最主要的祭祀内容。海神庙是历代统治者祭祀大海、为国为民祈福求祚的地方。因东海居四海之首，故东海祭祀居于祭海之首。东海之神自然在四海中至高无上，东海神庙成了秦汉以后历代王朝祭祀东海之神的特定场所。从秦汉开始，君王都会亲临东海举行大规模的祀典，其规模之大、规格之高与泰山封禅和曲阜祭孔相当，被认为是中国的三大祭祀之一。《山左郡志》载："甲天下者有三，兖曰阙里，济曰泰山，莱曰东海。阙里为生民未有之圣，泰山为帝王首巡之地，东海为万壑朝宗之墟。"作为皇家祭祀的场所，祭天到天坛，祭地到地坛，祭山到泰山，祭海到东海神庙。莱州的东海神庙与泰山、北京的天坛和地坛，具有同等地位。

（4）据《掖县全志》载，"东海神庙，城西北十八里"。神庙的最终选址是汉初至唐一代代天文学家和经纬学家根据天文、地理精心测算选定的。据明代任万里的《海庙祀点考》，从唐代开始，历代均于莱州的东海神庙对东海神进行祭祀。东海神庙规模的扩大，始于北宋的开宝年间。《汉志》注云：临朐有海水祠（临朐城，在今莱州城北朱旺村），宋开宝六年重修，祠宇初具规模，前竖立石坊曰"朝宗"。历代修葺，封号不一。自明洪武三年（1370 年），改定岳渎神号，尽去封爵，改称东海之神，特许国家大事辄，遣官致告。从北宋开宝年间第一次大修开始，一千多年时间里，每当遭受自然和人为损毁的时候，朝廷都会进行大规模修葺。元朝建立后，成吉思汗深知"天下至计莫于食，天下至险莫于海"的道理，也未曾忘却对丘处机的许诺，对神庙进行修缮。仅元、明、清三代，对东海神庙的大修就在 10 次以上。清时的东海神庙，是汉初至清末的统治者动用国库金钱不断维修扩建而成的。东海神庙占地四十余亩，三进院落，中为大殿，前为庙门，后为寝殿。建筑气势宏伟，金碧辉煌，大殿顶部为黄琉璃瓦，红墙，檐灰色斗拱，绘以仙鹤图案，檐角飞翘，古朴清雅，雄伟壮观。檐下两巨匾横悬，上匾由乾隆皇帝御笔亲书的蓝底金字“万派朝宗”四个字浑厚有力；下匾明代嘉靖时宰相严嵩所书的金字黑底“海天浴日”四个字苍劲挺拔。殿正中1.5米高的神台上装有神龛，龛内供奉着东海龙王神像，像高5米，头戴珠冕，身穿日月金龙皂袍服，下着浅绿色内裙，手捧玉圭，银发紫面，高大端庄，威严肃穆。神龛上悬巨匾，上面是明太祖朱元璋奉“东海神殿”四个大字。东海龙王神像两侧塑有两位侍童。神台下东西两边是身着碧蓝色朝服的“左辅右弼”二臣，再前面是巡海夜叉二将塑像，夜叉金盔银甲，手执矛刀，威风凛凛。神台上摆着高大的香炉、蜡台，台前悬绿色围裙。南北墙壁画有海神出巡图、四海龙王斗悟空图，画中旗锣幡伞、楼台亭阁，云雾茫茫，栩栩如生，极其精巧。东壁绘海龙王出宫行雨图，有风婆、闪光娘娘、雷公、云、雨五神在前施展神威开路，海龙王乘御辇指挥发令。西壁绘海龙王入跸凯旋图，众神行雨完毕，偃旗息鼓，簇拥龙王回宫。这些壁画便是掖县八大胜景之一的“海庙画壁”。画作宏大，气魄恢宏，人物形态各异，造型威武生动，惟妙惟肖，视之如身临其境，相传为唐代大画家吴道子所画。庙四周广植杨、柳、椿、榆、松、柏等树千余株，殿后有四棵白果树，三个人才能合抱过来，高40余米，枝繁叶茂，树冠可笼罩半个庙宇，远在百里之外的“潍河”也能看清楚。庙内各种雕塑，精美绝伦。庄严的龙王、慈祥的孙母、坚毅的杜构、聪慧的鲁班，个个栩栩如生；蟹将擂鼓、虾兵撞钟、夜叉巡海、精灵点灯，件件鲜活灵动，诸神喜、怒、哀、乐、愁、恼、慈、爱、阔、达、豁、善，处处惟妙惟肖。

（5）自秦皇、汉武祭海，到清光绪十六年朝廷最后一次祭海，有文字记载的帝王祭海共有81次。有时皇帝不能亲临，也要派重臣持御书，伴銮驾代天致祭，视为皇帝亲临。宋朝，朝廷将祭海之事做了定制，每年立春之日要于东海祭海神，记于《志》，以后历代帝王均循此礼。明朝成化二十二年（1486年）重修东海神庙之后，祭海仪式又进行了定制。神前桌椅及器皿摆放都得按规矩来，连乐人演奏的曲调也由朝廷乐师提供。代天祭海者祭拜海神时，必须有文武官员陪祭，以示对海神的尊重。明后期至清代，祭海仪式的规格一次比一次高，所有祭者对海神行"三拜九叩"之礼。东海神庙成为皇家的祭祀圣地，这处海神的居所数千年来香火不曾间断，海神的神韵在历朝统治者的心中是模糊的，因为皇权至上，所做的一切最终都是为了满足皇帝及其子孙的统治欲望和占有欲望，祭祀祈福表面顺应民心，还是为了实现他们更顺畅的奴役，实现他们世世代代永恒的统治。在至高无上的皇权面前，无论具备多高品质的人，都没有人格存在，何况虚无缥缈的神！

（6）神庙祭海产生了庙会，带来了地方经济的繁荣和各地风俗民俗人文文化的交流与融合。据《掖县全志》载：海庙远近环集如市，楼船花艇，小舟大舸，连泊十余里，有不得靠岸者，架长篙接木板作桥，越数十重船以渡，其船尾必竖进香灯笼，入夜明烛万艘与海浪辉映，管弦呕哑，嘈杂竟十余夕。连声爆竹，起火通宵，登舻而望，真天宫海市不是过矣。至十八日，海神诞期，谒神者……络绎庙门填塞不能入庙……官贵人烧香拜佛，戏子艺人吊嗓子献艺，"景芝戏班子"唱的"对台戏"齐声喝彩，"西洋片（镜）"胜似"天津书场"，苏杭绸缎东北皮货齐涌海庙，村民百姓开的骡马市、农产品市场，凡民日用器物，闺阁之饰，儿童之乐，万货聚萃，陈列炫售，照耀人目，十里长街家家店铺门口生意都好不兴隆……四乡民众白天祭神营商、诗文会友、款待亲朋，晚上听戏娱乐，渔歌唱晚。传统的踩高跷、庙鼓、海庙大秧歌、皮影戏、剪纸等民间艺术精彩纷呈。

（7）朝廷在东海神庙的隆重祭祀，在民间产生了久远的影响，产生了民间祭海的版本。据《莱州府志》记载，沿海居民十分崇拜海龙王，把它当作海神。每年正月十八、四月初三、六月十三日、十月初三都要进行拜祭。家里布置“供台”，摆上各式供品，先拜天、再拜海神、后拜祖先，叩谢神明与祖先的护佑。神桌上供上“神饭”、点蜡烧香、烧金纸、燃爆竹，在街门挂起红灯笼。海上渔家要打着彩旗，抬着整猪，拿着祭祀用品，一路敲锣打鼓，吹吹打打，放着鞭炮前往海庙处进行祭祀。祭海大典上，德高望重的主祭人整理衣冠、洗手后在海神香案前上香鞠躬，鞠躬作揖时年长者居中。男的左手在前右手在后，女的右手在前左手在后。主祭人恭读祭文，宣告海神为民众带来福祉，百姓感戴，并请求海神继续保佑，然后摆祭品，依礼致祭。祭品一般为当地土特产，寿桃石榴各种面食点心等。祭品前有一张公案，上陈海神神位、印玺、文房四宝、签簿等物，最前面摆放着香炉、烛台和功德箱，供善男信女祭拜纳贡。祭祀活动中，酒要先奉献给海神享用，还要讲究“乌猪拱地，绵羊大颤”。这就是古代东海神庙祭祀时的场面。1937 年后，日军侵华，抗战爆发，祭祀活动走向衰落。1946 年秋，解放战争初期庙宇拆毁，庙祀终止，海神祭祀蜕变为沿海民间一年四次赶庙会，群众自发祭祀活动。改革开放以来，国家重视文化建设，也重视传统文化的挖掘和保护。近几年，沿海群众又重新自发组织起大规模的祭拜活动，以东海神庙为核心，整合利用胶东丰富的群众文化元素及民间民俗文化资源，集游乐、民间工艺、美食、民俗拜祭等活动于一体，全面展示海庙民俗文化。数千年来，海庙庙会一直是莱州沿海老百姓一年中重要的日子。民间朴素的真实映衬的是皇家华丽的虚伪。庙虽已毁，东海神庙这处海神的居所却一直矗立在老百姓的脑海里，口碑相传；庙虽已毁，海神的神韵在老百姓的心里是清晰的，因为薪火相传，老百姓世代用一份虔诚与坚守镌刻，东海神庙给他们带来的不仅是精神上的依托，还有实实在在的利益；庙虽已毁，新中国却以前所未有的发展，傲立于世界民族之林。

（8）东海素有“神窟仙宅”之说，秦始皇、汉武帝两位历史上非常有作为的皇帝更是把这里看成神域仙乡，先后多次到此求神拜仙，留有“始皇游而忘返，武帝过以乐留”的千古佳话，使得东海神庙显名。“神窟仙宅”并非欺世盗名，源于东莱是道教发祥地。

（9）莱州是全真道的发源地，大基山的淳朴秀美和渤海的神秘浩荡滋养了多位全真掌教。金泰和三年（1203 年）二月初六，全真七子之一、曾任全真道掌教的刘处玄仙逝，全真道掌教之位传给了时年 55 岁的丘处机，丘处机把全真道带进了一个极盛时期。丘处机生逢乱世，一生经历了金朝七帝、南宋五帝。在他人生的八十载岁月中，他经历了金、南宋、西夏三个并立的王朝从发展到衰落，并亲眼看到了蒙古帝国的崛起。长期以来，丘处机盼望出现一个好皇帝，以便让人民过上安居乐业的生活。金世宗统治时期，一度政治比较清明，因此，获得丘处机的拥戴和高度评价。然而好景不长，随着元军进入中原，与金战争不断，造成山河破碎，人民流离失所。目睹人民痛苦，生灵涂炭，丘处机写下了“天苍苍兮临下土，胡为不救万灵苦？万灵日夜相凌迟，忍气吞声死无语。仰天大叫天不应，一物细琐枉劳形”等满怀悲愤的感人诗句。

（10）金贞祐四年（1216年，即南宋嘉定九年），金宣宗召见丘处机，丘不赴；南宋嘉定十二年（1219年，即金兴定三年）八月宋宁宗召丘处机，丘“亦不赴”，就在南宋皇帝召丘处机当年的十二月，远在阿富汗一带征战的成吉思汗也召丘处机，丘却“慨然应命”。三帝召唤，充分说明了丘处机在当时的社会影响。接到成吉思汗派来的使者邀请去“大雪山”（今阿富汗兴都库什山）会面，丘处机欣然接受并非随意。丘处机深明天下大势，为了平息战乱、拯救黎民免于生灵涂炭，丘处机毅然决定不远万里去见成吉思汗。

（11）丘处机临行前来到东海神庙，海庙历经战乱，早已破败不堪。海面时而平静，似在轻轻诉说；时而汹涌，似有万马奔腾。他感受到了刚与柔的力量，感受到了海纳百川的胸怀，“水能载舟亦能覆舟”，他喃喃自语。海庙肃穆，与即将远行的战士静静对视。丘处机伫立海神庙前，心里默念福佑中华、国祚久远、天下太平的祈愿，阖目中他竟然看到了诸海神的目光灵动，念力刹那间将他肉身雾化于庙堂，与香火一起升腾。元神西望，大地苍茫。伟大的世纪呼唤，就如同千年一遇的海啸，轰鸣而过，稍纵即逝。他睁开眼，目光不再有一丝游离。再次叩拜海神，并许愿西行功成将代民请命，整修神庙。他把西行面见成吉思汗当作一个实现自己济世安民理想的良好契机，并在西行途中，用诗句来表白自己的这一夙愿：“十年兵火万民愁，千万中无一二留。去岁幸逢慈诏下，今春须合冒寒游。不辞岭北三千里，仍念山东二百州。穷急漏诛残喘在，早教身命得消忧。”他不顾年迈，跨戈壁，过草原，心中念的是“山东二百州”的人民。这首诗表达了他不辞劳苦万里西行欲救民于水火的心情。

（12）南宋嘉定十二年腊月十八，丘处机带领尹志平、李志常等18位弟子从莱州昊天观起程西行。《元史·丘处机传》记载，丘处机一行历经千辛万苦，“经数十国，为地万有余里。盖蹀血战场，避寇叛域，绝粮沙漠，自昆嵛历四载而始达雪山”，南宋嘉定十五年（1222，即金兴定六年）初夏，丘处机到达“大雪山”，见到了成吉思汗。丘处机雪山论道，劝说成吉思汗“敬天爱民”“不嗜杀人”，并被成吉思汗尊为国师。成吉思汗率太师阿海、阿里鲜亲自迎接。成吉思汗称丘处机为老神仙，欲讨长生不老之道。丘处机以“节欲乃修身之要，爱民为永国之方”，循循善诱，话题渐转。陈述“天道好生恶杀”，劝勉成吉思汗要爱惜民生，不要乱杀无辜。最坚硬的兵器止于丘处机的游说中，学识让蒙古马所到之处四方臣服的成吉思汗心悦诚服。“神仙是言，正合朕心。”成吉思汗接受了丘处机上天好生之德的理念，放弃一味征战杀戮。

（13）著名宗教学家牟钟鉴在《昆嵛山与全真道》里这样评价丘处机：“丘祖有大公德于平民百姓，他西行雪山见成吉思汗，一言止杀，拯救无数生灵，其大仁大义、大慈大勇，不仅是道教史上第一人，也使他成为中华民族全民爱戴的历史伟人。”在成吉思汗大营，丘处机反复向其灌输爱民的道理。《元史·丘处机传》云：“（太祖）问为治之方，则对以敬天爱民为本。”丘处机还巧妙地借用雷震等自然现象，劝告成吉思汗及蒙古人要有行孝之心。他说：“尝闻三千之罪，莫大于不孝者，天故以是警之。今闻国俗多不孝父母，帝乘威德，可戒其众。”他强调，要治理好中原，首先要让百姓“获苏息之安”，减免中原地区百姓赋税，真正做到“恤民保众，使天下怀安”。

（14）丘处机修道悟道，达到了道仙合一的境界，东海神庙之大，大于宇宙，东海神庙之小，小于微尘。东海神韵没有居所，在天、地、人和世界万物之间。

（15）千年的风，从大海深处吹来，仿佛在轻轻诉说。

1. 分析选文中第（1）段的开头和第（15）段结尾在全文中起什么作用?

2. 请根据你的所闻所见，描述一下亲人在春节供奉祭祀的做法。

3. 填空：

①中国祭祀活动起源于原始社会_____期的_____系社会，分祭天地、_____、祖、_____几种。

②《山左郡志》载：“甲天下者有三，兖曰_____，济曰_____，莱曰_____。阙里为生民未有之圣，泰山为帝王首巡之地，东海为万壑朝宗之墟。”

③莱州的东海神庙与泰山、北京的_____坛和_____坛，具有同等地位。

④东海素有“神窟仙宅”之说，__________、__________两位历史上非常有作为的皇帝更是把这里看成神域仙乡，先后多次到此求神拜仙，留有“始皇游而忘返，武帝过以乐留”的千古佳

话，使得东海神庙显名。“神窟仙宅”并非欺世盗名，源于东莱是____教发祥地。

参考答案：

1. 在第（1）段写道：“身体的安放需要居所，信仰更需要心灵深处一隅的依托。形式的居所可以破败，心灵的居所却可以永恒。”从身体延伸到信仰，从形式升华到心灵，皆为从有形到无形，给文章定了一个基调，即从破败的东海神庙遗址去探究人文景观和祭祀文化内涵的东西。

在第（15）段写道：“千年的风，从大海深处吹来，仿佛在轻轻诉说。”紧扣题目，体现历史的纵深感，让人意犹未尽。

2. 腊月廿三或廿四，在民间称为“小年”，从小年起人们便开始“忙年”了。小年期间主要的民俗活动有扫尘、祭灶等。

扫尘，北方称“扫屋”。春节前家家户户都要打扫环境，清洗各种器具，拆洗被褥窗帘，洒扫庭院，掸拂尘垢蛛网。到处洋溢着欢欢喜喜搞卫生、干干净净迎新春的欢乐气氛。因“尘”与“陈”谐音，新春扫尘有“除陈布新”的含义。

祭灶神，农历腊月廿三或廿四祭灶，入夜后要把灶台刷干净，把旧的灶君取下烧掉，次日早晨把新像贴上，一送一迎，摆置酒肉、糖果、甘蔗、米果等，烧香、点烛、放鞭炮。《礼记·记法》说：“（灶神）居人间，司察小过，作谴告者也。”传说从腊月二十三一直到除夕这几天都是灶神回宫的日子。除夕当天则要重新请灶神下降，百姓都会先贴上灶王爷的神像，再开始准备除夕的年夜饭。

3. ①后　父　社　灶　②阙里　泰山　东海　③天　地

④秦始皇　汉武帝　道

木语者

（1）我们这儿的人，买了房子装修，喜欢找南方木匠来干活儿。所谓南方，其实是相对于我们所在的北方来说的，具体来说是来自苏北和苏中的乡村。这些乡村木匠带着各自的手艺，背井离乡跨过长江，来到我们这儿。他们很快会以活儿细致、手艺精湛、款式新颖在当地站稳脚跟，打开市场，创出名声。我们对他们几乎到了迷信的地步，仿佛不找他们，心里便不踏实，活儿也干不好，单单忽略了他们水涨船高的工钱。

（2）我也不例外。我到老黄的板材店买材料装修新房，请他帮忙介绍个南方木匠来干活儿。老黄是重庆三峡库区的移民，异地安置到了我们这儿，下岗后代理了某个品牌的板材，经营着一家颇具规模的店铺。这些南方木匠，还有当地木匠们，经常替主家或领着主家来老黄的店买板材。老黄为人精明灵活，一来二去地与他们都熟了，清楚他们每一个人的手艺情况。他操着带有重庆口音的普通话，笑呵呵地说："你们这些人哪，老是迷信南方木匠，你们当地有的木匠就做得挺好的。"说完，他指着立在墙根的一个酒柜说："你瞧这酒柜，板与板之间没有一点缝儿，连胶都不用，就是老董做的。"这酒柜四平八稳地站在那儿，看上去的确端庄大气，赏心悦目，我记住了老董——一个我们当地的木匠。

（3）我打电话给老董，他正在邻近的小区，我说我是老黄介绍的，想找他干活儿，请他现在来房子现场看看，我好根据他的要求去准备所需材料。他回答正给人干活儿，脱不开身，待干完后再联系我。他的语调平静，听不出某些工匠揽到活儿的迫切和高兴劲儿，我听后却有点儿不高兴，心想你离我就咫尺之遥，怎么就不能先暂时放放手中的活儿，来我这儿看过后回去再接着干。我认为老董拿架子，冷漠无礼，甚至动了不找他的念头，但想到老董做的漂亮酒柜，我努力说服自己就等几天。

（4）三天后，老董给我打电话，说那家活儿已干完，半小时后到我的房子，将工具一起拉来。我听了又有点儿不舒服，心想我只是叫你来现场看看，还没确定找你干呢，你怎么就将工具一股脑儿地拉来了。老董来了，随车拉来一电动三轮车的各种工具，还有一张半个客厅大的旧毯子，见我困惑，他解释是铺在地上接锯末、刨花和遗落的钉子的。我说需要干的活儿，他边听边插嘴说自己的想法，听得出他考虑得很周全，这一刻，我决定就用他了。待我说完了，他猛地来了句："就这点活儿呀？"显然他是嫌我的活儿少，干起来不过瘾。我这才认真地瞅了瞅老董，他中等个头，面色白净，胡须修理得体，如果不是他身上那套后背印着某品牌木工板的工作服，我也许不会当他是一个木匠。我建议他跟我到楼上楼下相同格局的房子去看看别人怎么干的，他头摇得像拨浪鼓，干脆地说："不用看，我知道。"我想，你没看怎么知道别人干的什么样。他在心头盘算了一会儿，一口气儿说出了所需板材、五金等，我快速地记在了纸上，又逐一跟他核对了一遍。然后我持这份清单，到老黄的店买齐了所有材料。老黄又额外撺掇我买了一种叫"罗马柱"的装饰条，他说做出来效果好，先拿两根试试吧。

（5）晚上我有些不放心，从同事发给我的图片中选了几个款式转发给了老董，一直没见他回复。之前有着丰富装修经验的同事提醒过我，由于工钱是按照所消耗的板材张数来计算，有的木匠故意以虚报多买和浪费板材来赚取工钱，我似乎还得防着老董这样做，别当了冤大头吃了哑巴亏。所需材料都送到了，房子钥匙也已给了老董，剩下的活儿就看他的了。

（6）一连两天我都有事，没到房子去，老董也没跟我联系。第三天上午我去了，老董已在客厅中央铺开了毯子，上头立着丈把长的马凳，凳下散落着锯末、刨花和看不见光芒的钉子等物什，还有各式各样的工具，它们中很多都要依赖电才能正常工作。一个中年妇女正给老董打着下手，我一眼看见她穿着印有某玻璃厂字样的牛仔布工作服。这是老董的妻子，原来在玻璃厂车间干，后来单位改制下岗，现在听老董调遣给他搭搭手递递工具什么的。

（7）在老董的手底下，阳台的橱子率先挺身站了起来。我们的阳台个别地方设计有问题，比如现在橱子这个位置，有一根碗口粗的空调下水管，不偏不倚地自上向下贴墙竖在中间，楼上那户是打了橱子将管子彻底遮挡在了后头，这样可利用空间就缩小了。而老董不，他偏偏别出心裁地用几块木板包起了管子，再穿过橱子中间，看上去像是装饰，不露痕迹，又充分利用了空间。我顺手掏出一张名片，插向门边的缝隙，只见严丝合缝，根本插不进去。门与门之间上下齐整，浑然一体。

（8）我禁不住夸赞老董，跟他聊起天儿，他停了手中的活儿，摸出一根烟点着了，附和我说着话。像我见过的很多手艺人一样，老董也有很大的烟瘾，总是烟不离手，所抽的烟是那种几块钱一盒的。他的老家在董庄，横过门前一条烟潍路，董庄百分之九十的住户都姓董。村中人多地少，一些村民便想方设法学一门手艺谋生，陆续有了泥瓦匠、木匠、铁匠等。老董是拜邻村一位老木匠学的手艺，那年他十七岁，老木匠心地善良、手艺精妙，对老董倾囊相授，再加上老董人勤快、眼皮活、悟性高，出师后立即自立门户，凭一手好活儿成为附近最好的木匠。外村人不知道他叫什么，都喊他木匠，这样叫仿佛周边只有一位木匠，就是他董木匠。老董曾经是周边几个村庄日常生活中不可缺少的角色，谁家盖房造屋、打制家具，首先考虑的肯定是他，他无论在谁家干活儿，都是酒肉招待，工钱丰厚。眼见老董忙得分身乏术，有村民便送自家孩子跟老董做学徒，董庄的人都沾亲带故的，打断骨头连着筋，老董抹不开面子，上门便收，也有个把年轻人学得了好手艺。我们这儿重视中秋和春节两个节日，兴买了东西走街串巷入户“送节礼”，登门看望自己的长辈、师傅什么的。我问老董：“他们学成后每年过中秋和春节还去看你吗？”老董答：“不看，都出师了，各干各的了。”他妻子插话道：“他每年中秋和春节都买了牛奶、烟酒和点心去看他的师傅，师傅没了继续看师娘。”老董一口一口地抽着烟，忽地叹了口气，说：“你瞧这满地用电的工具，比过去那些老式的木锯、刨子、凿子、锛子、铲子可省劲多了，但现在就是没人愿学这手艺喽，脏累苦不说，收入也不行，赶不上到外头打工干个建筑队挣得多。再说那些这板那板的家具，哪有咱自己打的实木的结实耐用，还贵得吓人。”见我不说话，老董接上了一根烟，听任它在手指间一寸一寸地燃烧，顺手捞起一根木料眯起眼盯了会，开动电锯“滋滋滋”地锯割木料，停了电锯，他口中开始嘟囔着什么，我听出是一连串的数字，它们属于客厅左右对称的那一对博古架。老董不是对我说的，也不是跟妻子说的，而是在和他手底下的木头说话。听他妻子说，他一干活儿进入状态就这样，别人不理解还以为他自言自语是有病。老董其实是将眼前手中的木头看作了鲜活可爱的生命体，它们能呼吸、会微笑，在它们的体内都藏着一颗玲珑心，懂得倾听他说话，默默地与他交流。在它们坚硬的骨骼以各种形态彻底站起来前，老董的每一句话都能得到它们发自内心的回声，每一个动作都能赢得它们迎刃而解的响应。

（9）我想起了转发给老董的图片，老董说没看见，我拿出手机找到图片指给他看，他只瞟了一眼，有些漫不经心地说："知道了。"这一次，我不再腹诽老董，因为我渐渐地认识到他是一个有自己的主意和想法的人，也是一个有脾气和对自己的手艺充满自负的人。果然，几天后，一对博古架对称着立起来了，它们一眼瞧上去像图片中的模样，但仔细瞅瞅，却更精美大方，苗条稳重。

（10）那天，老董干活儿，我在一旁站着看，似乎在见证一件工艺品的问世。我不说话，他也不理会我，又开始嘟囔着和木头说话。这中间他接了个催款电话，是售楼处打来的，催他抓紧去补交剩余房款。老董为了俩孩子在城里上学，买了一套学区房，已经交了四十多万元，还差一两万元就能拿到钥匙了，以后孩子们就不用住校了，但他目前硬是拿不出这钱。他问我办房产证所需的费用，我也说不清楚，他沉默片刻，又嘟囔起来。

（11）老董最兴奋的是一连接到了两个电话，都是像我一样经人介绍找他干活儿的，他掩饰不住高兴地对妻子说："这两家活儿多，干下来差不多就能交齐钱拿钥匙了。"他是真的需要钱，但他不急不躁，不温不火，仍然像刚开始一样，专注而认真地干着活儿。

（12）十天后，所有的活儿都揭开了盖头，老董和妻子准备收拾东西了。他们将工具一件一件地收进工具箱，然后一人攥着毯子一边，将那些锯末、刨花和看不见光芒的钉子等，悉数包裹了进去，费力地抬到门外。

所有材料都用得恰如其分，剩下的是些派不上用场的边角碎料。

还有那两根“罗马柱”。

老董不紧不慢地说：“这个用不上，博古架这儿的空间窄，如果用了它，留给中间推拉门的地方就更小了，要多用好几张木板，同时至少需要六根这样的柱子，浪费钱，还不实用。”

（13）老董和妻子将毯子席卷走了，我送他们到电梯口，盯着不停闪烁变换的电梯数字，我想到了有一类人和他们所代表的精神品格。像老董这样的手艺人，日复一日地忙碌在机械重复、枯燥无味的劳作中，唯一的休息是静静地坐在一堆狼藉当中，痛快地抽一根烟，走会儿神，想一些永远想不完的心事。但他们一旦进入状态，马上会专注地干着各自的活儿，他们忠主家的事，敬自己的业，努力将每一桩事、每一件东西都做得尽善尽美。

他们有一个共同的名字：匠人。

（14）我发现，老董不知啥时留了一小堆锯末和刨花在我的客厅，我知道，这不是他的疏忽，他和他的一辈辈同行一样，是在坚守着自己的行业规则，这样意为“还有活儿干”。

但愿老董们天天都有活儿干，赚个盆满钵溢。

1. 阅读第（1）段，说说为什么“我们这儿的人”喜欢请南方的木匠干活？

2. 在第（3）（4）段，作者是怎样描写心理活动的？

3. 你了解木匠吗？你都知道哪些行当的匠人？

4. 为什么称木匠为“木语者”？谈谈作者对木匠的评价。

参考答案：

1. 因为南方人干活儿细致、手艺精湛、款式新颖，在当地站稳了脚跟，打开了市场，创出了名声。当地人对他们的手艺几乎到了迷信的地步。

2. 作者写道：“他的语调平静，听不出某些工匠揽到活儿的迫切和高兴劲儿，我听后却有点儿不高兴，心想你离我就咫尺之遥，怎么就不能先暂时放放手中的活儿，来我这儿看过后回去再接着干。我认为老董拿架子，冷漠无礼，甚至动了不找他的念头，但想到老董做的漂亮酒柜，我努力说服自己就等几天。

“老董说那家活儿已干完，半小时后到我的房子，将工具一起拉来。我听了又有点儿不舒服，心想我只是叫你来现场看看，还没确定找你干呢，你怎么就将工具一股脑儿地拉来了。”

3. 了解一点，曾见过木匠装修的情景。其他行当的匠人，如石匠、瓦匠、铁匠，等等。

4. 木匠老董干活儿时喜欢对着木头自言自语，所以叫他“木语者”。作者眼中的木匠专注、投入、忠诚、敬业，做事力求尽善尽美。

怒放的凌霄花

一

(1)2012年7月7日，距离卢沟桥畔的枪声，整整过去了75年。

有乡亲自湖南来，自故乡来，带来了故乡的泥土和清泉。

在江苏徐州市柳新镇陈塘村，刚没脚踝的玉米覆盖四野，一座坟隆起在葱绿的玉米地中，坟边的那棵大柳树像是怕沉睡的她被日晒雨淋，忠实地撑起浓密的伞盖为她遮阳挡雨。

人们在坟前撒泥土，扬清泉。亮晶晶的泉水清冽甘甜，浸湿了地面，渗入了泥土，她也一定喝到了，像儿时俯下身子并拢双手，掬一口一饮而尽，回味不尽绵绵的甘甜。这是来自故乡的泥土和泉水。

她上路了，一路被捧着、挽着，走在回家路上。

那年，她18岁；今天，她仍然18岁。

她像蝴蝶流连花朵一样，眷恋着自己的18岁，薄亮的翅膀停留在了18岁上，永远，一直，不朽。

(2)在常德市新兴乡军刘村，唢呐吹响，鞭炮齐鸣，香烛点燃，纸钱纷飞。她的母校长沙稻田中学的学生，手捧她的遗像走在最前头。像中的她眉宇端庄清秀，掩藏不住英气和坚毅，留着那个时代特有的发型。她侧身斜躺在草地上，这是她暂时宁静的校园，身后是一棵雪松，再往后是一堵围墙。她清澈恬淡的双眸凝视着前方，那儿有如花似玉的原野，有缠绵轻盈的炊烟，有她和妹妹承欢膝前的咯咯笑声，也有渐渐沦陷堕入黑夜的土地……

一双纯净美丽的眼睛，一个年轻鲜活的生命。此刻，她朝气蓬勃的学弟学妹们向她靠拢，拥抱着她，他们可以感受到她吹气如兰的青春气息，扑面涌来她萋萋芳草的盎然生机。曾经，她和他们一样年轻，光彩照人；如今，却阴阳两隔，生死孤悬。

少先队员齐刷刷地举手致礼，她的族人——军刘村全体刘姓村民磕头跪拜，以迎接至亲和英雄的礼仪，一路恭迎她回家。

“风在吼，马在叫，黄河在咆哮，黄河在咆哮……”《黄河大合唱》气吞山河的旋律骤然响起，如滔滔河水冲决涌出一泻千里，永远 18 岁的她一步一步地走在回家路上，走在她曾经熟悉的这片土地上，走在泪水的白色火焰和纸钱的黑色灰烬中……

二

（3）她叫刘守玟。

家道殷实、蔚为一方大户人家的刘父精通文墨，面对呱呱落地的她，好生欢喜，为之赐名“守玟”。

玟乃玉之纹理。他是期许与热望爱女一生沿着玉美丽绚烂的花纹，守望自己怒放的生命，温润高贵，平安幸福。

玉贯穿和连缀了她短短的一生。

（4）1935 年，年仅 15 岁的少女刘守玟考取了“湖南私立周南女子中学”。这所 30 年前由革命教育家朱剑凡创办的学校，是湖南省最早的一所女子中学，向警予、杨开慧、蔡畅、丁玲等革命志士都曾求学于此。这儿是女性解放的乐园，更是先进知识分子的摇篮，早在 20 世纪二三十年代就有共产党地下工作者在校内活跃地开展革命工作，后来很多学生在老师们的引导和鼓励下，悄悄地离开学校，奔赴陕北革命根据地，投身革命事业。

如果不是因为那场挥舞东洋刀切向中华民族腹部的战争，刘守玟也许会像她的父母亲期望的那样，顺利地完成学业，然后嫁一个如意郎君，相夫教子，度过幸福美满的一生；如果她愿意远离战争，逃脱战火纷飞的故国，她富足的家庭同样有条件帮助她轻而易举地远渡重洋。然而 1937 年那场战争彻底改变了她的命运，从此，世上少了一个温婉如玉的女子，却多了一个永远不屈的战士。是啊，当偌大的祖国竟然安放不下一张安静的书桌时，怀揣一腔热血的青年们，又有谁会甘心蜗居于象牙塔间和温柔乡里做亡国奴呢？

（5）1937 年 8 月，刘守玟攥着家里给的伙食费，来到学校报到后，毅然放弃毕业，瞒着家人，报名参加了她的同乡丁玲女士率领的女学生战地救护队，开赴上海淞沪战场，成为一名战地护士。她进入高中的第一学期，学校就开设了“护士训练课”，此时之前所学恰好派上了用场。

刘守玟所服务的湘军第 22 军在激烈的淞沪战役中损失惨重，初上战场就频繁地深入阵地救护伤员的她，作为幸存者，随军撤回湖南后，转到了第 50 师。

经过战争血雨腥风的洗礼，曾经稚气未脱的刘守玟成熟了，眉宇之间愈显刚毅与坚强，一股浩然英气悄悄地在她体内萌生扎根了。她回忆着战场上经历的一幕幕，仿佛就发生在昨天，壮怀激荡如巨石相撞，内心汹涌澎湃起来。

重新回到三湘大地，离故乡已经很近了，自开赴上海她就与家里断了音信，此刻她正好可以请上几天假，回家看看因惦念她而五内俱焚的父母亲。但是她不能，她清楚自己回家也许就回不来了，再说在这危急关头，她也不能轻易请假离开队伍，那样无异于一个逃兵，她是多么渴望在战场上做一个战士，一个真正的战士，哪怕最终马革裹尸也在所不惜。

（6）她拿出钢笔，就着昏黄如豆的灯光，开始写那封思忖已久打了无数遍腹稿的家书："敬爱的父母大人：你们好！女儿已离校参军，事前没告知父母大人，叫父母大人挂怀了，很对不住您们。但值此国难当头，为抗日救国，女儿就不能忠孝两全了……"

这时行军号嘹亮地吹响了，她拧上钢笔，收好纸张，快步冲出帐篷……

三

（7）1938年5月，中日双方集结大量兵力，血战于台儿庄地区。刘守玟随第50师卫生队，加入鲁南兵团孙连仲部开赴前线。5月10日，将士们进入阵地后，即与日军发生激烈战斗。将士们五天五夜没有合眼，有力地阻击了日军矶谷师团南下合围，掩护了主力部队跳出包围圈。

趁着难得的战争间隙，在浓重硝烟的笼罩下，刘守玟继续趴在那儿写那封家书："作为堂堂一中华青年，女儿自有自己无法逃避的责任，我愿'生在湖南，死在山东！'台儿庄一战之惨烈，实在惊天地、泣鬼神，现在女儿随时都有可能身死他乡，望父母大人不要悲伤。现将身边的两块银圆和在校时的一张照片寄回留作纪念……"

刘守玟所在连队在台儿庄东18里处遭遇日军袭击，战斗进入白热化状态，战士们死意已决，纷纷与日寇拼起了刺刀。一位连长中弹倒在血泊中，刘守玟见状前去抢救，却被一块石头绊倒了。没等她起身，一个日本兵突然冲了上来，端起刺刀嗷嗷叫唤着残忍地刺中了连长的心脏。

刹那间，平素在学校不大爱讲话、性格温和的刘守玟被激怒了，她奋力举起那块石头，向那个日本兵砸去，日本兵没想到这个柔弱女子身上竟然蓄积着如此大的力量，心中竟然埋藏着如此深的仇恨，猝不及防地被当场砸倒了，刘守玟又抱起石头连砸数下，把他的脑浆都砸了出来。不料她刚站起来，一颗罪恶的子弹击中了她的左胸……

刘守玟身负重伤，被抬到当地一位老乡家里治疗。她穿着崭新的军装，没戴军帽，乌黑的头发纷披如云，一张看不到血色的圆脸，被鲜血浸透的胸脯激烈地喘息着，像一座时起时伏的山峰。她清楚自己将不久于世，微微睁开眼睛，攒了好半天劲儿，吃力地从衣兜里掏出染血的家书、两块大洋和那张她在学校时的照片，嘱托女房东想办法帮她转交远在湖南的家人。

（8）她的眼前仿佛出现了家乡的山、水和稻田，她的哥哥领着她和妹妹在田埂上扑蜻蜓，那些蜻蜓真淘气啊，她明明蹑手蹑脚地已经接近栖息在水稻上的它们了，可等她探出手去，它们却像在跟她捉迷藏，一挣身就飞到了不远处的另一株水稻上；那些蜻蜓真红啊，就像她最爱吃的朝天椒，千万只它们一齐飞起来，将整个天空撞成了一片红彤彤的火烧云。这时妈妈唤他们回家吃饭的声音响起了……

她的眼角流出了一滴滴清亮的泪水，洗亮了母亲因日夜思念她而憔悴的面容和单薄的背影，她声音微弱地抽泣着："妈妈，妈妈，想妈妈，想妈妈，回家，回家……"

缓缓地，阖上了那双美丽的大眼睛。

18岁，一个人成人的年纪，一个敢叫皎月苍白的年龄，一个女人一生中最灿烂怒放的年龄。她的成人礼刚刚开始，却被死神伸腿绊住戛然止步了，像一根猝然断裂的琴弦。

余音仍不甘心地萦绕在台儿庄上空。

那晚，天幕低垂，残阳如血。

四

（9）时隔74年，经过有心人的反复奔波和寻找，刘守玟——这位被誉为"中国抗战最美的女兵"，终于回家了，回到了生她养她的三湘大地！

一名战士归来了！一个女儿回家了！

在距离台儿庄不远的那个接纳过她的小山村，她曾经的坟头依然年年柳色青青，而她已踏上回家之路，许多人目送着她永远年轻的背影，将定格在黑白光影中的她永远地珍藏在了心间。从徐州到长沙，从运河到湘江，载着她的车子一路驰骋，跋山涉水，人们像当年那场全民族同仇敌忾的抗战一样，穿过大半个中国，以最广阔的故乡最厚重的泥土，深情地安葬自己勇敢地担当民族大义责任的战士。

"送战友，踏征程……"《送战友》苍凉悲壮的歌声激荡在灵堂内，四下一片哭声，一路送她进入湖南革命陵园雄魂阁的长安苑内。

都说湘人尚武、湘女多情，身为湘女的刘守玟肯定是多情的，她也有着对爱情的美好憧憬，有着对生命的热切期待，但在一个民族生死存亡的关口，她像她的那些男同胞一样投笔从戎，决然走进硝烟和战火，不再回头。

1938年，台儿庄，在那场中华民族扬威不屈的战争中，有一朵自由之花永远地绽放在了她含苞初放的18岁。

作为女儿，她是一朵百合；而作为一名战士，她应当是一朵咬破自己血管，将一腔沸腾热血洒向大地的凌霄。

质本洁来还洁去，她是一块美玉，在一刹那，愤怒的她高举起自己，用力掷向大地，粉身碎骨地守住了一种精神，一种品格。

1. 阅读文章第一部分，回答如下问题：

为什么作者说“那年，她18岁；今天，她仍然18岁。”？你会哼唱《黄河大合唱》吗？词曲作者是谁？

2. 读文章（4）段填空：

1935年，年仅15岁的少女刘守玟考取了____________中学。这所30年前由革命教育家________创办的学校，是湖南省最早的一所女子中学，________、________、________、丁玲等革命志士都曾求学于此。

3. 读文章（8）段回答：作者是怎样描写家乡的山、水、稻田、蜻蜓、朝天椒、火烧云的？这样描写对全文起到什么作用？

4. 读文章（9）段回答如下问题：

“送战友，踏征程……”《送战友》苍凉悲壮的歌声激荡在灵堂内，四下一片哭声，一路送她进入湖南革命陵园雄魂阁的长安苑内。表达了人们怎样的情感？

“在一个民族生死存亡的关口，她像她的那些男同胞一样投笔从戎，决然走进硝烟和战火，不再回头。”这体现了刘守玟烈士怎样的精神和品格？

参考答案：

1. 刘守玟牺牲时是18岁，她的生命停止在了18岁，今天人们怀念她，怀念那个18岁的女英雄，寄托了人们对为国捐躯的英雄的崇敬之情。

我会唱几句《黄河大合唱》，该歌曲的词作者是光未然，曲作者是冼星海。

2. 湖南私立周南女子　朱剑凡　向警予　杨开慧　蔡畅

3. 作者在文章（8）段写道：

她的眼前仿佛出现了家乡的山、水和稻田，她的哥哥领着她和妹妹在田埂上扑蜻蜓，那些蜻蜓真淘气啊，她明明蹑手蹑脚地已经接近栖息在水稻上的它们了，可等她探出手去，它们却像在跟她捉迷藏，一挣身就飞到了不远处的另一株水稻上；那些蜻蜓真红啊，就像她最爱吃的朝天椒，千万只它们一齐飞起来，将整个天空撞成了一片红彤彤的火烧云。这时妈妈唤他们回家吃饭的声音响起了……

刘守玟身负重伤，不久于人世，她留恋家乡的的山水和稻田，她的妈妈，她的哥哥，以及红红的蜻蜓、红红的辣椒。这样描写真实感人，犹如亲临，写出了一个少女临终前对家乡、对亲人的留恋与不舍，使得人物形象更加丰满真实，增强了文章苍凉悲壮的气氛。

4. 表达了人们崇尚英雄和为她刚成年就牺牲的惋惜交织的情感。

“在一个民族生死存亡的关口，她像她的那些男同胞一样投笔从戎，决然走进硝烟和战火，不再回头。”这体现了刘守玟烈士不怕牺牲、爱国报国的高尚精神和品格。

后还会有见面的机会。于是，她回复说，走前记得给我消息，我去送行。但是，当她再次接到短信时，又一次的，已经在离开的途中了。

两年的时间，两次合作，却只见过四次。第一次，在她的厂区，金秋十月，天气晴好。她穿了一套佐丹奴的运动服，飞扬的长发，优雅的气质，凹凸有致的身材，模特般完美的比例。他一身橄榄绿，阳光下明朗干净的眼神。另外的三次，都是在文队长的办公室。

人与人之间的缘分真的很奇怪，没有太多的交流，没有过多的接触，刚刚认识，便给了你如此的信任。工程的签订，款项的支付。所幸，他的那些关心与付出，因为质朴而显得平淡。这份朴素到极致的温暖，使她对人性、对生活都增添了很多的热爱。没有酒桌上的觥筹交错，没有金钱与权力的交换，没有世俗的欲望的驱使。一切都那么地自然，那么地默契。也许因为他们都是心思细腻心地善良的人，都喜欢安静，以及共同的对诗词对文字的热爱，使他们相识，彼此无须客套无须表白。也因为都是喜欢安静的人，所以彼此的交流只能是通过短信这种无声的语言，怕一个唐突的电话铃声或者一个热闹的饭局，惊扰了这种静谧美好的氛围吧。因为施工的关系，无数次地请过客，也无数次地被人请。然而与文队长，却似乎有了某种约定，从来没有想过酒桌上的应酬，却依然一切合作顺畅。以前她没有接触过部队、接触过军人，对军人总是有种成见，感觉他们豪放有余、细心不足，也向来都是敬而远之。而文队长的低调谦和、沉静好学以及严谨自律，让她对军人有了新的认识，对军营也有了一种向往。

独上江楼思渺然，月光如水水如天。鲁迅曾经说过：人生得一知己足矣，斯世当以同怀视之。所谓朋友，其实无须朝夕相处耳鬓厮磨，有时也许仅仅是节日的一个暖暖的问候吧。

温暖的斑马线

虽然已经是阳春三月，这几日却寒风凛冽。路上的行人依旧穿着棉衣，戴着口罩和帽子，匆匆忙忙地穿行着。周日下午，和先生送女儿返校。车西行至十字路口，红灯亮起。等待的过程，很自然地，又开始四面环顾，似乎每一天、每一处都隐藏着数不清的风景。

果然，马路北侧的一对老妇人吸引了我的目光。一个穿深绿棉衣的老太太正拉着一个穿暗红衣服的老太太的手，似乎在絮絮地嘱咐着什么。两位老太太应该都是70多岁的年纪，干瘦矮小的身体，核桃般沟壑纵横的面孔，灰白的头发，包裹得如两枚严严实实的粽子。穿暗红衣服的老太太拉扯了一会儿，终于摆脱穿深绿棉服的老人，踏上斑马线，向南边走去，步子缓慢，但是很沉着，稳稳地没有回头，一步一步穿越十字路口。天很冷，北风吹着老人灰白的头发，矮矮的身体佝偻着，让人担心一阵大风吹来，会把老人刮倒。终于走到路南侧的人行道上。路北，深绿棉服的老人一直站在那里，两只眼睛盯着前面那件矮小的、步履蹒跚的红衣，眼神专注而紧张，仿佛眼前的世界只有那片暗红。老人一动不动，眼神时而焦急，时而轻松，随着那个暗红身影的动作，无意识地变换着表情。老人全神贯注地盯着眼前那片暗红，不会意识到，有一个人，正同样紧张而又好奇地注意着她眼中的那片暗红和全神贯注的她。

天很冷，风很大，穿过斑马线的老太太默契地回首，仰起菊花般的笑脸，挥舞着胜利的手势，对马路对面的老太太大声喊着什么。隔着这么远的距离，呼啸的风伴着汽车的鸣笛，根本听不到她的声音，但是她相信，马路对面的绿衣老太太能听得到，就像此前她一直没有回头，却能感觉到对面老太太那双关注的眼睛。

看到穿暗红衣服的老太太终于安全地穿过了马路，绿衣老太也挥起了手，手臂在寒风中如一段干枯的树枝，那笑容也如菊花般，层层叠叠。两位老人各自站在马路的一侧，互相挥着手，大声地喊着什么，眼神那么明亮，那么开心，如一对单纯可爱的孩子，似乎在放学时向对方挥手道别。然后穿暗红衣服的老太太转过身，步子轻捷了很多，悠闲地甩着手，继续向前方走去。路北侧的绿衣老太太又盯了一会儿，似乎突然意识到了寒冷，肩膀缩了起来，搓着两只手，缓缓转身离去。

绿灯了，车启动了。我对女儿描述着刚才看到的一幕，心里涌起了一股暖意。女儿说："妈妈你观察得好仔细，想必她们是一对老闺蜜吧。"是的，她们一定是一对要好的朋友，也许从女孩时，两个人就在一起，一直相互搀扶着，磕磕绊绊地走到这苍老的暮年。但是，她们的眼睛里分明没有人性的狡黠与世故，却有一种返璞归真的率性和天真。那位穿暗红衣服的老太太，一定是穿过了人流如织的马路，去看望对面的闺蜜，她们肯定开心地聊了一天，谈论她们的丈夫、儿女，甚至会回忆起年轻时那些甜蜜的记忆，甚而流露出少女般的娇羞。吃过午饭，绿衣老太太不放心，执意要送闺蜜穿过马路，暗红老太摆脱了她拉扯的手，安慰说不用送，她自己能走。为了让朋友放心，老人过马路时故意走得镇静而从容，甚至不肯回头去看老朋友一眼。因为她知道，那温暖的眼神会一直陪伴着她前行。

人生苦短，云卷云舒，看似相同的每一天，都在不经意间发生着不一样的故事。若在风烛残年，尚能记起有一抹亮色闪耀，寒冷的冬天，还能感受到明媚的阳光在远处期待，那人生还有什么悲苦让你畏惧不前？只需一个温暖的眼神，便是无比美丽的容颜。

怒放的凌霄花

一

2012年7月7日，距离卢沟桥畔的枪声，整整过去了75年。

有乡亲自湖南来，自故乡来，带来了故乡的泥土和清泉。

在江苏徐州市柳新镇陈塘村，刚没脚踝的玉米覆盖四野，一座坟隆起在葱绿的玉米地中，坟边的那棵大柳树像是怕沉睡的她被日晒雨淋，忠实地撑起浓密的伞盖为她遮阳挡雨。

人们在坟前撒泥土，扬清泉。亮晶晶的泉水清冽甘甜，浸湿了地面，渗入了泥土，她也一定喝到了，像儿时俯下身子并拢双手，掬一口一饮而尽，回味不尽绵绵的甘甜。这是来自故乡的泥土和泉水。

她上路了，一路被捧着、搀着，走在回家路上。

那年，她18岁；今天，她仍然18岁。

她像蝴蝶流连花朵一样，眷恋着自己的18岁，薄亮的翅膀停留在了

18岁上，永远，一直，不朽。

在常德市新兴乡军刘村，唢呐吹响，鞭炮齐鸣，香烛点燃，纸钱纷飞。她的母校长沙稻田中学的学生，手捧她的遗像走在最前头。像中的她眉宇端庄清秀，掩藏不住英气和坚毅，留着那个时代特有的发型。她侧身斜躺在草地上，这是她暂时宁静的校园，身后是一棵雪松，再往后是一堵围墙。她清澈恬淡的双眸凝视着前方，那儿有如花似玉的原野，有缠绵轻盈的炊烟，有她和妹妹承欢膝前的咯咯笑声，也有渐渐沦陷堕入黑夜的土地……

一双纯净美丽的眼睛，一个年轻鲜活的生命。此刻，她朝气蓬勃的学弟学妹们向她靠拢，拥抱着她，他们可以感受到她吹气如兰的青春气息，扑面涌来她萋萋芳草的盎然生机。曾经，她和他们一样年轻，光彩照人；如今，却阴阳两隔，生死孤悬。

少先队员齐刷刷地举手致礼，她的族人——军刘村全体刘姓村民磕头跪拜，以迎接至亲和英雄的礼仪，一路恭迎她回家。

“风在吼，马在叫，黄河在咆哮，黄河在咆哮……”《黄河大合唱》气吞山河的旋律骤然响起，如滔滔河水冲决涌出一泻千里，永远18岁的她一步一步地走在回家路上，走在她曾经熟悉的这片土地上，走在泪水的白色火焰和纸钱的黑色灰烬中……

二

她叫刘守玟。

家道殷实、蔚为一方大户人家的刘父精通文墨，面对呱呱落地的她，好生欢喜，为之赐名“守玟”。

玟乃玉之纹理。他是期许与热望爱女一生沿着玉美丽绚烂的花纹，守望自己怒放的生命，温润高贵，平安幸福。

玉贯穿和连缀了她短短的一生。

1935 年，年仅 15 岁的少女刘守玟考取“湖南私立周南女子中学”。这所 30 年前由革命教育家朱剑凡创办的学校，是湖南省最早的一所女子中学，向警予、杨开慧、蔡畅、丁玲等革命志士都曾求学于此。这儿是女性解放的乐园，更是先进知识分子的摇篮，早在 20 世纪二三十年代就有共产党地下工作者在校内活跃地开展革命工作，后来很多学生在老师们的引导和鼓励下，悄悄地离开学校，奔赴陕北革命根据地，投身革命事业。

如果不是因为那场挥舞东洋刀切向中华民族腹部的战争，刘守玟也许会像她的父母亲期望的那样，顺利地完成学业，然后嫁一个如意郎君，相夫教子，度过幸福美满的一生；如果她愿意远离战争，逃脱战火纷飞的故国，她富足的家庭同样有条件帮助她轻而易举地远渡重洋。然而 1937 年那场战争彻底改变了她的命运，从此，世上少了一个温婉如玉的女子，却多了一个永远不屈的战士。是啊，当偌大的祖国竟然安放不下一张安静的书桌时，怀揣一腔热血的青年们，又有谁会甘心蜗居于象牙塔间和温柔乡里做亡国奴呢?

1937 年 8 月，刘守玟攥着家里给的伙食费，来到学校报到后，毅然放弃毕业，瞒着家人，报名参加了她的同乡丁玲女士率领的女学生战地救护队，开赴上海淞沪战场，成为一名战地护士。她进入高中的第一学期，学校就开设了“护士训练课”，此时之前所学恰好派上了用场。

刘守玟所服务的湘军第 22 军在激烈的淞沪战役中损失惨重，初上战场就频繁深入阵地救护伤员的她，作为幸存者，随军撤回湖南后，转到了第 50 师。

经过战争血雨腥风的洗礼，曾经稚气未脱的刘守玟成熟了，眉宇之间愈显刚毅与坚强，一股浩然英气悄悄地在她体内萌生扎根了。她回忆着战场上经历的一幕幕，仿佛就发生在昨天，壮怀激荡如巨石相撞，内心汹涌澎湃起来。

重新回到三湘大地，离故乡已经很近了，自开赴上海她就与家里断了音信，此刻她正好可以请上几天假，回家看看因惦念她而五内俱焚的父母亲。但是她不能，她清楚自己回家也许就回不来了，再说在这危急关头，她也不能轻易请假离开队伍，那样无异于一个逃兵，她是多么渴望在战场上做一个战士，一个真正的战士，哪怕最终马革裹尸也在所不惜。

她拿出钢笔，就着昏黄如豆的灯光，开始写那封思忖已久打了无数遍腹稿的家书：“敬爱的父母大人：你们好！女儿已离校参军，事前没告知父母大人，叫父母大人挂怀了，很对不住你们。但值此国难当头，为抗日救国，女儿就不能忠孝两全了……”

这时行军号嘹亮地吹响了，她拧上钢笔，收好纸张，快步冲出帐篷……

三

1938年5月，中日双方集结大量兵力，血战于台儿庄地区。刘守玟随第50师卫生队，加入鲁南兵团孙连仲部开赴前线。5月10日，将士们进入阵地后，即与日军发生激烈战斗。将士们五天五夜没有合眼，有力地阻击了日军矶谷师团南下合围，掩护了主力部队跳出包围圈。

趁着难得的战争间隙，在浓重硝烟的笼罩下，刘守玟继续趴在那儿写那封家书：“作为堂堂一中华青年，女儿自有自己无法逃避的责任，我愿‘生在湖南，死在山东！’台儿庄一战之惨烈，实在惊天地、泣鬼神，现在女儿随时都有可能身死他乡，望父母大人不要悲伤。现将身边的两块银圆和在校时的一张照片寄回留作纪念……”

刘守玟所在连队在台儿庄东18里处遭遇日军袭击，战斗进入白热化状态，战士们死意已决，纷纷与日寇拼起了刺刀。一位连长中弹倒在血泊中，刘守玟见状前去抢救，却被一块石头绊倒了。没等她起身，一个日本兵突然冲了上来，端起刺刀嗷嗷叫唤着残忍地刺中了连长的心脏。

刹那间，平素在学校不大爱讲话、性格温和的刘守玟被激怒了，她奋力举起那块石头，向那个日本兵砸去，日本兵没想到这个柔弱女子身上竟然蓄积着如此大的力量，心中竟然埋藏着如此深的仇恨，猝不及防地被当场砸倒了，刘守玟又抱起石头连砸数下，把他的脑浆都砸了出来。不料她刚站起来，一颗罪恶的子弹击中了她的左胸……

刘守玟身负重伤，被抬到当地一位老乡家里治疗。她穿着崭新的军装，没戴军帽，乌黑的头发纷披如云，一张看不到血色的圆脸，被鲜血浸透的胸脯激烈地喘息着，像一座时起时伏的山峰。她清楚自己将不久于世，微微睁开眼睛，攒了好半天劲儿，吃力地从衣兜里掏出染血的家书、两块大洋和那张她在学校时的照片，嘱托女房东想办法帮她转交远在湖南的家人。

她的眼前仿佛出现了家乡的山、水和稻田，她的哥哥领着她和妹妹在田埂上扑蜻蜓，那些蜻蜓真淘气啊，她明明蹑手蹑脚地已经接近栖息在水稻上的它们了，可等她探出手去，它们却像在跟她捉迷藏，一挣身就飞到了不远处的另一株水稻上；那些蜻蜓真红啊，就像她最爱吃的朝天椒，千万只它们一齐飞起来，将整个天空撞成了一片红彤彤的火烧云。这时妈妈唤他们回家吃饭的声音响起了……

她的眼角流出了一滴滴清亮的泪水，洗亮了母亲因日夜思念她而憔悴的面容和单薄的背影，她声音微弱地抽泣着："妈妈，妈妈，想妈妈，想妈妈，回家，回家……"

缓缓地，阖上了那双美丽的大眼睛。

18 岁，一个人成人的年纪，一个敢叫皎月苍白的年龄，一个女人一生中最灿烂怒放的年龄。她的成人礼刚刚开始，却被死神伸腿绊住戛然止步了，像一根猝然断裂的琴弦。

余音仍不甘心地萦绕在台儿庄上空。

那晚，天幕低垂，残阳如血。

四

时隔74年，经过有心人的反复奔波和寻找，刘守玟——这位被誉为“中国抗战最美的女兵”，终于回家了，回到了生她养她的三湘大地！

一名战士归来了！一个女儿回家了！

在距离台儿庄不远的那个接纳过她的小山村，她曾经的坟头依然年年柳色青青，而她已踏上回家之路，许多人目送着她永远年轻的背影，将定格在黑白光影中的她永远地珍藏在了心间。从徐州到长沙，从运河到湘江，载着她的车子一路驰骋，跋山涉水，人们像当年那场全民族同仇敌忾的抗战一样，穿过大半个中国，以最广阔的故乡最厚重的泥土，深情地安葬自己勇敢地担当民族大义责任的战士。

“送战友，踏征程……”《送战友》苍凉悲壮的歌声激荡在灵堂内，四下一片哭声，一路送她进入湖南革命陵园雄魂阁的长安苑内。

都说湘人尚武、湘女多情，身为湘女的刘守玟肯定是多情的，她也有着对爱情的美好憧憬，有着对生命的热切期待，但在一个民族生死存亡的关口，她像她的那些男同胞一样投笔从戎，决然走进硝烟和战火，不再回头。

1938年，台儿庄，在那场中华民族扬威不屈的战争中，有一朵自由之花永远地绽放在了她含苞初放的18岁。

作为女儿，她是一朵百合；而作为一名战士，她应当是一朵咬破自己血管，将一腔沸腾热血洒向大地的凌霄。

质本洁来还洁去，她是一块美玉，在一刹那，愤怒的她高举起自己，用力掷向大地，粉身碎骨地守住了一种精神，一种品格。

永不回头的背影

过年了，听着外面的鞭炮声声，感受着浓浓的过年的气息。而每当这个时候，最盼望的，是有一份工作，能够让我在节日值班，名正言顺地，远离过年的氛围，离开喧闹的拜年的亲友。

尤其是正月初三，这个出嫁女儿回娘家的日子。这是一个难挨的日子，因为自从母亲去世，我早已经没有娘家可去。于是，这样的时刻，只想把自己关在屋里，那种节日的喧嚣与热闹，对我来说是一种无法忍受的折磨。那年，也是在春节，1994年正月十六晚上，我和哥哥在医院值班，照顾重病的母亲，准备次日若没有什么特别情况，由姐姐换班，我们回单位。然而就在凌晨时分，与疾病抗争了3年的母亲，终于彻底离开了我们，终年55岁，刚刚退休。

一直想写一些关于母亲的回忆，可是始终在回避，因为太沉重。任何言辞都不足以表达我深埋心底的对母亲的依恋和无尽的思念，以及这些年来的无助与委屈。

16年来，我始终不曾中断对母亲的思念，往事无穷无尽。遥遥远远的地方，有我远去的母亲，岁月抹去了她的归程，留下了永不回头的背影——

母亲出生在一个清代官僚资本家的家庭。母亲的祖父是前清的举人，因在家排行老四，又在清廷为官，人称“四官”，直到多年以后，母亲回老家，依然被当地老人称为“四官的孙女”。因为当时自己年纪小，对母亲老家的事，只是断断续续听母亲、亲戚及老家邻居说起过。母亲的祖父是当时清朝驻中俄边境的地方长官，在东北多年。听母亲说，当时哈尔滨的最高建筑就是他老人家在东北任职时督造的。后来告老还乡，土改时，他被当地民兵组织枪杀，说是误伤。在当时那样的时代背景下，又有谁会去追究这样一个成分复杂的人的生死呢？母亲的祖父育有四个儿子和一个女儿，二儿子早夭，大儿子和三儿子都在东北开公司办实业，四儿子和女婿毕业于黄埔军校，1949年，新中国成立前夕一起去了台湾。我的外祖父，是家里的老三。外祖父有两房夫人，我的外祖母在老家，是大夫人，只有我母亲一个孩子。二夫人一直跟随外祖父在东北生活，生了五个孩子，听母亲说，最小的舅舅只比我大两岁。土改时期，按照政策，外祖父在牡丹江的公司被公私合营，外祖父做了经理，按照当时刚刚颁布的推行一夫一妻的新《婚姻法》规定，回来与外祖母办了离婚手续。母亲老家的田产房屋在土改时被分，马厩成了生产队的饲养室，几座平房成了贫下中农的家园。只留下一座四合院的五间大房，成为祖孙三代栖身的地方。青砖灰瓦，雕梁画栋，门前的两座石狮子，默默诉说着主人昔日的辉煌。母亲的祖母是远近闻名的美人，一向养尊处优惯了，经不起这一连串的变故，哭瞎了眼睛。而我的外祖母，离婚不离家，遣散了家里的长工女佣，一个足不出户的大家闺秀，从此承担起照顾瞎眼婆婆、稚龄女儿的责任，祖孙三代，孤儿寡母，开始了艰难的生活。记得母亲讲过，每年春节家家点红灯，而母亲家只能挂黑灯。每次批斗，外祖母这个已经离了婚的女人，便要以地主、资本家及国民党反动派家属的身份被拉去陪斗。当时家里珍藏的许多照片、字画，包括母亲祖父在任时的照片、母亲的四叔父及姑父黄埔军校时的留影和一些收藏的名人真迹，都在“文化大革命”期间被付之一炬。珍玩玉器所剩无几。即使一些铁器铜具，在1958年大炼钢铁的洪流中，亦在劫难逃。

即使如此，外祖母依然没有放弃对母亲的教育。而外祖父则建议，当时社会政治背景复杂，怕母亲受到更多伤害，为稳妥起见，一个女孩子，只要上个师范，有一份稳定的职业就可以了。于是，母亲成为那个1000多户的大村子里第一个上掖县（莱州当时称掖县）一中，也是第一个上莱阳师范的女学生。在莱阳师范，母亲是第一个骑上了自行车、带上手表的人，那应该是外祖父对女儿的一种补偿吧。母亲能歌善舞，多才多艺，毕业后被分配到莱阳农学院担任图书管理员。在那样的年龄，“恰同学少年，风华正茂”，热情活泼的母亲怎会安心做一名图书管理员，于是自学大学课程，并且积极要求入党，可是入党申请屡屡因为复杂的家庭背景而未通过政审，自学又被认为是不安于本职工作，当时要求的标准是“要做革命的螺丝钉”。就在这个时候，因为都是掖县老乡，父母被学校党组织介绍交往。当时的父亲在莱阳农学院求学期间，四年蝉联学生会主席，又是学生党员，毕业留校在教务处，踏实本分，是学校重点培养的接班人。母亲对性格内向、沉默严谨的父亲并不十分认可，母亲那颗“小布尔乔亚”浪漫的心，一直想找一个志趣相投的伴侣，憧憬一份罗曼蒂克的爱情。在组织的关怀下，于1962年一个初夏的周六，两个人把各自行李搬到一处，在学校提供的一间单身宿舍，由当时的校党委书记做证婚人，准备了一些糖果花生，举行了简朴的革命婚礼。多年以后，当时的结婚纪念品，学校送的一本写着两个人名字和农学院签名的《青春之歌》和一面半身衣镜，我还见到过。而那本《青春之歌》一度是我儿时自学的读本。后来，因为母亲不满于做一名大学职员，一直想重拾自己的专业做教师，再加上外祖母年迈需要照顾，于是拖着当时已是教务处副主任马上要接任教务主任的父亲回到了老家。回来之后，父亲离开了原本熟悉的环境，一切重新开始，再加上性格耿介，工作并不顺利，在公检法转了一圈直至退休。母亲的一生，物质条件优越，又有在外人看来令人羡慕的工作和家庭，而内心的痛苦却无人能体会。因为家庭出身问题及对父亲事业的愧疚，也因自身才华得不到施展，母亲始终郁郁不得志，以致疾病缠身，早早离开了人世。母亲去世后，外祖父来过几封信，但因为对外祖父当年抛妻弃女的怨恨，我们兄妹始终未曾回应，便慢慢失去了联系。不知外祖父而今怎样，想来已是 90 岁高龄，或许已经离开人世了吧。沧海桑田，物是人非。随着母亲的离去，曾经人丁兴旺、风光无限的徐氏家族在莱州老家成了一段尘封的往事，湮没在历史的烟云之中。唯一值得欣慰的是，虽然早已中断联系，但听母亲说过，母亲的大伯四叔及外祖父的二支，均繁衍生息，在台湾和东北枝繁叶茂。

母亲去世后，为了母亲的愿望，也为了寻求家庭的温暖，我很快结婚生子。因为没人帮忙照看孩子，产假多续了一年。就在此期间，单位改制，我由一名事业单位的文员变成一名企业下岗职工。母亲去世，自己失业，人生在短短几年发生了重大逆转，而我也从此由一个不食人间烟火的单纯女孩变成世间一粒卑微的尘埃，饱尝人情冷暖，阅尽世态炎凉。也许上帝是公平的，给了你无忧无虑的童年和少年，就要给你一个饱经磨难的青年和中年。母亲，你可知道，三个孩子中，你曾经最钟爱娇宠的小女儿，却经历了最多的折磨和苦难，度过了人生中最黑暗的日子？那时的我，没有什么可以依靠，就像行驶在茫茫黑夜中的一叶小舟，崎岖颠簸，找不到方向，随时都有被惊涛骇浪吞噬的可能。我终于深刻地体会到一句话：没妈的孩子是根草。这十六年，我经历了一般人难以承受的挫折和打击，学会了忍耐和坚强。一向敏感脆弱，被称为“林妹妹”的我，之所以能够坚持走过来，源于骨子里的那份高傲和对家庭的责任。

长歌当哭，世上最疼爱我的那个人，再也不会回来了。在这样安静的夜里，伴着外面的爆竹声声，悲从中来，我放声痛哭。为我的母亲，也为自己。

人生是一条曲线，总是高高低低起伏不平。16年，我经历了创业的艰难，事业的失意，生活的困窘，疾病的折磨，爱恨情仇，悲欢离合，天灾人祸。走过最低的深谷，早已是风轻云淡，宠辱不惊，还有什么可畏惧呢？珍惜自己，好好活着，为了我的女儿。我相信，走过阴霾，一定会有一片属于我的阳光。

一直想写一段关于母亲及那个家族的历史，那段铭刻着鲜明时代烙印的过往，只是以我的阅历学识，深感力不从心。但我还是要纪念我的母亲。这份回忆，是当时那个特殊时代小人物的缩影，也是中国知识分子生存境地的一个折射。

谨以此文，献给我的母亲。

初恋，没有约会

那一年，她刚刚毕业，分配到一所乡镇中心小学教课。她教两个毕业班的数学，与她对桌而坐的，是这两个班的语文老师皓。他比她大两岁，白净的面孔，戴一副近视眼镜，很文弱的样子。但眼睛很亮。迄今不忘的，是他看她时那双亮晶晶的眼睛。

因为他们两家都住在市区，在校食堂吃饭的总有他们两人。不约而同地，总是吃完饭一起回办公室相对而坐。从分配到调离那所学校，只有短短两个月，却是一段令她终生难忘的日子。

她对他起初有点好奇，因为在那所乡镇小学，青年教师多，而且都是出双入对。而他是唯一不谈恋爱的人。无论谁为他介绍对象，一概不见。学校有几个对他有好感的女老师，他也是礼貌而有分寸，始终保持距离。听人说他决定在 28 岁以前，事业未有建树之时，不考虑个人问题。

他的课讲得非常好，讲一口流利的普通话，写一手好字。他喜欢唱歌、绘画、练硬笔书法，而且样样出色，当时已是省硬笔书法协会的理事，更是代表学校进行各种观摩课教学的不二人选。

她那时正是情窦初开的年龄，刚刚毕业来到社会，碰到这样一个与众不同的大男孩，又有着很多共同的喜好，自然多了一种情愫。

每天去食堂吃完午饭后，他们会很默契地一起回到办公室。那一个炎热的夏天，他俩都未回宿舍睡过一次午觉，却每天都精力充沛，兴致高昂。他为她唱歌，他的歌唱得非常好，嗓音浑厚，节奏准确。从那时起，不懂音乐的她，开始对歌曲产生了浓厚的兴趣。他们俩形影相随，一起骑自行车去市里看画展，去艺品店买文房四宝，晚饭后一起散步，闲暇时一起去食堂做饭。端午节，谁也没有约谁，不约而同地，两人谁也没回家，前后走到食堂，一起包饺子。做饭的阿姨回家休班，两个从来都不会做家务的人，却忙得津津有味。一顿饺子，连包带吃，不知不觉，从上午 10 点一直忙活到下午 3 点，却觉得时间过得好快。

他让她喊他哥哥，并举出充足的理由，比如他的年龄、阅历，以及对她的骄纵。的确，同他在一起，她感到好轻松。她总是任性而为，无理取闹，而他总像个宽厚的大哥哥，包容着她。有的人相识三年陌不相知，有的人相识三天却已心意相通。连自己都摸不透的性格，常被他一语中的。那时的她，敏感而娇弱。他的一个眼神会让她浮想联翩，一句无意的话又常会惹得她泪水涟涟。于是，他就会手足无措，用那双能摄人心魄的眼睛看着她，温柔地说："别这样，我最怕看到女孩子哭了。"有时他画画，她坐在旁边看，看他那么专注忘我的神情，竟不知何故，无名火起，去撕他的画，扔他的纸笔。他总是不愠不恼，笑眯眯地看着她说："撕吧，画撕了可以再画，你能解气就行。"别人都说他俩恋爱了，可一直到她离开，他们都从未提及。他曾画了两幅画，写了一幅字送她，那幅字是王国维的"三种境界"："昨夜西风凋碧树，独上高楼，望尽天涯路。衣带渐宽终不悔，为伊消得人憔悴。众里寻他千百度，蓦然回首，那人却在，灯火阑珊处。"她不知道，那是不是一种暗示。

当时他对她非常好，但总有一种大哥哥式的宽容与呵护。记得一次去外校监考，正值下雨，他借来一件雨衣帮她穿在身上，陪她一起去。

走到半路，娇气十足的她因淋雨赌气不走了。她站在雨里，把雨衣撕开扣子后要脱下来扔掉，他一面为她重新穿上雨衣，一面态度温和却语气坚定地说："不要任性，淋了雨会感冒的。再坚持一会儿，前面马上就到了。"并从地上揪起几根野草，拧成细绳，小心地给她系好，权当纽扣。她只好像个理亏的孩子，乖乖地跟着他走了。

时间转瞬即逝，她调离的日子很快到了。他骑车送她回家，然后又带她回学校驻地的小镇看电影，结果因去得太晚没看成。他俩又重新回到学校。在她的宿舍，他们第一次那么近的相对而坐。因她没在学校住过宿，没带蚊帐。他回宿舍把自己的蚊帐解下为她挂起来。那天晚上，他们相对而坐，相互注视，说了许多无关紧要却莫名其妙的话。后来不知为什么，她又哭了，他突然紧紧抓住她的手攥在他的胸前。这是第一次，被一个异性握住手，也许过于纯情浪漫，她认为自己受到了侮辱。因为她一直想听他明明白白告诉她，是否喜欢她，可他什么也没说。她以为这不是自己追求的爱情，以为这是对神圣的爱的亵渎。毕竟，那时的她，只是沉浸在爱情小说中的，追求一种柏拉图式的精神恋爱。他的这一举动，对当时的她来说，完全出乎意料，与平日冷静谦和的他截然不同。她抽回了手，非常生气。那晚，他们面对面坐到凌晨3点，竟都不知困倦，却似乎什么也没说。然后，他告辞回宿舍睡觉了。第二天早上她醒来时，却发现他正站在她的房门外，一脸憔悴，眼睛通红。原来他一夜未眠，5点钟就站在房门外，他在等着送她回家。

此后，她调到另一个单位上班了，他给她写过几封信，但从未主动到单位找过她。后来她回信告诉他，说有人各方面条件都很好在追求她，她的本意是想试探他，可也许刺激了他当时高傲又失意的心，他回信祝她幸福。

3年后，又是一个夏天的中午，他突然打电话到她单位，说已调进市委工作，想去找她，并说当时之所以没有明确，是因为以他当时的情景，怕没有能力带给她一个满意的未来。而此刻的她，已有了真正的男朋友，正享受着那份来自男友热烈坦白的爱，不想再去伤害别人的感情。

10年过去了，他们已是使君有妇、罗敷有夫，彼此就像两条平行线，行驶在各自的轨道上，从来没有交集。然而曾经沧海难为水，她始终不能忘记那两个月的相处，并一直耿耿于怀。她不知他是否喜欢过她，如果是，为什么不主动一点儿呢？独自无人时，她常常回忆起那段让人心动又伤心的时光。他是个聪明高傲理智含蓄的人，而她则感情丰富、浪漫矜持。现在想一想，如果当时的她不要总是那么刁蛮任性，给当时失意的他一点儿温暖和关心，或许不至于徒留遗憾吧。那时，他曾一次次留她陪他去看电影，而她每次在留下时又突然骑上车子回家，他拽住她的自行车，她却竭力挣扎，直至他终于无奈地放手，而她一路上又怨恨他为什么不肯再挽留她，全然没有顾及众目睽睽下她的执拗离去，留下孤独的他的那种尴尬；她过生日，他希望她能留下与他共度，她却故作骄矜离他而去，而后又神不守舍地想象与他共吹蜡烛的情景；炎热的中午，他出去买了西瓜送给她吃，她却把宿舍门关起来，任他在外面一遍遍叫着她的名字，任同事们在旁边笑闹起哄，任他在骄阳下晒得汗流浃背。他终于走了，把西瓜送给了同事，他们俩最终谁也没吃。她又怪自己为何不出去，又恨他为什么不坚持下去。也许当时爱情小说看多了，耽于幻想，总希望自己的爱轰轰烈烈，希望他一直在外面站着等她，无论是黑夜降临还是星辰隐去，直到她出门……

他是闯入她心扉的第一人，可也许这份感情越强烈，也就看上去越无情。她喜欢他，然而出于少女的矜持，一直希望他向她表白，因为得不到明确的答复，便折磨自己也折磨他，从没想过要去珍惜那份感情，追求自己的幸福。

初恋时，他们不懂得爱情。她不知道，这是否就是初恋，甚至不知他是否喜欢过她。

初恋，没有约会。

时光深处

从来东君爱风流，遍惹桃花娇。阳春三月，春的季节。路边的大树摆脱了岁月的枯黄，和田间的桃枝一起绽出了新叶。大街上，到处是褪去臃肿冬装、婀娜摇曳的美女身姿。衣着艳丽，环佩叮当，真个是“回眸一笑百媚生”“梨花一枝春带雨”。欣赏着满街的美女，感受着春的气息，心情也因这绿绿的春天溢满了暖暖的温柔，那些诗一般的语言便在心底氤氲绽放。

看着满街的美女，突然想到两个词：美丽、姿色。然而，那样的美丽，却总感觉少了什么。“美丽”应该是一个静态的描绘吧，精致漂亮，却总觉得少了一些内涵。而“姿色”，则更生动一些。姿是动态，色是静态。“姿”当是一种“态”；“色”，才是容颜。所以说，一个女人长得美丽，只是一种五官的精致，却未必会有一种神韵。而如果说，一个女人很有姿色，那应该是动静皆宜、形神俱备的美，兼具了风情与美貌吧。单纯的美丽总是感觉有些寡淡，而有姿色的女人却让人的视觉和内心感觉更加丰盈。美丽的女人像清泉，让人看了赏心悦目，却一眼望穿；有姿色的女人，则更像一杯红酒，醇厚幽香，韵味悠长。李渔说，媚态之在人身，犹火之有焰，灯之有光，珠贝金银之有宝色。有姿色的女人，集品位修养魅力于一身，优雅而不失亲和，知性而不失风情，妩媚而不失端庄。

一直觉得，最美的美女在民国，那种大家闺秀的气质，恬淡、沉静、优雅。旗袍纸伞，颔首低吟，轻颦浅笑，一抹轻愁。举手投足间，散发着淡淡书香。心目中的女子，该是“和羞走，却把青梅嗅”“最是那一低头的温柔，似一朵水莲花不胜凉风的娇羞”。不需要特别漂亮，不需要特别浓艳，不需要美得炫目，不需要浓香袭人。只要浅浅淡淡，温婉娴静就好。喜欢清纯气质，清丽面容，清澈眼神，喜欢那种安琪儿般不染尘埃的澄澈。美态总在花开最盛之时，一直希望能够让自己在最灿烂的年华里盛开，精致婉约，兀自妖娆。

去年去南方办事，那是一个酷暑的午后。公交车上，人不是很多。我选了一个靠窗的位置坐下，悠闲地观赏着外面的风景，等待发车。突然售票员对着我的方向喊了一声：“那位女孩儿，车快开了，劳驾您把车窗关上好吗？”环顾四周，邻座是一位男青年，并没有年轻的女孩子。我疑惑地向售票员看去，售票员正对我点头，微笑着说“谢谢啊，姑娘”。

自从做了母亲，虽然内心也还常有些小女人的心态，却总是提醒自己要稳重，为人处世要克制理智。唯有心底深处仍偷偷保留着一点对自己小小的宠爱。好多年没被叫作“女孩”了，几乎忘记了自己曾经也是一个被娇宠的、简单快乐的小姑娘。

是从什么时候开始变化的？突然想起，刚结婚时，提到“女人”这个词时感到特别羞涩，叫不出口。那时候，自己骨子里依然是个小女孩，青涩而矜持。看到陌生人，总是没有开口，脸已先红了。生命就是这样，需要时间去衬托，也在生活中不断消耗。现在，那个连“女人”二字都羞于出口的女子，在被人叫作女孩时居然感觉惊奇。如此巨大的心理、生理变化却不自知，时间真的能让一切面目全非。记得初为人母时，对着襁褓中的婴儿，新鲜而又好奇，看着那粉嘟嘟的脸蛋，似乎一时还没有适应母亲的角色，偷偷对着那个小小的生命说一句“叫妈妈”，瞬间便脸红心跳，似乎怕被人听见。孩子渐大，才慢慢开始适应母亲这个角色。那一年，女儿上小学四年级，像以往一样，我牵着孩子的手到童鞋店买鞋，结果服务员说，这里只有童鞋，没有合适你女儿的号码。当下茫然，没想到孩子要买成人的尺码了；也是那个时期，带女儿乘公交车，习惯性地要给孩子打半票，结果乘务员说孩子的身高已经超过了 1.2 米，需要打全票。我恍然大悟：原来孩子已经长大了，不再是那个懵懂的小小孩童。蓦然感觉到，自己也慢慢衰老了。人的心态、容颜就这样在悄无声息的时光流逝中慢慢变化着。还记得孩子上幼儿园大班的第一天，放学后去接她，却被刚来的实习老师用狐疑的眼神挡在门外，怎么也不肯相信眼前这个年轻的女子会是一个 6 岁孩子的母亲，直到让女儿确认，然后请班主任证明后才终于把孩子交到我手中。那时候，面对别人诧异的目光总是暗自得意，骄傲地宣布自己是孩子的妈妈，看着对方怀疑的眼神时，心里总是有种恶作剧般小小的满足。就这样，慢慢接受了时光的赐予，那个年轻青涩的女孩渐渐成了一个温婉成熟的母亲。

那天听一个相识不久的朋友说，偶然看到一个 10 多年前的同学，一个昔日的美女，居然认不出来了。朋友感叹对方老了的同时，怀疑自己是不是也老了。我听了只好安慰人家，说你不老，清秀可人呢。可是心里却想说，我认识你时就是这个样子，一个齐耳短发、满面沧桑的中年女人。原来，人都是在别人的眼神里，在孩子的成长中，在生活的磨砺下，心老了，眼神老了，皮肤松弛了。

自古美人与英雄，不敢人间见白头。衰老，对每个人尤其是爱美的人来说，是最残酷的事。曾经偶然见到过一张张爱玲老年时的照片，与年轻时那个高傲的形象判若两人，连笑容都多了烟火气息，多了包容和沧桑。那双沧桑的眼睛里盛满了故事，再不见年华初好时，那个绝世才女张爱玲的清高孤傲。

唐玄宗宠爱的杨贵妃、武惠妃均死于38岁，那是女人极尽成熟恣意绽放的年龄。花开荼蘼，生命在最好的时光里戛然而止，留下一个美丽的爱情故事。无法想象，倘若历史上没有马嵬坡事变，无美人芳华时香消玉殒，是否还会有永远的长恨歌？是否还会流传如此凄美缠绵的爱情传奇？只怕美人白头，色衰爱弛，终究敌不过岁月无情。

岁月不饶人，女人终究逃不脱流年。那些曾经的水灵，在岁月中烘干挤压，渐渐变得寡淡干瘪，抑或臃肿俗气。纵那些不食人间烟火、气质清纯的宠儿们，也终归难逃美人迟暮。

然而，女人真正的美却无关岁月，无关年龄，只要有一颗爱美的心。有的人老了，依然优雅、恬淡，而有的人却越发的恶毒、刻薄，这一切皆源于个人的涵养品位与生活状态。宋庆龄百岁时仍着旗袍，习字画，盛装见人，她的美貌与高贵从来没有因岁月而黯淡。

年轻的女子，总是难免气盛，似乎自己永远不会老，总以为会有大把大把的青春，总觉得衰老是一个遥远的话题。待到可以慢慢接受容颜的变化时，才发现，岁月大手的摩挲之下，早已渐渐衰老。最终明白，没有谁能敌得过流年的摧残，只是女人，尤其是心思细腻的爱美的女人，更畏惧在岁月中被榨出一点点新鲜的汁液，渐渐风干枯萎。

然而，沧海桑田，白云苍狗，这样的现实是谁都无法改变的，只能寄希望于让这个过程来得慢一些，再慢一些。让它老得高贵，老得从容，老出岁月积淀后的成熟风采。记得有人说过，30岁前的面容是父母给的，30岁后的容貌是自己给的，人生的境况都写在脸上。岁月是把整容刀，无论光彩熠熠还是憔悴潦倒，刀柄都握在你自己手里。同龄人中，有人依然眼神清澈，皮肤娇嫩，声音清丽，宛如少女；有的则由一个曾经天真娇羞青春逼人的清秀女孩，变得庸俗不堪不修边幅，那必定是经历了颇不如意的生活，体会了同龄人所没有经历的艰辛。

人的容貌，更多体现的是人生的境况和自身的心态。所谓的老去，是相对而非绝对。时光的载体，有着私人的感情和爱恋，带着沉静的珍藏和倾诉，会把一个历经千重万叠困境的女子锻造成一个有韧性的人。而这样的女子，必然智慧聪颖，可以经历流年无法忘却的回忆，却把那些挫折变成人生宝贵的财富，吸纳、消融，越发光彩照人，柔和温润，眼神纯美，独不见岁月的痕迹。时光并不仅仅是流逝的，它被心灵雕刻过，它一天天积累着情感，它只属于那些懂得生活、善于在生活中撷取养料、懂得珍惜的人。她会把对这个世界的体验，对自己家庭的责任和爱沉潜在心底，修养自我。

一个女人只要美丽，便不会暮气缠身。成熟的女子，早过了轻吟浅唱、薄恨闲愁的年龄，却依然可以心思单纯、情感丰沛。

其实，人内心的年龄在于自己。

第三辑　纸上故乡

独留青冢向黄昏

读过《史记》的人，都会记得那个“力拔山兮气盖世”的西楚霸王项羽，自然也都不会忘记那个吟唱“大王意气尽，贱妾何聊生”拔剑自刎的项羽爱姬虞姬。

虞姬见于史传，是公元202年前的一位妙龄女子。她长年随项羽征战，能歌善舞，还可以纵马驰骋。她在历史上浓墨重彩的一笔，就是在项羽大势已去，慷慨悲歌时，以歌和之，随即拔剑自刎。

项羽死时不过30周岁，虞姬自然正处于最好的青春年华，为了不成为项羽突围的负担，年轻美貌、多才多艺的虞姬没有丝毫对生的眷恋，走得那么决绝，那么从容。即使在绝境中，亦没有一般小女子的张皇哭啼，而是果断地选择了她认为最合适的方式：以已腕之力，抽夫君之剑，直到最后——死，也未忘“天作之合”。这是怎样一个烈性、挚情的女子，那一剑，要付出怎样的勇气与坚定？！于是，那利剑与玉颈组成悲壮的十字架——一首清婉壮烈的诗篇。也许，她已预料到西楚最后的失败，却不愿眼睁睁看到完全失败后的惨象，而宁可最后保留着夫君虽然已无回天之力却依然不失英武峻拔的风姿。

据说，在虞姬老家安徽，有一个叫虞姬乡的地方，那里有一座虞姬墓。墓丘四周有院墙圈围，姬墓夯土垒成，墓碑上刻有一副挽联“虞兮奈何，自古红颜多薄命；姬耶安在，独留青冢向黄昏”。

虞姬虽为王妃，却不像历史上某些王妃一样，一味以色事人，或者以色相或者心机在帝王面前献媚争宠。虞姬貌美且有心，有情而自尊，婉约而又决绝。她生如夏花，逝若飘鸿，为世人留下了一曲永远的“云敛晴空，冰轮乍涌，好一派清秋光景”。

砧板上的美人鱼

戚夫人，汉高祖刘邦爱妃，生于2200年前的曹州府定陶。

戚夫人名字没有确切记载，但有关她的身世在《史书》《汉书》《资治通鉴》中均有记录。一个能够数年间深得汉高祖宠爱的后宫佳丽，必定风华绝代，长袖善舞。想来必有其故乡菏泽牡丹般的国色天香，艳压群芳。

从史书上的记载可以看到，戚夫人与吕后在个性上是有鲜明对比的。吕后生性阴险毒辣，蛇蝎心肠，是一个具有铁腕风格的女政治家；而戚夫人只不过是一个依靠姿色，恃宠而骄，性格单纯，没有政治手腕的小家碧玉。

戚夫人在受到皇上宠爱的数年间，总喜欢哭哭啼啼、梨花带雨般敦请刘邦立其所生儿子如意为太子。刘邦也有此意，不仅因其是爱妃戚姬所生，也因为如意较之吕后所生的太子刘盈，更加聪明懂事，似乎更适合成就大业。戚夫人的这种做法，并不难理解。宫廷险恶，到处勾心斗角，可谓步步惊心。她年轻力孤，出身寒微，性格单纯，唯一的优势就是姿色绝伦，深得帝王宠爱。假如他日君王不幸崩殂，以她的娇弱性格，以及曾为先皇专宠的身份，必然首当其冲受到嫉恨冲击，而又无还击之力。唯一的出路就是趁隆恩浩荡时，请立儿子如意为太子，将来继承帝位，方可子贵母荣，以保平安。然而，天真的戚夫人终究不是老谋深算、不动声色的吕后对手。刘邦虽早有此心，最终却未能实现，直到他于公元前 195 年离世，也意味着曾经深得皇帝眷宠的戚夫人走向江河日下，万劫不复的深渊。

此后，这个曾被极度宠爱过的女人由天堂被扔进地狱，所受凌辱与摧残，可谓惨绝人寰：剜眼、熏耳、哑药、断其手足、置于厕中。以致吕后所生的汉惠帝刘盈深受刺激，派人转告吕后："此非人所为，臣为太后子，终不能治天下。"从此他沉溺于淫乐，以麻醉自己，不理朝政。

可叹戚夫人，一个弱女子，一夜之间，从金阶玉辇上被推落不容呼救的无底深渊。是非恩怨，早已跳出后妃之间因妒而致的惨剧。我们从中能看出人性的绞杀可以达到怎样疯狂、怎样令人发指的地步。当然，惨剧有其发生的必然性，也有一定的偶然性。如果戚夫人遇到的不是歹毒凶残的吕后，而是咸丰皇上的东太后慈安，恐怕惨剧也不至于发生。戚夫人，虽然美艳绝伦，却终不是一个精明智慧的女子，在权力争斗中的败局似乎早就注定。

一个人，尤其是一个弱女子，未经历过血雨腥风的人性厮杀，性格单纯，胸无城府，自身没有强大的实力，一旦跌落至平民境地，甚至比一般平民还要凄惨的境遇，本质上已不能也无法固守原本的上层意识、优越心理，只能沦为任人宰割的鱼肉。这是女人，也是天下人的悲哀。

何必珍珠慰寂寥

“于以采萍？南涧之滨；于以采藻？于彼行潦。”萍，水生植物，也许是因了水的缘由，自然生出几分柔媚和轻灵来。婀娜多态，摇曳生姿，于是在诗人眼里便成了风雅之物。《诗经》里的参差荇菜，志摩软泥上的青荇……然而，那只是适合生长在诗歌里的吧，萍的确是美丽的，然而感觉上，却总是掺了些淡淡的哀伤在里头。萍踪、萍聚……有关“萍”字的注解总给人些许苍茫无着的感觉。

于是想到一个如萍的女子，一个柔弱却最终恩爱无常、萍踪不定的莆田女子江采萍。自比浮萍，也终如萍生，任她再怎样的青翠欲滴，慢慢凋零，终含无根的况味。

江采萍（710—756年），唐玄宗早期宠妃。福建莆田人，家族世代为医。体态清秀，娇俏美丽。多才多艺的江采萍，不仅长于诗文，还通乐器，善惊鸿舞，才华横溢，气质不凡。公元728年，唐玄宗宠爱的武惠妃死后，玄宗整日郁郁不乐。太监高力士想排解一下玄宗的烦恼，于是到江南寻访美女，发现了兰心蕙质的女孩江采萍。江采萍被高力士选入宫中后，淡妆雅服，姿态明秀，精通诗文，气质高雅，很快吸引了多情帝王唐玄宗，让沉浸在悲伤之中的唐玄宗渐渐走出阴影。因性情高洁，癖爱梅花，所居之处遍植梅树，唐玄宗昵称她梅妃。梅妃江采萍是史上有名的才女妃子，相传她写了《箫》《兰》《梨园》《梅花》《凤笛》《玻杯》《剪刀》《绚窗》八篇文赋。她最有名的诗作莫过于选入《全唐诗》的那篇《谢赐珍珠》。

冰心玉洁的梅妃，就像一株高雅娴静的梅花，深得玄宗宠爱。但自小她8岁、丰满艳丽、娇艳欲滴的杨玉环入宫后，玄宗完全无心思再看后宫三千佳丽一眼。一日，玄宗把从南方进贡的荔枝赐给了杨贵妃，却没有给她；为表歉意，玄宗赠她珍珠以作慰藉。梅妃伤心欲绝，写下凄婉诗作《谢赐珍珠》：

柳叶双眉久不描，残妆和泪污红绡。长门尽日无梳洗，何必珍珠慰寂寥。玉阶生寒，珠泪盈眶。我念我皇，今夜，欢歌燕舞，可千万千万，别梦寒。

此外还有《谢赐珍珠》的起因——《楼东赋》：

玉鉴尘生，凤奁香殄。懒蝉鬓之巧梳，闲缕衣之轻练。苦寂寞于蕙宫，但疑思乎兰殿。信摽落之梅花，隔长门而不见。况乃花心飏恨，柳眼弄愁。暖风习习，春鸟啾啾。楼上黄昏兮，听风吹而回首；碧云日暮兮，对素月而凝眸。温泉不到，忆拾翠之旧游；长门深闭，嗟青鸾之信修。

忆昔太液清波，水光荡浮，笙歌赏宴，陪从宸旒。奏舞鸾之妙曲，乘益鸟之仙舟。君情缱绻，深叙绸缪。誓山海而常在，似日月而亡休。

奈何嫉色庸庸，妒气冲冲。夺我之爱幸，斥我乎幽宫。思旧欢之莫得，想梦著乎朦胧。度花朝与月夕，羞懒对乎春风。欲相如之奏赋，奈世才之不工。属愁吟之未尽，已响动乎疏钟，空长叹而掩袂，踌躇步于楼东。

从此清高如梅，身世飘萍的梅妃江采萍，再未见到玄宗一面。曾经的恩爱恍如隔世，深宫红墙内，过着青灯孤影、孑然一人的凄凉生活。

756年，安禄山叛乱。唐玄宗来不及带上失宠的梅妃江采萍，就出逃了。不久，长安城陷，梅妃死于乱兵之手。唐玄宗自蜀归长安后，求得梅妃画像，并满怀伤痛亲题七绝一首。后来在温泉池畔梅树下发现梅妃尸体，胁下有刀痕，唐玄宗以妃礼改葬。

李隆基《题梅妃画真》写道：忆昔娇妃在紫宸，铅华不御得天真。霜绡虽似当时态，争奈娇波不顾人。

清雅如梅，命若飘萍。一代才女，就这样萎谢凋零。

一代文宗作女师

中国历史上，有这样一个奇女子，她的丈夫赵明诚，一个普通而平凡的文人士大夫，是作为“词人的丈夫”而记入青史的。甚至在她49岁时，结合不过百日的后夫张汝舟也因她而为后世所熟知。这个名冠古今的女子，就是李清照。同时期还有一个女人，被钉在历史的耻辱柱上，为世人所唾骂不齿，这个女人，就是宋朝著名奸相秦桧的老婆王氏，一个没有确切出生年月及姓名记载，却臭名昭彰的女人。

作为生活在同一时期的两个女人，在那个女性没有地位的封建王朝，以截然相反的历史形象同时被世人所记住，这在中国历史上不能不说是一个奇迹。更令人玩味的是，李清照与秦桧老婆王氏的亲戚关系。据史料记载，李清照的父亲李格非一生娶过两任妻子，都姓王。一个是懿恪公王拱辰孙女，《宋史·李格非传》云：“妻王氏，拱辰孙女，亦善文。”另一位妻子则为元丰年间神宗朝宰相、文恭公王珪的长女。由史料可知，李清照是王珪的外孙女，而秦桧的夫人王氏则是王珪的孙女，也就是说，李清照和秦桧之妻王氏系姑表姐妹，李清照比王氏略长几岁。秦桧在密州

（今诸城）负责州学教务时，李清照夫妇正在与密州相邻的青州居住，青、密二州甚近，密州还是李清照丈夫赵明诚的故乡，两家却连通信也没有。

由此可见，这对亲戚基本上是无任何来往的，究竟是什么原因导致这对亲戚成了最熟悉的陌生人？

李清照（1084—1155 年）生于济南，孩童时期随父李格非到了京城开封。李格非精通经史，诗词文赋样样精通，曾受知于苏轼，与廖正一、李禧、董荣一起号称“苏门后四学士”。李清照在这样的环境中，耳濡目染，从小就展露出过人的才华。“易安体词”崇尚典雅，善用白描，语言清丽，被称为“婉约之宗”，沈去矜曾说：“男中李后主，女中李易安，极是当行本色。前此太白，故称词家三李。”李清照能与诗仙李白、词帝李煜并肩而立，堪称中国“第一才女”了。

北宋建中靖国元年（1101 年），18 岁的李清照嫁给 21 岁的赵明诚（1080—1129 年），两人婚后情投意合，诗词唱和，琴瑟和鸣，堪称神仙眷侣。新婚不久，沉浸在幸福和欢乐中的李清照就以小女人的柔情蜜意和娇涩自信，作了一首《减字木兰花》，以买花戴花的日常小事，尽情展示小夫妻间的亲昵和温情：

“卖花担上，买得一枝春欲放。泪染轻匀，犹带彤霞晓露痕。怕郎猜道，奴面不如花面好。云鬓斜簪，徒要教郎比并看。”

一颦一笑中，悄然隐去了纯情的少女情怀，举手投足中，尽显浓浓的女人味。但李清照绝非颔首低眉、柔顺软弱的小女子。虽吏部侍郎赵挺之的儿子娶礼部员外郎李格非的女儿，然赵挺之与李格非的政见不同，在政治斗争中也不属于同一派别。李格非属苏轼一派，苏轼曾认为赵挺之是“聚敛小人，学行无取”，遭到赵挺之的陷害。赵挺之附属蔡京一派，在李清照婚后第二年，已高居尚书左丞之位，“排击元祐诸人不遗力”，苏门弟子均受打击，亲家李格非和妹夫陈师道都遭贬官。李清照听说父亲将被逐出京城，急忙写信向公公求救，说“何况人间父子情”，请求不要把父亲发配到荒蛮之地，不料竟遭到赵挺之的断然拒绝。李清照十分气恼，写了一句“炙手可热心可寒”，对公公不无讽刺之意。可见，大家闺秀的李清照，个性中有奔放刚烈、蔑视世俗礼仪的一面，绝非低眉顺眼、谨守家规的小媳妇。

官场风波诡谲莫测，李清照夫妇结婚几年后，赵挺之却又遭蔡京罢黜。赵明诚夫妇定居青州归来堂，李清照在归来堂依据“倚南窗以寄傲，审容膝之易安”两句，自号“易安居士”。

宣和三年（1121 年），朝中又想起了久处江湖之远的赵明诚。于是，被遗忘在青州角落里的赵明诚接到圣旨，出守莱州。此后，李清照独居青州，空闺独守，寂寞难耐，思夫之情日益深浓。于是，一系列抒写离情别绪、闺怨相思的词作如潺潺清泉，源源不断地从她笔端流溢出来。最为人称道的是《醉花阴》，此词作于“每逢佳节倍思亲”的重阳节：

“薄雾浓云愁永昼。瑞脑消金兽。佳节又重阳，玉枕纱厨，半夜凉初透。东篱把酒黄昏后。有暗香盈袖。莫道不销魂，帘卷西风，人比黄花瘦。”

据说，赵明诚收到这首《醉花阴》后，赏玩之余，大为叹服，于是闭门谢客，冥思苦想，废寝忘食三天三夜，一口气填了 50 首《醉花阴》词。数日后，他把李清照的词混杂于这 50 首词中，请好友陆德夫来赏析。陆德夫玩味再三，沉吟良久道：“赵兄，有三句尤其出色！‘莫道不销魂，帘卷西风，人比黄花瘦’，真乃绝世之句也！”赵明诚自愧弗如，对李清照更加敬重欣赏。不久，即接李清照到莱州，过起了志同道合、诗情画意的生活，并在莱州留下了刻石拓字、遍访名山的佳话。

靖康元年（1126 年），赵明诚改任淄川守，李清照亦随居淄川。然而就在那一年冬天，“靖康之难”爆发，哀鸿遍野，民不聊生。金兵铁蹄入侵，踏碎了大宋的秀丽河山，从此改变了李清照的人生。

这一年的冬天，金兵大举入侵，一举攻破了都城汴京，时局剧烈动荡，举国一片惊惶。国难当头，家遭不幸，靖康二年三月，赵明诚母亲郭夫人突然撒手西去，赵明诚夫妇不得不南下奔丧。南下之前，他们也料到北方多事，决定将珍贵文物带往建康（南京）城。然而，多年收集的珍贵文物不便携带，最后，几经筛选还是装了满满的十五车。而剩下的文物古籍，都收拾妥当，安放在青州“归来堂”的几十间屋子里，准备明年春天再来运走。未料，这些节衣缩食、苦心收集的宝贝，匆匆一走，竟成永别！靖康二年十二月，金兵攻陷了青州，李清照夫妇存于青州的所有古器物什，在金兵的一把大火中，化为灰烬。

赵明诚丧服未满，即被起复知江宁（建康）。建炎三年（1129年）二月，赵明诚罢守江宁，被命移知湖州，但未到任即被免。三月，李清照与赵明诚乘船上芜湖，入姑苏，沿江而上。五月，接到圣旨，再知湖州。赵明诚认为时局不稳，决定自己单独去湖州上任。六月十三日，盛夏酷暑，赵明诚途中中了大暑，患上痢疾，走到建康，病情已经非常严重。李清照奔到建康时，赵明诚已经“病危在膏肓”，八月十八日，赵明诚病逝，年仅四十九岁。

山河破碎，家破人亡，相濡以沫二十八年的夫君暴病身亡，李清照再不复前半生里那个锦衣玉食吟诗颂词的“婉约派”风雅词人。赵明诚去世后，孤苦无依的李清照在匆忙慌乱之中，只能捡拾部分轻软古物，整理数十箱，追随宋高宗赵构。在金兵进攻之下，赵构如丧家之犬，李清照也跟着大臣们一道，颠沛流离，苦不堪言。就这样，她和赵明诚费尽半生心血“十去其七八”，所剩无几。

屡遭打击、连日奔波的李清照，像一叶孤舟在风浪中无助地飘摇。在她最凄苦无助之时，一位“文质彬彬”的进士张汝舟出现了。张托词人周邦彦为媒，带上重金，郑重其事上门求婚，李清照以为找到了可以栖身的港湾，再度嫁人。岂料，这场婚姻却是一场噩梦。张汝舟是冲着赵明诚遗留的巨额金石器物而来。婚后，张发现这笔遗产几乎丧失殆尽，剩下的一二残零，李清照又视为珍宝。张恼羞成怒，撕开儒雅的外衣，

"遂肆侵凌，日加殴击"，恨不得将李清照折磨至死。然而，刚烈、独立的李清照，绝不是忍气吞声的弱女子，她决计离婚。依据宋朝的法律，妻子是无权申请离婚的。除非，妻子检举丈夫有违法之事，坐实后方可离异，但也要判妻子两年徒刑。李清照很快就得到了张汝舟的罪证，凛然上官府控告，解除了这场不到 100 天的婚姻，却也被判入狱。在翰林学士綦崇礼（綦崇礼之母是赵明诚的姑妈）的四处奔走下，李清照在牢里只关押了 9 日，就被释放出来了。出狱后，李清照潜心整理凝聚着赵明诚和她终生心血的《金石录》，写出了著名的散文《金石录后序》。绍兴十三年（1143 年）前后，李清照终于将赵明诚遗作《金石录》校勘整理完毕，进献于朝廷，完成了赵明诚的遗愿。

李清照性情刚烈顽强，南渡之后，强烈支持抗金，对苟且偷生的南宋君臣痛恨不已。她曾经过乌江，想起项羽宁可兵败自刎、决不投降之事，抚今思昔，激愤难平，题了一首《乌江》诗："生当作人杰，死亦为鬼雄。至今思项羽，不肯过江东。"

经历了靖康之耻、家庭悲欢，体验了民间疾苦、世态炎凉之后，李清照词风大变，由清丽细腻的婉约派风格转变为雄浑壮烈的豪放派。

李清照虽晚景凄凉，但秉性刚直的她却耻于向权贵亲戚求助。秦桧的夫人是李清照的亲表妹，秦桧拜相之后，权势炙手可热，趋炎附势、溜须拍马者不计其数。但李清照痛恨秦桧夫妇的为人，拒绝与他们来往。而李清照改嫁张汝舟，恶评喧嚣尘上，只得求綦崇礼出面帮她制止那些没有根据的诽谤，却没有去求位高权重、权倾一时的亲戚王氏。即使在最困难的时候，她也没上过秦府的门。在秦桧的相府落成、大宴宾客时，她收到请柬却拒不参加。在秦府万人攒动、花天酒地的喧嚣时刻，她独守着孤清的小院，坚守着自己的人生信念，在凄苦中咀嚼余生。

研读李清照的《金石录后序》，那份追思与惆怅，令人怦然心动。"昔萧绎江陵陷没，不惜国亡而毁裂书画；杨广江都倾覆，不悲身死而复取图书。岂人性之所著，死生不能忘之欤？或者天意以余菲薄，不足以享此尤物耶？抑亦死者有知，犹斤斤爱惜，不肯留在人间耶？何得之艰而失之易也！”在封建王权的历史上，真正的文人，为这个民族，为这块土地，可以有所作为、施展抱负的领域，是非常有限的。然而，“穷则独善其身，达则兼济天下”的信念，使中国历代文人，无不以薪火相传为己任，总是要为弘扬文化做些力所能及的事情，不致辜负一生。李清照和她的丈夫赵明诚，节衣缩食，好古博雅，典当质押，搜罗金石。纵大敌当前，危机四起，仍殚思竭虑，奔走跋涉，以求保全文物于万一，这在他人眼中，实乃愚不可及的书呆子行为。到了最后，她的藏品失散、丢弃、遗落、败损，加之被窃、被盗、强借、勒索，连词人自己都忍不住嘲笑自己，“何愚也邪！”李清照的晚年是十分悲惨凄苦的。自从张汝舟被“编管”，柳州再没人打搅她，她一直独自默默无闻地过着清贫苦闷的生活。直到72岁那年（1156年），无儿无女，形单影只，为保存整理《金石录》半生流落的一代词人，在远离故乡的杭州客居中寂寞地死去，一缕香魂飘然而逝。一个在中国文学史上留下瑰丽诗篇的杰出词人，忧国忧民，抱负未施，其杳然离去的身影，给人留下太多的感伤。

回首当年，秦桧权势炙手可热之际，凡沾亲带故者，一律飞黄腾达，窃据要津。一人得道，鸡犬升天。但李清照“欲将血泪寄山河，去洒东山一抔土”“生当作人杰，死亦为鬼雄”的爱国情怀，其文人的风骨与气节，怎可能依附于残害忠良、苟且偷安的秦桧、王氏。故虽为表亲，却从无来往。秦桧之妻王氏，是李清照的二舅父王仲山的女儿；王氏比李清照小几岁，是李清照的嫡亲表妹。二人小时候曾见过面，还一起玩耍过，只是长大后就疏远了。

据说，在世界的某一个神奇的岛屿上，生长着一种名为两生花的植物，它的花朵迷人芬芳，这种花样貌很奇特，紫色的叶子，绿色的花茎上衬托着两朵黑色与白色的花，最为奇特的是，两个花朵亲密无间，却始终朝相反的两个方向开放。正因如此，两生花暗喻两种分离的人生，意味着光明与黑暗。

牵不住的红酥手

第一次知道南宋大诗人陆游与其前妻表妹唐婉缠绵悱恻的爱情悲剧，是在上学时看到的一部电视剧里。那是小学二年级的暑假，我放假回奶奶家。当时村里只有一台电视机，村子里的人都扎堆一起看。那是第一次知道诗人陆游有这样一段凄恻的爱情故事，第一次知道了《钗头凤》这样一个词牌名。记得当时是哭着看完的，因为是跟姑姑一起去的，周围又有很多人，怕会被人看到笑话，拼命克制自己，时不时咳嗽或者低头，以掩饰情绪。然而不争气的泪水还是哗哗落下，又怕人看到，赶紧低头佯装摆弄头发，迅速揩去脸上的泪痕。也就从那时起，我背下了陆游和唐婉的《钗头凤》。后来陆陆续续读到很多人写过沈园、《钗头凤》的文章，甚至于一看到相关文字便格外留意，对素不相识的作者都倍感亲切起来。

据传陆游与其表妹唐婉青梅竹马，婚后恩爱和谐，可谓郎才女貌，珠联璧合。从唐婉仅存于世的《钗头凤》一词即可看出，年轻的唐婉不仅青春靓丽，更是冰雪聪明，兰心蕙质。她的内心世界无疑是极其敏感，细腻多情的。这些方面，不单从其诗才，从其在沈园中与陆游遭遇回去后不久就郁郁而终，即可看出。记得当时看电视剧，陆游母亲，即唐婉的姑妈，是以凶悍的婆母形象出现的。原因似乎是因为陆游母亲未出阁时，与娘家嫂子即唐婉的母亲相处不好，姑嫂失和，因而在唐婉嫁过来后，迁怒于唐婉，甚至恶语相向，直至最终将她逐出家门。但是及至年长，对于这一点开始有所怀疑，不排除唐婉母亲与小姑失和的可能，但如果只是这个原因，也许就不会有当时的两家缔结鸳盟，更不至于因此在婚后将亲生侄女逐出家门。后来陆续看过一些关于这段家事纠纷的评论与感慨，觉得亦不无道理。说是陆母希望儿子仕途精进，儿女满堂，然而陆游与唐婉婚后却只沉湎于小夫妻卿卿我我，完全丧失了进取的锐气，加之婚后唐婉一直没有为陆家诞下子嗣。这在“不孝有三，无后为大”的封建时代，显然是不容易被接受的，尤其是陆母一孀居寡妇，辛辛苦苦将儿子抚育成人，本指望儿子婚后能够安心读书，有朝一日金榜题名光宗耀祖，自己也可尽享含饴弄孙之乐，却眼见得儿子日渐沉湎于儿女情长，不见一男半女，因而怨气日深，逼陆游休妻，甚至不惜以死相挟。想来唐婉这样一个感情丰富、心思细腻、有诗人气质的人，与同样性情爱好的丈夫相处，自然是水乳交融，琴瑟和谐。但作为一个婆婆心中的贤惠敦厚的儿媳，却未必理想。日积月累，积怨愈甚，以至最终陆母采取了强悍休妻之策。

唐婉自然值得人同情，陆母在当时的社会环境下也未必完全错误。只能说是两种气质、两种女性标准乃至价值观产生分歧的结果。唐婉之悲，最大的原因在于当时的社会体制，女子无才便是德。有些才情的女子，性格在常人看来终有些乖张，因而为讲究忠厚悌孝的封建大家族所不能见容。毕竟，诗情与人间烟火、敏感与贤惠在很多情况下是有差异的。这就要看不同人对家庭观念的要求了。在特定情况下，这些看似微不足道的龃龉却会成为家庭规划的根本对立，所以，仅仅归结为陆母因与娘家嫂子失和而处处刁难唐婉，太过偏颇。就如同贾母为宝玉选妻，宁可选择没有血缘亲情的儿媳之外甥女薛宝钗，也不肯选择自己的嫡亲外女孙林黛玉，就是因为在贾母等众人眼中，黛玉性情、体质皆不如薛宝钗更有大家风范、更适合做一个大家族的长孙媳妇。

而在诗人陆游心里，后来现实安稳的生活，却终不能抹去曾与知己娇妻的表妹唐婉那段浓情蜜意的记忆。陆游先后于1155年和1199年两次去了沈园。第二次去时他已75岁，那时唐婉已别世多年。“伤心桥下春波绿，曾是惊鸿照影来”。

在沈园南墙上，一块不很规则的巨型碑石上，至今镌刻着陆游的《钗头凤》词，笔力豪放，感情激越。似乎可见一青衣书生，正挥笔疾书，书罢，轻轻转身，轻掸衣袖，移步“伤心桥”畔，踽踽独行。那里，正有一纤弱少妇，素颜似雪，掩面过桥，止步回盼，似与那书生伤别，蹙眉低首，表情幽怨，隐有泪痕……

秋坟鬼唱诗

清朝康熙年间，山东中部淄川蒲家村，一个陋牖蔽户冷落门庭中，走出一个口衔烟管，路设茶摊，与过往路人闲聊记录的乡村书生。他少年时崭露头角，随后屡试不第，失意累累，大半生过着穷困的生活。底层生活使其更能体察民间疾苦，多舛的命运使其胸中郁愤欲借诗文倾吐。他一生所著甚丰，若干年后成为被仰慕膜拜的大文学家。

这个人，就是被誉为“中国短篇小说之王”的蒲松龄。

蒲松龄（1640—1715 年），别号柳泉居士，小说、诗词、文赋、俚曲、杂著、戏曲无一不能，曾著《趵突泉赋》《煎饼赋》《地震》等文赋杂文。其所著《趵突泉赋》“树无定影，月无静光，斜牵水荇，横绕荷塘，冬雾蒸而作暖，夏气缈而生凉”，文辞清丽，对仗工整，在历代吟咏趵突泉之文章中，堪称佳作。最辉煌的著作《聊斋志异》奠定了其在文学史上的地位，借鬼狐以状人生，以曲笔鞭笞魑魅，人物活灵活现，情节惟妙惟肖。蒲松龄，一颗内心炽热外表寡淡的文学之星，若干年后，终于拭去历史的尘埃，辉耀神州，以至海外。

一直想去瞻拜蒲松龄生命的发源地。在一个酷暑，一个偶然的机会，终于来到这片树木葱茏、百花盛开的大地。走进蒲家村，古老的房屋错列其间，却协调有序，无声地诉说着沧桑的经历。如这里诞生的文化名人一样，不事张扬，朴素静谧。思绪亦随之飘至遥远，幽然触发怀古之思绪。

走进蒲松龄故居，绿树掩映，环境清幽。院内无花果、石榴等果实葳蕤，树木蓊郁，生机盎然。故居正厅门前，迎面立有蒲松龄全身塑像。他仰望着前方，眼前是慕名而来的虔诚的文学爱好者，驻足凝望这位闪烁着思想和艺术光辉的文坛巨擘。

步入正厅，一眼望见郭沫若于1962年为蒲松龄故居题写的楹联："写鬼写妖高人一等，刺贪刺虐入骨三分"。正厅陈列着蒲松龄家谱及生平介绍，排列整齐的玻璃柜内，陈列着蒲松龄著作的各种版本以及《聊斋志异》为蓝本出品的电影电视剧照。这里陈列的遗物种种，都与蒲松龄清贫凄苦与不乏善良坚毅的人生紧紧联系在一起。正厅墙上挂着许多当代名家如姚雪垠、范曾、王蒙、欧阳中石等的题咏字画，还有与蒲松龄同时代、同为乡梓的清初文坛盟主刑部尚书王士禛与蒲松龄之间的诗词往来。时任刑部尚书的王士禛题诗云："姑妄言之姑听之，豆棚瓜架雨如丝。料应厌作人间语，爱听秋坟鬼唱诗。"

走出蒲松龄故居，沿村内的石径蜿蜒行至柳泉。柳泉，昔日的通衢大道，东至青州，西至济南，是300年前蒲松龄煮茗备茶，招待贩夫走卒、过路旅客，搜集整理素材的地方。这柳泉的水，三四百年间安于弹着清波漱着卵石逶迤前进，不曾往高处攀登，阳光下，发出粼粼的光波，泉面的光影在水中碰碎了，那光点却又层层生浮起来，接近水面时，又摇曳而下，似乎泉底有异人在调弄。可是在怀念那个在此手拿笔管、口叼烟袋、招待来往过客的煮茗人？历史的印痕小心翼翼地隐含在每一滴水里、每一粒土中。而能够理解他们的人，却是少之又少。蓦然记起一句话："有时候，一个人走了，才使人更加觉得他的存在。这种存在的由来，根本在于他曾经做了些什么。"

凡是灵魂中富有人性的光辉，具有正直的品格，而旨在为平等公正的社会奔走呼号的人物，在很多时候都要承受郁愤与孤独。他们往往较少享受别人之所享，多思别人之所思，甘当别人不愿担当之重负。有的生前未得殊荣，甚至终生未享受到应有的评价与理解，却未见他们反悔，一直默默坚持着他们的所为。这就是一种人生哲学，一种坚定的信念。作品中超越时空的精神力量，却影响着一代代心灵。"地以人传"，这是一句多么经典的话语。寻访蒲松龄故居，这一路走来的风景与其他城市仿佛没有什么不同，却又别有一种意味充溢其间，有一种难以消泯的艺术气息。一位文坛巨擘，一部短篇小说，如此深深浓浓地熏染着整个城市，成了 300 年来文人墨客必愿一瞻之所在。这，就是文学的魅力。

再一次凝视蒲松龄沉思的塑像，尽力破译这内涵的隐语，他似乎在说：我生前住在这里，从来也不曾离开。仆仆风尘中，历史的动态如映画，未曾亲历，恍在眼前。

人生自是有情痴

忆昔宿卫明光宫，楞伽山人貌姣好。

马曹狗监共嘲难，而今触痛伤枯槁。

——曹寅《题楝亭夜话图》

这是《红楼梦》的作者曹雪芹祖父曹寅写的一首怀念纳兰容若的诗。楞伽山人即清朝第一才子纳兰容若，这是他在爱妻亡故后为自己起的别号。白居易《见元九悼亡诗因以此寄》中诗云：“夜泪暗销明月幌，春肠遥断牡丹庭。人间此病治无药，唯有楞伽四卷经。”李贺《赠陈商》诗曰：“长安有男儿，二十心已朽。楞伽堆案前，楚辞系肘后。”纳兰自妻子卢氏去世后，心如枯槁，自名楞伽山人，暗示心朽之人无药可治，唯一的光亮就是四卷金经。

当年，纳兰与曹寅曾一起师从徐乾学。二人又同在京城内务府中，很是交好。内务府设有养狗处，曹寅以蓝翎侍卫充任养狗处头领，与时任御前侍卫服侍皇帝之余还要服侍御马的容若，一个狗监，一个马曹。

常常想开对方玩笑却不免自嘲一番。经年之后物是人非，当年狗监马曹的经历成了触绪伤怀的记忆。斯人已逝，音容宛存。康熙二十三年，康熙第一次南巡，这是时年30岁的容若的最后一次旅途。途径南京，留下一组《忆江南》拜访曹寅，也留下了以后枝繁叶茂、光耀万世的文学种子。曹寅小容若4岁，早年做过康熙侍读，后做御前侍卫。同样是年少得志、文采斐然的青年才俊，曹寅自幼与容若交好，二人惺惺相惜。康熙三十二年，曹寅在南京任江南织造，已是豪甲一方。曹家世代为家奴，曹寅母亲做过康熙的乳母，曹寅父亲曹玺也做过江宁织造。多年以后，乾隆晚年，和珅呈上一部《石头记》。乾隆看后掩卷长叹，“这书里写的，不就是明珠的家事么！”《石头记》即《红楼梦》，作者曹雪芹就是曹寅的孙子，而《红楼梦》主人公贾宝玉的原型，就是曹雪芹祖父曹寅的同科挚友纳兰容若。

纳兰，名性德，字容若，满族人，清朝第一大词人。王国维认为其词“北宋以来，一人而已”。纳兰容若是继辛弃疾后的中国最高成就词人，有着赤子一样澄澈心怀的痴情种子，一个赤诚、钟情、才华的传奇。纳兰生于顺治十二年（1655年1月19日），父亲纳兰明珠历任内务府总管、弘文院学士、兵部尚书、吏部尚书、武英殿大学士、太子太傅、太子太师；母亲爱新觉罗氏为英亲王阿济格第五女，一品诰命夫人。这样的家世，称得上是天生贵胄，可谓锦衣玉食。康熙十三年，20岁的纳兰迎娶18岁的卢氏为妻。婚后的日子，诗词唱和，浓情蜜意。

康熙十五年，卢氏怀孕，要临盆了。如张敞画眉一样，容若用自己练就多年的丹青手段为妻子画像：

《浣溪沙》：旋拂轻容写洛神，须知浅笑是深颦。十分天与可怜春。掩抑薄寒施软障，抱持纤影藉芳茵。未能无意下香尘。

容若眼中的妻子，也如曹子建乍逢洛神。画中的女子，眼前的女子，怎样都是美，就连皱眉嗔怪也是一种浅笑。婚后三年，可谓纳兰人生中最美满的时期，家世显赫，才华横溢，夫唱妇随。然而世间的爱，似乎总有一个定数，太过黏稠，便会消耗过快。康熙十六年五月三十日，卢氏生子海亮，死于难产，时年21岁。“点滴芭蕉心欲碎，声声催忆当初。欲眠还展旧时书。鸳鸯小字，犹记手生疏。”从此，纳兰词风骤变，再不是以前的欢快缠绵，而是充满了令人窒息的悲伤。再也不敢想起，却永不能忘记，上天此前给予他的一切幸福，只是为了让他伤得更痛。他一头扎进书房，书桌摆满古今各大易学名家专著。纳兰浑然离开现实，把自己锁进了另一个世界。

卢氏去世后，纳兰将灵柩停放在双林禅院，迟迟不肯下葬。他只想多留几天，一留就是一年有余。这一年多时间，纳兰滞留于这寂寞的禅院，看佛灯明灭，听梵音经唱。一部《楞伽经》不知读了多少遍，抄了多少遍。不求成佛不求长生，只求让妻子复生，继续恩爱。“佛说楞伽好，年来自署名。几曾忘夙慧，早已悟他生”，一声声泣血的请求，终挽不回逝去的生命。

春情只到梨花薄，片片催零落。夕阳何事近黄昏，不道人间犹有未招魂。

银笺别梦当时句，密绾同心苣。为伊判作梦中人，长向画图清夜唤真真。

他想起二人曾经共读唐朝诗人杜荀鹤的《松窗杂记》，里面有个赵颜的故事。赵颜是一位唐代进士，他从画师那里得到一幅软幛，画着一位清丽绰约的女子。赵颜惊叹：“世间不可能有这样的女子，若可获得她生命，我愿娶她为妻。”画师回答：“这幅画大为神奇，画中女子叫真真，听说只要有人愿意连呼其名百日，昼夜不歇，她就会为精诚所感，应声作答。这时候，只要再以百家彩灰酒灌之，真真就会走出画幅，获得生命。”这也许只是一个传说，但赵颜竟然照做了。百日之后，果然金石为开。一切已成回忆，如今换作纳兰自己，于漫漫长夜声声呼唤爱妻的名字。

他还记得与卢氏同读《世说新语》，里面有个故事被当作反面教材，说是荀奉倩惑溺于儿女之情，世人当引以为戒。讲的是荀奉倩与妻子感情笃深，一次妻子患病，身体发热，当时正是寒冬腊月，荀奉倩情急之下，脱掉衣服，赤身跑到庭院，冻冷自己，再回来为妻子降温。如是不知凡几，妻子终归离他而去。荀奉倩也病重不起，随妻子而去。

纳兰喜欢这个故事，深深理解被斥为反面教材的荀奉倩，他一样甘愿用火热的身心为卢氏取暖，甘愿耗尽生命换来与卢氏一生相伴。

辛苦最怜天上月，一昔如环，昔昔都成玦。若似月轮终皎洁，不辞冰雪为卿热。

无那尘缘容易绝，燕子依然，软踏帘钩说。唱罢秋坟愁未歇，春丛认取双栖蝶。

一年后，纳兰将卢氏灵柩移出双林禅院，葬入皂甲屯祖茔。"悼亡之吟不少，知己之恨尤深"，纳兰对卢氏的爱，不只是丈夫之于妻子，更是诗人之于一生中唯一的红颜知己。

纳兰的词，爱情是大主题，这得之于一个"真"字。"诗乃心声，性情中事也"，因为他的作品发乎真性情，因此拥有了长久的生命力，获得了极高的成就。他完全没有自己所处那个时代普遍存在的男尊女卑，将女人当作传宗接代的生养工具的思想与作派，而是将妻子当作精神交流的知音。

1685 年，容若 31 岁。5 月 22 日，渌水亭，他为梁佩兰设宴，拟编撰一部词集。赋诗《夜合花》，这一天刚吟罢花的成双，第二天即病倒，一连七日，不汗而死，是日，夜合花谢。纳兰逝于康熙二十四年（1685 年）五月三十日，与他的爱妻卢氏死于同月同日，即卢氏去世 8 年整的那一天。往事再现，往日难再。从此，曾经的繁华绮丽，欢爱缠绵，都只空付云烟。

纳兰容若一生著述颇多：与老师徐乾学主编的儒家典籍丛书笔记《通志堂集》含诗词各四卷、赋一卷、经解序三卷、文二卷；与顾贞观按自己的标准筛选当代词坛佳作，汇编《今初词集》；《渌水亭杂识》四卷笔记；“侧帽花前风满路”的年少风流时代的《侧帽词》；经历过生离死别“如鱼饮水冷暖自知”的《饮水词》。其中，词和经解获得过梁启超的赞誉。《纳兰词典评》记载：清词号称中兴，盛况远超两宋。创作理念与艺术手法较两宋有长足发展。

在纳兰所有著述中，无疑以《饮水词》的艺术成就最高。《饮水词》由当时的“红豆词人”——扬州文人吴绮作序。“非慧男子不能善愁，唯古诗人乃可云怨。”顾炎武的曾孙顾贞观又做《饮水词序》：非文人不能多情，非才子不能善怨。愁与怨本是人所共通的情感，但要把愁和怨形诸文辞，则非慧男子、古诗人不可。这，恰是容若的魅力与气质。

隐去庐山真面目

最早知道庐隐，是在初中时。那时迷恋上了五四新文化运动时期的作家作品。遍读了郁达夫的《沉沦》、徐志摩的《毒药》、丁玲的《沙菲女士的日记》等一系列作品。就是在那个时期，接触了庐隐的散文集《海滨故人》，书里那几个青涩年华、轻愁薄恨的女子，正是我当时的年龄和心境。于是，对这个名字有了深刻的印象。

庐隐（1898 年 5 月 4 日—1934 年 5 月 13 日），原名黄淑仪，又名黄英，福建省闽侯县南屿乡人。笔名庐隐，有“隐去庐山真面目”的意思，是“五四”时期著名的作家，与冰心、林徽因齐名并被称为“福州三大才女”。在“五四”女作家中，庐隐是创作小说最多的一位。在她 36 岁短暂的生命中，她以旺盛的热情笔耕不辍，留下了大量小品文、游记和杂文等，也留下了文友间惺惺相惜的人间佳话。

其作品包括：

人生哲理类：《美丽的姑娘》《春的警钟》《夏的歌颂》《我愿秋常驻人间》《吹牛的妙用》《屈伸自如》《监守自盗》。

身世感怀类：《雪天》《孤独的生活》《饿》《烦扰的一日》《永远的憧憬和追求诗评》。

文友风貌类：石评梅写给庐隐的《给庐隐》，庐隐为石评梅写的《祭献之辞》《石评梅》，谢冰莹、冯沅君为庐隐写的纪念文章《黄庐隐》《忆庐隐》。

庐隐生于福建一个官宦人家，5 岁时父亲不幸去世。年幼的庐隐随母亲寄居在北京的舅舅家。受家庭的影响，庐隐从小反叛、独立，有着男孩般倔强的性格。她喜读《庄子》，满怀出世之想。但这时正值彻底的反帝反封建的五四运动蓬勃兴起之际，许多新的学说激荡着她，许多闪光的思想照耀着她，她痛恨封建礼教，向往光明自由，她的灵魂里浸透了叛逆精神，“我羡慕英雄，我服膺思想家”。

虽然家人反对，庐隐仍在 18 岁时与表亲林鸿俊订婚，后因感其平庸，又自行解除婚约。1923 年夏，她不顾家庭、朋友的反对和强烈的社会舆论，与有夫人的无政府主义者郭梦良南下，在上海一品香旅社举行了婚礼。婚后，继续努力创作的她，写出了《胜利以后》《父亲》《秦教授的失败》等短篇小说。1925 年 7 月，她出版了第一部短篇小说集《海滨故人》。之后不久，不幸突然向她袭来：郭梦良因肠胃病竟一病而逝。

这时，她身边已经有了一个女儿，她的精神受到打击，心里充满了哀伤。她忍耐着痛苦，带着孩子，送郭梦良的灵柩回故乡福州安葬。她在郭家居住时，在福州女子师范任教。郭的前妻对她并不坏，只是婆婆太刻薄，处处对她迫害，连晚上点煤油灯都要遭到恶骂。她实在无法忍受，便带着孩子，像一只无篷的小船，被命运驱赶着，从福建漂泊到了上海。在福州，她写了《寄天涯一孤鸿》《秋风秋雨》《灵海潮汐》等短篇和散文，记载着暗淡生活里的暗淡日子和构思。

虽然庐隐主观上是要求前进的，虽然她具有男人的气质，但她毕竟是一个女人，她对现实的认识是模糊的，因此她找不到希望，最终带着对人世间的失望而魂归天国，去寻找她理想中的庐山隐。自比狡兔三窟的孟尝君，灵魂却无处安放的庐隐“灵魂既经苏醒，灵的感官便与世界万汇相接触了”“至于秋的犀利，可以洗尽积垢；秋月的明澈，可以照烛幽微；秋是又犀利又潇洒，不拘不束的一位艺术家的象征”。李大钊曾经感叹：“她那顽强的反抗精神是可贵的，如果用于革命多好啊！”

1928 年，她认识了比她小九岁的清华大学的学生——一位乐天派的青年诗人李唯建。他是一位向着生命的途程狂奔的青年。他们相识不久，便由朋友发展成了恋人。这时，她从“重浊肮脏的躯骸中逃逸出来了”，成了一朵花，一只鸟，一阵清风，一颗亮星；她觉得“前面有一盏光明的灯，前面有一杯幸福的美酒，还有许多青葱的茂林满溢着我们生命的露滴”“宇宙从此绝不再暗淡了”……似乎是爱情又一次照亮了她！于是，1930 年秋，她不顾一切，宣布与李唯建结婚了。他们东渡日本，寄居在东京郊外，努力开垦他们成熟的爱情生活和创作前程。

与李唯建婚后的四年时光，是她一生最快乐最幸福的时光。庐隐一生受了很多苦，当她正享受着家庭的温暖和爱情的甜蜜时，不幸发生了。1934 年 5 月，36 岁的庐隐因难产手术流血不止，高烧不退，于 13 日 11 点 20 分逝世于上海大华医院 14 号病室。

一代才女，香消玉殒在最美好的年华里。终其一生，她都在寻找爱和温暖，却命运多舛，历经沧桑。就这样，带着不甘与遗憾，匆匆离开了这个世界，离开了两个年幼的女儿，从此海角天涯，骨肉分离。

求善到永远

说来惭愧，第一次知道这个名字，是看到2013年6月14日的《文艺报》上刊登的一则讣告：女作家梅娘同志因病于2013年5月7日在北京逝世，享年92岁。孙嘉瑞，笔名梅娘，女，吉林长春人。1941年，毕业于日本神户女子大学。1949年，任北京第三十六中学教师。1952年，任中国农业电影制片厂编辑。1937年，开始发表作品。1994年，加入中国作家协会。著有《鱼》《梅娘》《梅娘近作及书简》等，译著《母系家族》《玉米地的作家》等。

因着对这个名字的好奇，我开始留意关于作家梅娘的信息。梅娘：20世纪40年代与张爱玲齐名的现代女作家，祖籍山东招远，1920年生于海参崴，长于长春一个仕宦大家庭。本名孙嘉瑞，另有敏子、孙敏子、柳青娘、青娘、落霞等笔名，早年丧母，梅娘谐“没娘”之音。梅娘，11岁考入吉林省立女子中学，17岁出版中学时期习作集《小姐集》，随即赴日本求学。20岁出版《第二代》，其创作风格由单纯描写“小儿女的爱与憎”发展为“横透着大众的时代的气息”。1942年归国，梅娘受聘在北平《妇女杂志》任职，先后在《大同报》《中华周报》《民众报》《中国文艺》《中国文学》《华文大阪每日》《妇女杂志》发表小说、散文及翻译作品，并结集为《鱼》《蟹》出版，在华北沦陷区影响广泛。她的作品以婚姻恋爱为题材，凸显追求独立、自由的女性形象，关注女性的生存状态与困境。当时有人评论说："不仅在满洲，在当今的华北，梅娘也是首屈一指的一流作家，创作历史已近十年，是真正地献身于文学的女性，她那丰富的创作力在当今的女作家中实属罕见。而且，不仅在创作，还在译著，可以说梅娘的文学前途无可限量。"1942 年，北平的马德增书店和上海的宇宙风书店联合发起"读者最喜爱的女作家"评选活动，梅娘与张爱玲双双夺魁，从此有"南玲北梅"之誉。

梅娘一生坎坷，可谓经历传奇。祖籍山东，出生于东北。梅娘之父，是东北实业巨子孙志远。"九一八"事变，粉碎了他实业救国的壮志。不久，孙志远拒绝受聘担任"满洲国"中央银行副总裁和"通产大臣"的职位，举家辗转华北，他联络石友三、韩复榘等军政大员共谋抗日，终无结果，后被迫回到被日军占领的故土。1936 年，孙志远在忧愤中病逝。这一年，梅娘 16 岁。梅娘父亲生前好友张鸿鹄（周恩来好友，周总理那首"大江歌罢掉头东"的名诗即是赠给他），时任哈尔滨电业局局长，他说服了孙家，送梅娘赴日留学。其间，梅娘认识了在日本内山书店打工的中国留学生柳龙光，二人开始了为孙家所不容的自由恋爱。孙家断绝了对梅娘的经济援助，两颗年轻的心，在如饥似渴寻觅救国之法的道路上，始终紧紧连在一起。梅娘和柳龙光身边，聚集了一批中日反战作家。与此同时，梅娘笔下流淌出的文字，也浸透了身世之悲和家国之痛。1942 年，梅娘发表《鱼》《蟹》及大量短篇小说，她的写作在这一年达到巅峰。这一年，梅娘与柳龙光回北平定居，受聘到北平《妇女》杂志做编辑记者。也是这一年，梅娘怀上了大女儿柳青，6 年后，柳龙光遇海难身亡，梅娘从此与孩子相依为命。

梅娘于1949年8月定居北京，并参加了北京市大众文艺创作研究会。她曾被打成“日本特嫌”“右派”，开除公职16年。1978年平反后，她开始在文学史上“复活”。1997年，她被列入现代文学百家，她的大幅照片摆放在中国现代文学馆醒目位置。

1957年，梅娘被划为“右派分子”，开除公职，写作权力被剥夺，被送进地处北京昌平的一处劳改农场。因无人照料，她体弱多病的二女儿被强制送进福利院，不久因病夭折，家中只剩正念中学的柳青带着年幼的弟弟艰难度日。“文革”中，梅娘的儿子染上肝炎，治疗不及时，于1972年死去，从此，梅娘只剩下柳青一个亲人。柳青被作家史铁生视为“自己写作的领路人”。在史铁生看来，正是这位大女儿，让“孙姨”（史铁生这样称呼梅娘）有了活下去的决心和“独自歌唱”的理由。

那是1972年，史铁生的腿开始出毛病。那时，悲观、绝望的他常常听同学说起一位邻居老太太孙姨，并以孙姨的故事鼓励他。孙姨是一位没有工作的老“右派”。“她的女儿在外地，儿子病在床上好几年了。”“她只能在外面偷偷地找点活儿干，养这个家，还得给儿子治病。”“可是邻居们都说，从来也没见过她愁眉苦脸唉声叹气。”“她要是愁了，就一个人在屋里唱歌。”“等你出了院，可得去见见她。”“保证你没见过那么乐观的人。那老太太比你可难多了。”

那时，史铁生并不知道孙姨就是梅娘。后来，他撰文称“历史常就是这样被割断着、湮灭着。梅娘好像从不存在。一个人，生命中最美丽的时光竟消散得无影无踪。一个人丰饶的心魂，竟可以沉默到无声无息。”

两年后，史铁生第一次拜会梅娘时，知道梅娘刚刚失去一双儿女，为了生活，老人天天出去给人当保姆。梅娘乐观的生活态度，给了史铁生生活的勇气。

20世纪八九十年代，随着张爱玲热的空前高潮，曾与她并称为“南玲北梅“的梅娘再次引起关注。对于这一称呼，梅娘自有她的判断，“张爱玲曾给予我的震撼”，是与“我感到的遗憾”相当的：“掩卷之余，一缕惆怅兜上心来，仿佛流苏在我耳边絮语：‘倾城之际，你要抓牢男人！’我反问了，为什么是抓牢男人，而不是与男人共同奋进呢？”她说，“我盼望能在张爱玲那如椽的大笔中，看见奋发图强的女侠，看见女人们在新的主义中获得新生。可她让我看到的是曹七巧、是流苏。我一点也不喜欢流苏，更憎恶曹七巧。流苏是我熟习的拴在男人裤腰带上享受荣华富贵的我的大姐们，而曹七巧是比逼走我生母的掌家夫人更泯灭了人性的恶婆。”

寥寥数语，让我们看到了一个大气、坚强、内心强大的女作家。她在任何挫折之下，都拥有心灵的安稳，而不必向外在的世界去寻找安慰。“如果问我为什么能阅尽沧桑活到耄耋之年，那很简单，一颗永不休止的求善之心而已。”梅娘文学之外的精神，更值得人们深思、敬仰。

第四辑　意文思绪

文学正道是沧桑

台湾诗人余光中有句名言：什么都是忙出来的，只有文化是闲出来的。这话的深意是，文化的内核是安静从容娴雅的，速度的结果是速朽，放低取舍的功利心，方能留下精品。

在网络化的今天，已经进入一个全民写作的时代，尤其是散文。在一般人看来，散文似乎是最容易写的文本。因此，散文题材也是包罗万象，内容芜杂，如游记散文、小女子散文、随笔性散文、大文化散文等不一而足，似乎进入了空前繁荣。然而散文易写而难工，很多散文题材不够广泛，格局不够宏大，随意性太强。或者没有筋骨，只有血肉，像一个懒散的人，东倒西歪；或者逻辑混乱，没有章法，仿佛一个小脚老太太唾星乱溅，絮絮叨叨，而终不知其意。

高尔基说过："文学即人学。"文学就是写人性的，文字只是个外壳，思想和底蕴才是风骨。文字所承载的使命，最终目的是警示世人，启迪后人，传承文化。而非宣泄自己，一味表达"小我"。小说是写别人的，散文是写自己的。要写出好的散文，作者就要有心怀天下的胸襟和包容万物的气度，能够给人带来正能量，让人感到温暖和温润。

有的人是天生为文字而生的，大多数作者靠生活积累以及才华和后天的修炼。除了极少一部分作家属于前者之外，包括很多知名作家在内的大多数写作者都属于后者。后者要想成为成功的作家，更需要天赋、勤奋、悟性，需要不断学习，做好后天的知识储备和境界格局的提升。真正的好文字是行云流水，而不是刻意雕琢。行云流水的文字，都是内心情感的自然流露，尤其是散文。散文的意境，最能体现出作者自身的气度、学养、阅历、性情。

汤显祖把人类划分成了两个天下："有情天下"和"有法天下"。那是两个完全不同的世界，完全不同的两种生命。几百年前是这样，几百年后也仍然如此。那个"有情天下"，就在这具身体之中，这个肉身的生命深处，与它同在，不可剥离，亦无从背叛。而文字的使命，就是弘扬有情天下的真善美，抨击心灵深处的假恶丑，教化育人，以达到有法天下的向善、理性。

文字是有生命的，那些温婉的文字代表着美好，粗俗的语言则彰显着丑陋。每个真正爱好文学的人，都应该小心翼翼，善待文字，温暖而美好，有一颗敬畏文字的心。

芸芸众生，总是情态各异。文学不仅是观念和美学问题，更不仅是方法和技巧问题，还有作家的问题、时代背景的问题、潜在文化结构的问题。文字是有时代性的，不同时期有不同的文字。何其芳，1934 年写出散文经典《画梦录》，1938 年写了《我歌唱延安》后，到新中国成立，散文创作几乎停滞。沈从文，曹禺，新中国成立后几乎封笔。丁玲从《莎菲女士的日记》到获奖作品《太阳照在桑干河上》，文风发生了巨大变化。这个历史疑惑最深层次的原因，究竟在哪里？这样一种心态产生的背景和深层次原因是什么？1918 年，胡适在《新青年》发表的随感录，陈独秀在《一九一六年》中的"以自我为中心"，李大钊在"《晨钟》之使命”中的“自我之绝叫”，都是迎合新思想的表现；二三十年代，作家喜欢谈身边琐事，借助小事表现人生的大课题；五六十年代的散文，取材多着眼于国家大事，喜欢在时代激荡的浪花中显现时代风貌；八十年代后的散文更趋于抒情、个性书写和内心表达；九十年代末期的散文更私人化，更偏向于偶感录和个人成长。这些创作特征的判断和时代判断、知识分子的生存状态有极大关联。

散文，有足够的宽度来承担这种责任。1921年，周作人以《美文》一文促成了现代散文观和散文理论的形成，即散文既要有艺术性，更要有思想性，所谓文以载道。

真正的好文章要追求情浓而意美，要符合艺术发展的规律，做到德、识、才、艺的较好融合，以及高层次美学境界与精神理想的统一。要开阔视野，提高社会责任感，既要有丰厚的文化底蕴，又要有恢宏的气度。人间正道是沧桑，这才是文章的意旨所在。

故乡的年味

已近春节，年味渐浓。大街小巷，到处是拎着大包小包的行人，街上车水马龙，川流不息，各个商家的停车场早已停得满满的。看到这番景象，不由想起童年过年时的情景。

我的老家在乡下一个偏僻的村庄。小时候，父母上班，每到寒假，父母就把我送回奶奶家住。

乡村腊月的早晨，蒸腾的雾气铺天盖地，炊烟袅袅，将宁静的院落包裹得严严实实；沉浸在腊月早晨朦胧之中的雄鸡，拍打着美丽的金边翅膀，站在稻垛垒高的篱墙上引颈高歌；慵懒的小狗躲在草堆里，偶尔传出几声寂寥的叫声；黄白花纹的大猫钻在灶台里呼呼地酣睡；灶房内小脚的奶奶早早起床生火做饭，灶膛内炭火烧得通红，将奶奶瘦小的身影映照在土墙上。

乡村的女人从来不睡懒觉，尤其在腊月，她们起得更早。就在奶奶忙碌做早饭的间隙，爷爷起床了，照例要先悠悠地点一支旱烟，咝咝的烟头忽明忽暗，待慢慢地吸完，奶奶已经招呼吃饭了，和着奶奶的唠叨声，爷爷慢条斯理地踱到饭桌旁泰然落座。

浓雾隐隐散去，和煦的阳光普照大地，将腊月的山村装点成一幅古朴淡雅的风俗画。爷爷吃过饭后，穿上奶奶给他找来的出门时穿的衣服，拎着一个帆布袋出门，到镇上去添置年货。每年腊月二十四五开始，爷爷都要骑上壮实的大金鹿自行车，不厌其烦地数次往返于城镇与乡村之间，有时会跑上一整天，买回几幅五谷丰登、六畜兴旺的年画，还有“岁通盛世家家富　人遇华年个个欢”象征吉祥的大红春联。更多的时候，爷爷是到镇上打散酒、买烟丝、卷烟纸或者买肉。记得有一年，爷爷买了一个猪头，嘴上惬意地叼着旱烟烟斗，手里拿着烧红的烙铁，拔猪头上的毛，临时支起的小锅里熬着松香，弥散开来的奇怪的香味引得我们这群孩子尖叫着围拢上来，七嘴八舌，叽叽喳喳。奶奶则领着刚结婚的俏丽婶婶和尚未出阁的巧手姑姑忙着包饺子、包包子、蒸红枣饽饽、炸面鱼——灶膛风箱奏着欢快的乐曲，燃着的柴火噼里啪啦，跳跃的火苗呼呼作响，锅盖上蒸腾着一层热气，狭小的房屋到处弥漫着温暖的节日气息。

腊月山村的黄昏更是迷人，时间仿佛也在一瞬间静止下来。80 岁的曾祖母和邻居的老人们围坐在烧得通红的火炉旁，闲谈中处处洋溢着思念和期盼。落日已近山边，等待中熟悉的身影出现在村口的暮霭中，渐渐看清了，是在外边工作的父母、叔叔带着哥哥姐姐们回来了。家里人欢呼着聚拢起来，“哥长弟短”地彼此打着招呼，互相打量着是长胖了还是变白了，每个人都是一样的高兴，一样的欣喜。我和几个早回到老家的堂兄表妹们拥上前去，争抢着父母、叔叔们捎回来的糖果、点心、玩具和过年的新衣，然后一窝蜂散开，脚不点地地窜回家，开始打开新衣，逐一试穿或把玩着新玩具，品味着好吃的点心。我们对即将到来的大年初一充满了吃好饭、穿新衣、挣压岁钱的憧憬。

终于等到了大年三十的晚上，吃年夜饭的时候。这天晚上，大人们格外忙碌也格外耐心，因为这天晚上，是不许呵斥小孩子的，而孩子们也早被悄悄嘱咐，不许哭闹，不许乱说话。这个时刻，也是姑姑婶婶大显厨艺的时候。记得那年做年夜饭，刚进门的婶婶抢着给灶上厨艺娴熟的姑姑打下手，却不时对姑姑做好的菜肴品头论足，姑姑噘起小嘴，满脸的不服气，借故把手中的活推给了婶婶，谁知婶婶竟不慌不忙，顺势站到了灶旁，煎、炸、炒、蒸、炖——有条不紊，剩下的几个菜在全家人惊诧的目光中弥漫着扑鼻的香气。从那年开始，家里便有了不成文的规矩，年夜饭由姑姑婶婶共同担纲。待到饭菜做好，酒也早已温好，爷爷、二爷爷、爸爸、叔叔们推杯换盏喝将起来。几杯老白干下肚，潮红涌上面颊，话也多了起来，侃年景、聊收成、说工作、讲子女，谈到开心处，不时发出阵阵爽朗的笑声。

时光如流水，不经意间悄悄流转，一切早已物是人非。童年时那个炊烟缭绕的小山村，常常萦绕在我思乡的梦里。

在路上

苹果的呼吸

苹果进城就露了马脚。

在乡村，它住在一片叫园的土地上。这园没有屋顶，也没有围墙，身边一条小河，流水淌来淌去。

它长在枝叶茂盛的树上，被自己父亲母亲的臂弯拥抱和呵护，仿佛一生都在摇篮里，在秋千上。它的头顶是蓝莹莹的天，扎不下根的云，往下是黄金四射的阳光，被硌成散碎银子的星星，风儿在它耳旁绕来绕去地捉迷藏。昆虫们弹琴给它听，各种鸟儿跳跃在父亲的肩头，离它如此近，唱着不同方言的山歌。那种黑白尾巴的小鸟最淘气了，它们喜欢探出尖尖的嘴，啄它内心甜蜜包裹的核。就连龙舟一样的蚯蚓也不甘寂寞，在蠕动现身后，又潜回了大地的心脏。

它从未想过自己会走下树来。想那个干什么？这样不是挺好吗？

它与兄弟姐妹们在一起，肩并着肩，说说悄悄话，风来了，趁机耳鬓厮磨一下，会心地微微一笑。

它嗅不到自己的呼吸，也嗅不到别人的呼吸。整个园里，甚至更大范围的土地上，都是这种呼吸，被醇厚的阳光发酵，被热情的风儿领舞，它先陶醉了，丢了嗅觉，当然就嗅不到呼吸了。

直到在一只手的帮助下，走下树来，与兄弟姐妹们身子挨着身子，簇拥着进城。

一个买苹果的女人边挑边说，你闻，你闻，苹果的香气。

的确是香气，像花瓣一样盛开四溢，冲撞在空气里，尾气、浊气、尘埃被冲溃了，黑暗被激活了，月亮更明更亮了。

苹果们其实是一直在睡觉。你想想看，它们躺进纸箱，坐上汽车，从山路出发，整整一个晚上，一路颠簸，进城，累了，不知不觉，就发出了香甜的呼吸，还咯咯笑出了声。

直到被人领回了家，还没有睡醒。

于是，继续呼吸，像长了脚，跑得满屋香气暗涌，仿佛一条地下河。

桃子的笑脸

沿河市场。

一个农村中年妇女，在地上摊开一张塑料布，卖桃。

桃躺在布上，青里透红，安静无声。

个个桃上开裂，深入果肉，如遭鞭笞，又如刀刻，呈锈色。

买者有说像伤疤，有说是皱纹，七嘴八舌，说法不一。

我听人说过，这叫水炸。据说下雨多了，桃一兴奋，绷不住自己，就炸了，裂了。

这样的桃，每条裂缝里都藏着甜，咬一口，满嘴蜜。

妇女说：“我叫它笑脸。”

我强调是水炸。

妇女执拗地重复：“我就叫它笑脸。”

口气坚定，不容怀疑。

我抬头细细打量她，她貌不出众，穿着简朴，或许没钱，也可能一身疾病，却以乐观、开朗的心情面对生活，从桃上看出了一张张笑脸。

一个从桃上能够看出笑脸的人，世上还有啥难事绊得倒她？还有啥挫折打得倒她？

我真的想不出来。

快乐的南瓜

一个老者，一身短打，一头微汗，晨练回家。

半路遇到卖南瓜的。一架地板车，停在马路一角。车头向上，车把直冲天空。车上，各种形状的瓜你拥我挤，亲密依偎，像通铺间卧着的乡村孩子，睡着了，睡没睡相。同样金黄饱满，面目晴朗，内心温润。

老者挑了一个。瓜弯弯，呈月牙状，像来时的那条山路。细头向前，粗头往后，中间恰好搭在肩膀上，不硬不软，瓜翻一个身，继续睡。

他扛着瓜，哼着《智取威虎山》，掩饰不住得意，回家，不亦乐乎！

一路上，他不用担心瓜会翻身起来，睡眼惺忪，掏出小家伙，尿他一脖子，就像骑在他脖子上细声细气地吆喝“驾驾”的小外孙。

他伸过左手，轻轻扶着瓜，不断地给瓜催眠，一下右脚撵着左脚，一下左脚撵着右脚。

上学路上

中午，上学路上，小女孩一个人走。

她爱走沿河市场那条路。

路的东侧砌着水泥台，从这头到那头，一长溜儿。台上是面斜坡，有土，有草，有树。有心人瞄准了这儿，抢先种了油菜。

花开时，像谁失手打翻了颜料桶，泼洒了一坡金黄，灿灿烂烂，晃花了眼，惹得蜂飞蝶舞，滚来滚去，为心仪的同伴采打一枚花戒指。

她边骑着车子，边探手撸得一把油菜花，沾一手金黄与芬芳，惊跑了蜂与蝶。

结果了，又长又细的针纷披，翠翠绿绿，里面密密缝着一粒粒会汩汩出油的秘密。

她边骑着车子，边探手撸得一把油菜籽，攥一手结实与圆润，手心仿佛油腻腻的。

这发生在午后，路上仅她一人。

她快乐的心跳像一波又一波的涟漪，无限地放大了这静悄悄。

买杏

清晨。沿河市场。

一个农村老汉蹲在一侧，卖杏。

他的半个身体颤颤巍巍，手哆哆嗦嗦，连划几根火柴都没点亮口中的烟，只好不吸了。捏下烟，夹在右耳上，像一支粉笔。

一老妪买杏，精挑细选，像选孙媳妇，拿起放下，放下拿起。不多不少，仅买一斤。

袋中杏颗颗模样周正，面色黄润，性子温柔。

老汉提秤，抹砣，多了。

老妪掏下几颗，给我。

复称，仍多，又掏出俩。

我张袋欲接。

老妪却不给我，攥在手心，虚虚地。

趁老汉收钱工夫，缓缓张开手掌，悄悄滑入袋中，赚得俩杏，一脸不动声色与暗自得意。

却被我觑了个完整。

我开始怀疑老汉也觑了个完整，然后偏偏一脸不动声色与暗自得意。

踩水娃娃

久旱的天，终于押上了雨脚，酣畅淋漓。

水泥路上，坑洼不平，探出许多焦渴的手掌，接了一汪汪水，牛饮个够。

雨渐缓，不止。

落到水汪里，溅起水泡泡，五分硬币般大小，像是许多鱼潜伏水下，淘气地吹着泡泡，零零碎碎地辉映着灰色的天光和云影。

一个男孩放学了，盯着脚下小而瘦的自己，没命地四下奔跑着，去踩水泡，自己碎了，天光花了，云影破了。

水泡不断地幻灭，不断地从天落下，不断地遇水生长。

大地是一张硕大无边的荷叶，敞开无数纵横如血管的阡陌，承接露珠似的水泡聚散轮回，一如刹那时光，旋飞流逝，从头再来。

男孩总也踩不尽，却不泄气，不放弃。

我想起了看到的另一幕。

音乐喷泉边，伴随着音乐响起，七色彩灯闪烁，水从地下向上喷出。

起初小。一个男孩探脚踩住了，水被压制了，憋了回去。他有点儿得意。

待到音乐爬上第三十九级台阶，高亢与嘹亮如决堤之水冲出肺活量，水掩不住自己的伤口，一窝蜂地涌出。

男孩孤零零的脚堵不住了，水从无数方向喷射出来，像绽放的礼花。

这个男孩和那个男孩一样，他们的鞋进水了，裤腿儿湿了，溅了一身水。

但他们的脸蛋红扑扑的，眼睛亮晶晶的，表情既兴奋又疯狂。

没人呵斥他们，也没人制止他们，整个世界，就他们在那儿自己跟自己玩耍。

他们不用考虑踩痛谁的神经。

他们踩的就是水。

顶起一柄透明的花伞伞的水。

从头到尾，都清清白白、平平淡淡，一眼可以看透灵魂的水。

遛羊

依羊的体积，够不上“头”，至多是“只”。

我是这么认为的。

那只羊够老了。至少是一群羊的父亲或母亲，祖父或祖母也说不准。

它的下巴间飘拂着一卷胡子，又白又亮，像未启用的排笔。抬头，在凌空写草书；低头，悬腕在写楷书。

同样的胡子移植到了冯神甫的下巴间。

这让我相信，神甫和羊都是上帝的孩子，或是信使，给我们传递福音。

一个中年人持一根树枝，梢头几片绿叶，一目了然。后面跟着他的妻子。

他驱树枝赶那只够老的羊，羊两侧肥胖，肚子下垂。羊故意逗他，赖着不走，像生了根。他轻轻扫羊，如挠痒痒，羊猛回头，咬住树梢，嚼那几片绿叶，汁染绿了白牙，吧嗒嘴，像老汉在抽旱烟。

有人问他在干什么？

他答，兽医教的，羊吃撑着了，开出药方：建议多活动。

这是我早晨在大街上看到的一幕。

有人喜欢被脚步引着遛弯，有人喜欢被狗牵着到处遛早，还有人喜欢挑着鸟遛一角幽静……但你见过在大街上遛一只老羊的吗？